水星播种

王晋康 刘慈欣 等——著 ———— 郭凯——主编

珍藏版

MERCURY
SOWING

沈阳出版发行集团
沈阳出版社

图书在版编目（CIP）数据

水星播种：珍藏版 / 王晋康等著；郭凯主编 . -- 沈阳：沈阳出版社，2019.9
ISBN 978-7-5716-0241-3

Ⅰ.①水… Ⅱ.①王… ②郭… Ⅲ.①科学幻想小说—小说集—中国—当代 Ⅳ.① I247.7

中国版本图书馆 CIP 数据核字 (2019) 第 153293 号

出版发行：	沈阳出版发行集团 | 沈阳出版社
	（地址：沈阳市沈河区南翰林路 10 号　邮编：110011）
网　　址：	http://www.sycbs.com
印　　刷：	天津丰富彩艺印刷有限公司
幅面尺寸：	170mm×240mm
印　　张：	17.5
字　　数：	240 千字
出版时间：	2019 年 9 月第 1 版
印刷时间：	2019 年 9 月第 1 次印刷
策划监制：	程　碧
责任编辑：	王冬梅
特约编辑：	林香云
装帧设计：	八月桅子
责任校对：	赵　琳
责任监印：	杨　旭
书　　号：	ISBN 978-7-5716-0241-3
定　　价：	49.50 元

联系电话：024-24112447
E-mail：sy24112447@163.com

本书若有印装质量问题，影响阅读，请与出版社联系调换。

《中国科幻小说基因库》总序
郭 凯

这套丛书记录从 2000 年至今中国科幻在几个不同领域里所走过的路程。

一些人留下，一些人离开，一些人出现，一些人改变。总是如此，科幻亦然。

科幻在中国已有一百多年的历史，它生生不息，绵延至今，却又随着中国历史的几个大断裂带，被切割为几个平行宇宙般不同的历史时期，每个时期的面貌差异极大。当年为了各自的理念，对当时还叫作科学小说的科幻推崇备至的梁启超和鲁迅，若是读到了今天接连斩获雨果奖的《三体》和《北京折叠》，他们会作何评价呢？当他们看到今天商业资本涌向科幻 IP 的热潮，听到国家领导人对于支持中国科幻的演讲时，又会有何感想呢？

也许对于普通读者来说，中国科幻往日的历史并没有什么意义，我们在市场上所能读到的科幻，大多是最后一个阶段的产物。20 世纪 90 年代开始，伴随着《科幻世界》的改版和中国经济文化环境的变化，中国科幻进入了一个恒纪元，一批被称为"新生代"的科幻作家出现：星河、杨鹏、柳文扬、杨平、潘海天、凌晨、赵海虹……星河在世纪之交的《中国科幻新生代精品集》中记录这个时代最具代表性的作品，吴岩则在此书的序言中总结了一些这个时代作家们的特色，例如他们对过去"文以载道""反映社会人生"等传统科幻理念不感兴趣，更多是一种消遣，为自己而写，为科幻本身而写。

然而也正是在世纪之交，中国科幻经历了又一次大换血。

也许没有人能穷尽这次变革的全部原因，常被提及的有：1999 年高考科幻作文题事件引发的科幻热潮和大批高校科幻协会的建立，网络技术的普及造成的大量网络科幻文化论坛社区，《魔戒》《哈利·波特》等奇幻文学对于科幻文学叙事手法和理念的冲击等。一批被称为"更新代"的更加年轻的科幻作家开始陆续发表作品，包括陈楸帆、江波、飞氘、夏笳、迟卉、郝景芳、长铗、宝树、陈茜……

在姚海军看来，这一代科幻作家的创作理念更加多元而难以简单概括，他们对科幻本身有了更超然的认识，而正是对科幻的超然和差异化的理解，让新世纪十几年来的科幻小说丰富性得到了强化。

而对于刘慈欣、韩松、王晋康、何夕等几位从20世纪90年代至今，持续创作大量作品的作家来说，他们的作品在新世纪也在不断演进和变化，逐渐奠定了中国科幻某种核心价值和理念的模式，将科幻从小圈子带向了更为广阔的文化空间。

这一时期的中国科幻并非总是一帆风顺，在经历了新世纪最初几年的繁荣后，中国科幻从一个时期的巅峰状态走向相对的衰落阶段，科幻作者和读者被各种迅速兴起的其他类型文学分流，科幻刊物的销量和影响力迅速降低，成为一个小圈子的自娱自乐，甚至出现"科幻已死"的质疑。然而在表面的衰退背后，中国科幻也在默默积蓄着它的实力：科幻学术研究体系在国内开始建立完善，科幻作者们开始有意识地学习更加面向大众的写作技巧并向多种媒体形式进军，科幻迷群体随着时间推移从高校社团成长为更具经济能力和行动能力的社会组织……这一切随着《三体》系列的出版，将中国科幻重新推向了一个高潮。

一个时代有一个时代的文学，我们常将一种艺术类型的成长比喻为一棵树，然而，科幻却是一株星际植物，它的种子从遥远的平行时空而来，穿过辐射真空的茫茫宇宙，经历大气层的天火洗礼，历经无数文明世界的文化熏陶，成长为今天的样貌，它的基因无时无刻不在发生变异。当新的变革即将降临在中国科幻之上时，我们建立起这一座中国科幻基因库，将这十几年来的科幻作品分类储藏，将它们的基因信息写进细菌的DNA里，刻在石头上。也许亿万年后，我们的后裔或是远方而来的外星文明会重新发现它们，进入我们这一代人用科幻编织的历史。

本丛书暂定三本：地球宇宙卷、生命智能卷、东方文明卷，分别讲述人类地球改造与宇宙探索的科幻故事，生命科学与人工智能的科幻故事以及与中国历史文化有关的科幻故事，希望读者能够在书中寻找宇宙、生命以及一切的答案。

感谢为本丛书积极供稿的各位科幻作者以及三丰在联系促成本丛书编选过程中所做的贡献。

生命智能卷序言：从基因到程序

郭 凯

写此文时，一部叫作《西部世界》的美剧正在流行，一个虚拟乐园中，机器人们以为自己是人类，正常地生活着。刚更新的一集里，许多机器人的脑海中响起声音，这是乐园已死的创始者设定的程序，机器人不能理解，惊恐万分，视为神的声音，但他们最终明白，这些声音是他们的思维。在之前北京举行的一场讨论虚拟视觉和万物本源的科幻沙龙中，陈楸帆指出，这一集其实是在向人类进化史致敬，当原始时代的人类第一次产生理性思维时，他们对脑中的这一现象难以理解，只得归结为神在对他们说话，这是原始宗教的起源。

生命科学和人工智能是科幻中常见的两个话题，但是很多情况下，它们难以区分，所以这里把它们合为一卷。如果科学家没搞错的话，地球的生命史已有几十亿年，人类的进化史也有几百万年了，面对茫茫宇宙，在费米悖论面前，人类常常会思考智慧生命在宇宙中诞生是否是一件非常偶然的事情。生命当然也可能以完全不同于人类的形式存在，对此科幻作家们做出过各种猜想：硅基的机械生命、非物质的能量生命等，然而从人类的认知范围来看，样本实在太少。为了不犯错，克拉克、萨根、刘慈欣等对科学细节严谨的作者更倾向于让外星生命从不现身，整个《三体》系列里，人类始终没有亲眼见过一个三体人，阿西莫夫则干脆在基地系列里回避这个问题，去写只有人类一种智慧生物存在的银河系。

道理很明白，如果人自己都搞不清楚生命是什么，他们就无法建立和自己不一样的模型。在古代，中西方都有大量关于制造类人生命的神话和传说，但是在近代生命科学诞生前，这些都不会被认为是科幻。1543年，也就是哥白尼的《天体运行论》诞生的那一年，维萨留斯发表了《论人体构造》，通过大量的人体解剖案例颠覆了亚里士多德和盖伦的大量定论，揭开了近代生命科学的序幕。几百年后，随着文艺复兴和科学革命的扩散，生命科学成了欧洲许多受过教育的年轻人的热点话题。1818年，玛丽·雪莱将自己从医生朋友们那里得来的解剖学知识、最新的关于电流的新闻和她熟悉的哥特式恐怖文学混搭在一起，写下了《弗兰肯斯坦》，人类自己制造的智慧生命杀死了自己的创造者，从此成为人类挥之不去的梦魇，它被今天大多数科幻迷认为是世界上第一部真正意义上的科幻小说。19世纪，生物学领域博物学兴起，学者们漂洋过海，像凡尔纳笔下的尼莫船长和气球探险家一样，到处记录地球每一个角落的生命形态，发掘每一个岩层的化石，试图破解上帝创造生命的秘密，进化论终于诞生，生命从远古到未来的演化蓝图被绘制，威尔斯开始设计火星和月球上迥异于地球的恐怖外星生命。而为了解释达尔文遗留下来的关于进化论的缺陷，有关遗传和基因的猜想也开始萌芽，关于微观生命世界、胚胎、克隆和变异怪物的科幻开始流行，并且一直持续到今天。

人类制造智慧生命的技术也随之不断进化，1920年，卡雷尔·恰佩克在剧本《罗素姆的万能机器人》中设计了生物工厂，活体组织在生产线上不断生成忠心耿耿为人类工作的类人造物，并以捷克语的"奴隶"命名为"robot"，这个词在今天指那种通常由金属制造的机械体机器人，而恰佩克笔下的类人生化造物应该叫"android"，在中文语境下，它们都被翻译为"机器人"。恰佩克笔下的机器人继承了弗兰肯斯坦时代的恐惧：机器人会反抗和毁灭创造者，而后来的阿西莫夫为了更好地让这一形象融入科幻，设计出了"机器人三定律"作为行为规范来保护人类。当然，这种道德定律在科技上并无什么约束力，如同今天的人工智能可以被作为杀人武器，许多科幻作品在三定律热后，又回到了对机器人的原始恐惧中，比如20世纪60年代的《西部世界》。随着计算机技术的飞速发展，机器人有了自己计算的大脑，并且不再以人类形体出现，网络技术出现后，它甚至不再以物质形体出现，机器人和人工智能两个词逐渐合二为一，它出现在未来工厂的流水线上，出现在星际飞船的导航中枢上，出现在统治人类的天网和矩阵中，出现在每一个人的安卓和ios智能手机里，它们和人类的关系也愈加复杂。

中国人常用春秋战国时期《列子·汤问》里偃师造人的故事来证明自己有科幻的传统，然而在前科学时代，这个故事更接近神话，和盘古开天、嫦娥奔月一样，与近代科幻的概念相差甚远。中国传统文化中有自己的一套认识生命和自身的知识体系，但已从近代以来和西方的对抗中逐渐式微。我们今天能够理解，19世纪末，当关于火星运河的消息和火星人的猜想传入京师同文馆时，当威尔斯的科幻小说传入慈禧太后耳中时，知识精英和统治者们对这些故事表示漠然，毕竟眼前的带着更高科技文明降临在中国的西方人与外星人并无什么差异，且需要被更优先地对待。在晚清的科学小说热潮中，勇于尝试的中国人抛下自己的传统，去拥抱那些他们眼中更加先进的西方生命领域的知识——用灵魂引导、催眠控制去暗杀专制者，拯救中国，尽管这些东西在今天看来并不科学。新中国成立后，科幻作品中充满着对未来新社会的向往，我们用辐射培养出巨大的动植物，在海洋中放牧鲸鱼，将火星改造为生机勃勃的新生态基地。而在现实中，则是亩产万斤的神话，与科幻在一起真假难辨。这些科幻的风格是如此鲜明，与美国同时期的科幻产生了鲜明对比。当叶永烈回想起至今销量仍是中国科幻第一名的《小灵通漫游未来》，他不得不承认，他预言了未来无比先进的社会，但整个过程从来没有过计算机，当然更无人工智能。

直到中国与世界接轨，新一代中国科幻人才终于将生命科学最前沿的话题与他们在当代生活中的感受结合在一起。继而互联网在中国登陆，带来了信息的浪潮，也带来了数字化的生命想象。刘慈欣的《山》和王晋康的《水星播种》以史诗般的笔触，描绘了硅基的机械生命在另一颗星球上独立演化出文明的历程，无论是自然进化，还是上帝的推动，这都是宇宙的奇迹。宝树的《海的女儿》也是同样的主题，但硅基细胞在大灾难后担负起了继承人类文明的使命。郝景芳的《最后一个勇敢的人》，在斗争和革命的未来背景下，平静地讲述了克隆人之间的故事：他们是不同的个体，但并非全无联系。陈楸帆的《鼠年》讲述的不仅仅是一场生物灾难，也是一代人青春的牺牲和当代生活困境的隐喻。江波的《桃源惊梦》和陈茜的《一个人的愿望》更多的是继承西方相关赛博朋克和人工智能领域的衣钵，分别思考未来虚拟空间的数字生命形态，以及人类与机器人共同生活繁衍将文明延续下去的可能。夏笳的《百鬼夜行街》却有着鲜明的中国特色，代表传统的鬼街与代表未来的人工智能相融合、相冲突，突显了技术和文化间的张力。韩松的《暗室》则是最为阴森和令人恐惧的，婴儿们的宇宙，一个天才而可怕的创意，将我们生活中的一切异化成陌生的空间。

20 世纪 50 年代，阿瑟·克拉克指出，或许人类文明本身就只不过是向机器文明演变的一个步骤而已：具有自我意识、完全智能化的计算机能以光速来思考问题。也许有一天，当我们确实在外星球发现智能生命时，我们不仅会发现他们与人类毫不相同，即使我们自己，也不再是今天生物学意义上的生物。刘慈欣在《三体》系列中曾经预言，上了岸的鱼就不再是鱼了，它抛弃了自己曾经的一切，迈着进化出的双腿，走向黑暗森林，如同从古老文明走出的新中国，心怀希望地走向世界。

目 录
▼

山
刘慈欣
1

最后一个勇敢的人
郝景芳
33

暗 室
韩 松
51

水星播种
王晋康
97

鼠 年
陈楸帆
137

桃源惊梦
江 波
171

海的女儿
宝 树
195

百鬼夜行街
夏 笳
219

一个人的愿望
陈 茜
235

后 记
江晓原
259

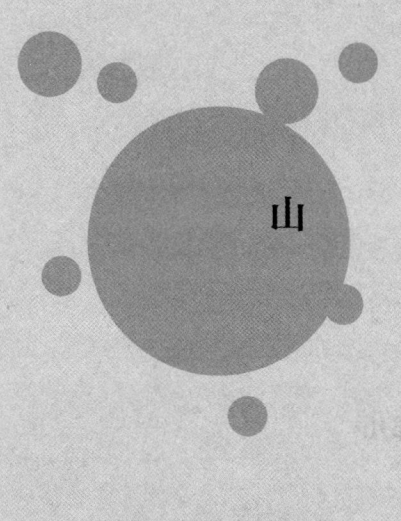

山

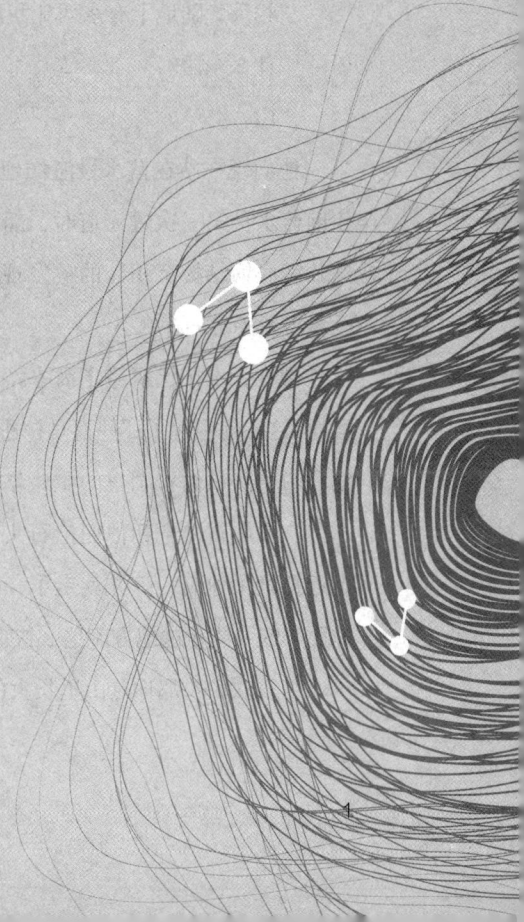

一、山在那儿

"我今天一定要搞清楚你这个怪癖：为什么从不上岸？"船长对冯帆说，"五年了，我都记不清蓝水号停泊过多少个国家的多少个港口了，可你从没上过岸。如果蓝水号退役了，你是不是也打算像电影里的主人公那样随它沉下去？"

"我会换条船，海洋考察船总是欢迎我这种不上岸的地质工程师的。"

"是陆地上有什么东西让你害怕吧？"

"相反，陆地上有东西让我向往。"

"什么东西？"

"山。"

他们现在站在蓝水号海洋地质考察船的左舷上，看着赤道上的太平洋。一年前蓝水号第一次过赤道时，船上还娱乐性地举行了那个古老的仪式，但随着这片海底锰结核沉积区的被发现，蓝水号在一年中反复穿越赤道无数次，他们已经忘了赤道的存在。

现在，夕阳已沉到了海平线下，太平洋异常的平静，冯帆从未见过平静的海面，这让他想起了那些喜马拉雅山上的湖泊，清澈得发黑，像地球的眸子。一次，他和两个队员偷看湖里的藏族姑娘洗澡，被几个牧羊汉子拎着腰刀追，后来追不上，就用石抛子朝他们抡石头，贼准，他们只好做投降状站住，那几个汉子走近打量了他们一阵儿就走了，冯帆听懂了他们嘀咕的那几句藏语：还没见过外面来的人能在这地方跑这么快。

"喜欢山？那你是山里长大的了？"船长说。

"不，"冯帆说，"山里长大的人一般都不喜欢山，他们总是感觉山把自己与世界隔绝开来。我认识一个尼泊尔夏尔巴族的登山向导，他登了四十一次珠峰，但每一次他都在距峰顶不远处停下，看着雇用他的登山队登顶，他说只要自己愿意，无论从北坡还是南坡，都可以在十个小时内登上珠峰，但他没有兴趣。山的魅力可以从两个方位感受到：一是从平原上远远地看山，再就是站在山顶上。

"我的家在河北大平原上，向西能看到太行山。家和山之间就像这海似的一马平川，没遮没挡。我很小的时候，妈第一次把我抱到外面，那时我脖子才刚硬得能撑住小脑袋，就冲着西边的山咿咿呀呀地叫。学走路时，总是摇摇晃晃地朝山那边走。再大一些后，曾在一天清晨出发，沿着石太铁路向山走，一直走到中午肚子饿了才回头，但那山看上去还是那么远。上学后，我还试过骑着自行车向山走，那山似乎随着我向后退，丝毫没有近些的感觉。时间长了，远山对于我已成为一种象征，像我们生活中那些清晰可见但永远无法到达的东西，那是凝固在远方的梦。"

"我去过那一带。"船长摇摇头说，"那里的山很荒，上面只有乱石和野草，所以你以后注定要面临一次失望。"

"不，我和你想的不一样，我只想爬上去，并不指望得到山里的什么东西。我第一次登上山顶时，看着抚育我长大的平原在下面延展，真有一种新生的感觉。"

冯帆说到这里，发现船长并没有专注于他们的谈话，他正仰头看天，那里，已出现了稀疏的星星。"那儿，"船长用手里的烟斗指着正上方天顶的一处说，"那儿不应该有星星。"

但那里有一颗星星，很暗淡，丝毫不引人注意。

"你肯定？"冯帆将目光从天顶转向船长，问道，"GPS早就代替了六分仪，你肯定自己还是那么熟悉星空？"

"那当然，这是航海专业的基础知识……你接着说。"

冯帆点点头，继续道："后来在大学里，我组织了一支登山队，登过几座7000米以上的高山，最后登的是珠峰。"

船长打量着冯帆，说："我猜对了，果然是你！我一直觉得你面熟，改名了？"

"是的，我曾叫冯华北。"

"几年前你可引起不小的关注啊，媒体上说的那些都是真的？"

"基本上是吧，反正那四个大学生登山队员确实是因我而死的。"

船长划亮一根火柴，将熄灭的烟斗重新点着，说："我感觉，做登山队队长和做远洋船长有一点是相同的：最难的不是学会争取，而是学会放弃。"

"可我当时要是放弃了，以后也很难再有机会。你知道登山运动是一件很费钱的事，我们是一支大学生登山队，好不容易争取到赞助……由于我们雇的登山协同和向导闹罢工，在建一号营地时耽误了时间，然后就预报有风暴，但从云图上看，风暴到这儿至少还有二十个小时的时间，我们当时已经建好了7900米处的二号营地，立刻登顶的话时间应该够了。你说我这时能放弃吗？"

"那颗星星在变亮。"船长又抬头看了看。

"是啊，天黑了嘛。"

"好像不是因为天黑……说下去。"

"后面的事你应该都知道：风暴来时，我们正在海拔8680米到8710米最险的一段上，那是一道接近90度的峭壁，登山界管它叫第二台阶中国梯。当时距离峰顶已经很近了，天还很晴，只在峰顶的一侧雾化出一缕云，我清楚地记得，当时觉得珠峰像一把锋利的刀子，把天划破了，渗出那缕白血……很快一切都看不见了，风暴刮起的雪雾那个密啊，一下子就把那四名队员从悬崖上吹下去了，只有我死死拉着绳索。可我的登山镐当时只是卡在冰缝里，根本不可能支撑五个人的重量，也就是出于本能吧，我割断了登山索上的钢扣，任他们掉下去……其中两个人的遗体现在还没找到。"

"这是五个人死还是四个人死的问题。"

"是，从登山运动紧急避险的准则来说，我也没错，但就此背上了这辈子的一个十字架……你说得对，那颗星星不正常，还在变亮。"

"别管它……那你现在的这种……状况，与这次经历有关吗？"

"还用说吗？你也知道当时媒体上铺天盖地的谴责和鄙夷，说我不负责任，说我是个自私怕死的小人，为自己活命牺牲了四个同伴……我至少可以部分澄清后一种指责，于是那天我穿上那件登山服，戴上太阳镜，顺着排水管登上了学院图书馆的顶层。就在我跳下去前，我的导师上来了，他在我后面说：你这么做是不是太轻饶自己了？你这是在逃避更重的惩罚。我问他有那种惩罚吗？他说当然有，你找一个离山最远的地方过一辈子，让自己永远看不见山，这不就行了？于是我就没有跳下去。这当然招来了更多的耻笑，但只有我自己知道导师说得对，这对我真的是一个比死更重的惩罚。我视登山为生命，学地质也是为了这个，让我一辈子永远离开自己痴迷的高山，再加上良心的折磨，很合适。于是我毕业后就找到了这个工作，成为蓝水号考察船的海洋地质工程师，来到海上——离山最远的地方。"

船长盯着冯帆看了好半天，不知该说什么好，终于认定最好的选择是摆脱这人，好在现在头顶上的天空中就有一个转移话题的目标："再看看那颗星星。"

"天啊，它好像在显出形状来！"冯帆抬头看后惊叫道。那颗星已不是一个点，而是一个小小的圆形，那圆形在很快扩大，转眼间成了天空中一个醒目的发着蓝光的小球。

一阵急促的脚步声把他们的目光从空中拉回了甲板，头上戴着耳机的大副急匆匆地跑来，对船长说："收到消息，有一艘外星飞船正在向地球飞来，我们所处的赤道位置看得最清楚，看，就是那个！"

三人抬头仰望，天空中的小球仍在急剧膨胀，像吹了气似的，很快胀到满月大小。

"所有的电台都中断了正常播音在说这事呢！那个东西早被观测到了，现在才证实它是什么，它不回答任何询问，但从运行轨道看，它肯定是有巨大动力的,正在高速地向地球扑过来!他们说那东西有月球大小呢!"

现在看,那个太空中的球体已远不止月亮大小了,它的内部现在可以装下十个月亮,占据了天空相当大的一部分,这说明它比月球距离地球要近得多。大副捂着耳机接着说:"他们说它停下了,正好停在36000千公里高的同步轨道上,成了地球的一颗同步卫星!"

"同步卫星?就是说它悬在那里不动了?!"

"是的,它在赤道上,正在我们上方!"

冯帆凝视着太空中的球体,它似乎是透明的,内部充盈着蓝幽幽的光,真奇怪,他竟有种盯着海面看的感觉,每当海底取样器升上来之前,大海呈现出来的那种深邃都让他着迷,现在,那个蓝色巨球的内部就是这样深不可测,像是地球海洋在远古丢失的一部分正在回归。

"看啊,海!海怎么了?!"船长首先将目光从具有催眠般魔力的巨球上挣脱出来,用手里的烟斗指着海面惊叫。

前方的海天连线开始弯曲,变成了一条向上拱起的正弦曲线。海面隆起了一个巨大的水包,这水包急剧升高,像是被来自太空的一只无形的巨手提了起来。

"是飞船质量的引力!它在拉起海水!"冯帆说,他很惊奇自己这时还能进行有效的思考。飞船的质量相当于月球,而它与地球的距离仅是月球的十分之一!幸亏它静止在同步轨道上,所以引力托起的海水也是静止的,否则滔天的潮汐将毁灭世界。

现在,水包已升到了顶天立地的高度,呈巨大的锥形,它的表面反射着空中巨球的蓝光,而落日暗红的光芒又用艳丽的血红勾勒出它的边缘。水包的顶端在寒冷的高空雾化出一缕云雾,那云飘出不远就消失了,仿佛是傍晚的天空被划破了似的。这景象令冯帆心里一动,他想起了……

"测测它的高度!"船长喊道。

过了一分钟,有人喊道:"大约9100米!"

在这地球上有史以来最恐怖也是最壮美的奇观面前，所有人都像被咒语定住了。"这是命运啊……"冯帆梦呓般地说。

"你说什么？！"船长大声问，目光仍被固定在水包上。

"我说这是命运。"

是的，是命运，为逃避山，冯帆来到太平洋中，而就在这距山最远的地方，现在出现了一座比珠穆朗玛峰还高二百米的水山，现在，它是地球上最高的山。

"左舵五，前进四！我们还是快逃命吧！"船长对大副说。

"逃命？有危险吗？"冯帆不解地问。

"外星飞船的引力已经造成了一个巨大的低气压区，大气旋正在形成，我告诉你吧，这可能是有史以来最大的风暴，说不定能把蓝水号像树叶似的刮上天！但愿我们能在气旋形成前逃出去。"大副示意大家安静，捂着耳机听了一会儿，说，"船长，事情比你想的更糟！电台上说，外星人是来毁灭地球的，他们仅凭着飞船巨大的质量就能做到这一点！飞船引力产生的不是普通的大风暴，而是地球大气的大泄漏！"

"泄漏？向什么地方泄漏？"

"飞船的引力会在地球的大气层上拉出一个洞，就像气球被扎破一样，空气会从那个洞中逃逸到太空中去，地球的大气会跑光的！"

"这需要多长时间？"船长问。

"专家们说，只需一个星期左右，全球的大气压就会降到致命的低限。他们还说，当气压降到一定程度时，海洋会沸腾起来，天啊，那是什么样子啊……现在各国的大城市都陷入混乱，人们十分疯狂，都涌进医院和工厂抢劫氧气……呵，专家们还说，英国卡纳维拉尔角的航天发射基地都有疯狂的人群涌入，他们想抢作为火箭发射燃料的液氧……"

"一个星期？就是说我们连回家的时间都不够了。"船长说，他摸出火柴再次划亮一根，点燃熄灭的烟斗。

"是啊，回家的时间都不够了……"大副茫然地说。

"要这样的话，我们还不如分头去做自己最想做的事。"冯帆说，他突然兴奋起来，感到热血沸腾。

"你想做什么？"船长问。

"登山。"

"登山？登……这座山？！"大副指着那座海水形成的高山吃惊地问。

"是的，现在它是世界最高峰了，山在那儿了，当然得有人去登。"

"怎么登？"

"登山当然是徒步的——游泳。"

"你疯了？！"大副喊道，"你能游上9公里高的水坡？那坡看上去有45度！那和登山不一样，你必须不停地游动，一松劲就滑下来了！"

"我想试试。"

"让他去吧。"船长说，"如果我们在这个时候还不能照自己的愿望生活，那什么时候能行呢？这里离海山的山脚有多远？"

"20公里吧。"

"你开一艘救生艇去吧，"船长对冯帆说，"记住多带些食品和水。"

"谢谢！"

"其实你挺幸运的。"船长拍拍冯帆的肩说。

"我也这么想。"冯帆说，"船长，还有一件事我没告诉你，在珠峰遇难的那四名大学生登山队员中，有我的恋人。当我割断登山索时，脑子里闪过的念头是：我不能死，还有别的山呢。"

船长点点头，说："去吧。"

"那……我们怎么办呢？"大副问。

"全速冲出正在形成的风暴圈，多活一天算一天吧。"

冯帆站在救生艇上，目送着蓝水号远去，他原准备在其上度过一生的。

另一边，在太空中的巨球下面，海水高山静静地耸立着，仿佛亿万年来它一直就在那儿。

海面仍然很平静，波澜不惊，但冯帆感觉到了风在缓缓增强，空气已经开始向海山的低气压区聚集了。救生艇上有一面小帆，冯帆升起了它，风虽然不大，但方向正对着海山，小艇平稳地向山脚驶去。随着风力的加强，帆渐渐鼓满，小艇的速度很快增加，艇首像一把利刃划开海水，到山脚的20公里路程只走了40分钟。当感觉到救生艇的甲板在水坡上倾斜时，冯帆纵身一跃，跳入被外星飞船的光芒照得蓝幽幽的海中。

他成为第一个游泳登山的人。

现在，已经看不到海山的山顶，冯帆从水中抬头望去，展现在他面前的，是一个一望无际的海水大坡，坡度约有45度，仿佛是一个巨人把海洋的另一半在他面前掀起来一样。

冯帆用最省力的蛙式游着，脑中想起了大副的话。

他大概算了一下，从这里到顶峰有13公里左右，如果是在海平面，以他的体力游出这么远是不成问题的，但现在是在爬坡，不进则退，登上顶峰几乎是不可能的，但冯帆不后悔这次的努力，能攀登海水"珠峰"，本身已是自己登山梦想的一个超值满足了。

这时，冯帆有某种异样的感觉。他已明显地感到了海山的坡度在增加，身体越来越随着水面向上倾斜，但游起来却没有感到更费力。冯帆回头一看，看到了被自己丢弃在山脚的救生艇，他离艇之前已经落下了帆，此刻却见小艇仍然稳稳地停在水坡上，没有滑下去。他试着停止了游动，仔细观察着周围，发现自己也没有下滑，而是稳稳地浮在倾斜的水坡上。冯帆一拍脑袋，骂自己和大副都是白痴，既然水坡上呈流体状态的海水不会下滑，上面的人和船怎么会滑下去呢？现在冯帆知道，海水高山是他的了。

冯帆继续向上游，越来越感到轻松，主要是头部出水换气的动作能够轻易完成，这是因为他的身体变轻的缘故。重力减小的其他迹象也开始显现出来，冯帆游泳时溅起的水花下落的速度变慢了，水坡上海浪起伏和行进的速度也在变慢，这时大海阳刚的一面消失了，呈现出一种正常重力下不可能有的轻柔。

随着风力的增大，水坡上开始出现排浪，在低重力下，海浪的高度增加了许多，形状也发生了变化，变得薄如蝉翼，在缓慢的下落中自身翻卷起来，像一把无形的巨刨在海面上推出的一卷卷玲珑剔透的刨花。海浪并没有增加冯帆游泳的难度，反而因为浪的行进方向是向着峰顶的，推送着他向上攀游。随着重力的进一步减小，更美妙的事情发生了：薄薄的海浪不再是推送冯帆，而是将他轻轻地抛起来，有一瞬间他的身体完全离开了水面，旋即被前面的海浪接住，再抛出，他就这样被一只只轻柔而有力的海之手传递着，快速向峰顶进发。他发现，这时用蝶泳的姿势效率最高。

风继续增强，重力继续减小，水坡上的浪已超过了 10 米，但起伏的速度更慢了。由于低重力下水之间的摩擦并不剧烈，这样的巨浪居然没有发出声音，只能听到风声。身体越来越轻盈的冯帆从一个浪峰跃向另一个浪峰，他突然发现，现在自己腾空的时间已大于在水中的时间，不知道自己是在游泳还是在飞翔。有几次，薄薄的巨浪把他盖住了，他发现自己进入了一个由翻滚卷曲的水膜卷成的隧道中，在他的上方，薄薄的浪膜缓缓卷动，浸透了巨球的蓝光。透过浪膜，可以看到太空中的外星飞船，巨球在浪膜后变形抖动，像是透过泪眼看去一般。

冯帆看看左腕上的防水表，他已经"攀登"了一个小时，照这样出人意料的速度，最多再有这么长时间就能登顶了。

冯帆突然想到了蓝水号，照目前风力增长的速度看，大气旋很快就要形成，蓝水号无论如何也逃不出超级风暴了。他突然意识到船长犯了一个致命的错误：应该将船径直驶向海水高山，既然水坡上的重力分量不存在，那蓝水号登上顶峰如同在平海上行驶一样轻而易举，而峰顶就是风暴眼，是平静的。想到这里，冯帆急忙掏出救生衣口袋里的步话机，但没人回答他的呼叫。

冯帆已经掌握了在浪尖飞跃的技术，他从一个浪峰跃向另一个浪峰，又"攀登"了 20 分钟左右，已经走过了三分之二的路程，浑圆的峰顶看上去不远了，它在外星飞船撒下的光芒中柔和地发着亮光,像是等待着他的一个新的星球。这时,呼呼的风声突然变成了恐怖的尖啸,这声音来自所有方向。风力骤然增大,二三十米高的薄浪还没来得及落下,就在半空中被飓风撕碎,冯帆举目望去,水坡上布满了被撕碎的浪峰,像一片在风中狂舞的乱发,在巨球的照耀下发出一片炫目的白光。

冯帆进行最后一次飞跃,他被一道近30米高的薄浪送上半空,那道浪在他脱离的瞬间就被疾风粉碎了。他向着前方的一排巨浪缓缓下落,那排浪像透明的巨翅缓缓向上张开,似乎也在迎接他。就在冯帆的手与升上来的浪头接触的瞬间,这面晶莹的水晶巨膜在强劲的风中粉碎了,化作一片雪白的水雾,浪膜在粉碎时发出一阵很像是大笑的怪声。与此同时,冯帆已经变得很轻的身体不再下落,而是离癫狂的海面越来越远,像一片羽毛般被狂风吹向空中。

冯帆在低重力下的气流中翻滚着,晕眩中,他只感到太空中发光的巨球在围绕着他旋转。当他终于能够初步稳住自己的身体时,发现自己竟然在海水高山的顶峰上空盘旋。水山表面的排排巨浪从这个高度看去像一条条长长的曲线,这些曲线标示出旋风呈螺旋状汇聚在山顶。冯帆在空中盘旋的圈子越来越小,速度越来越快,他正在被吹向气旋的中心。

当冯帆飘进风暴眼时,风力突然减小,托着他的无形的气流之手松开了,冯帆向着海水高山的峰顶坠下去,在峰顶的正中扎入了蓝幽幽的海水中。

冯帆在水中下沉着,过了好一会儿身体才开始上浮,这时周围已经很暗了。当窒息的恐慌出现时,冯帆突然意识到了他所面临的危险:他入水前的最后一口气是在海拔近万米的高空吸入的,含氧量很少,而在低重力下,他在水中的上浮速度很慢,即使是自己努力游动加速,肺中的空气怕也支持不到自己浮上水面。一种熟悉的感觉向他袭来,他仿佛又回到了珠峰风暴卷起的黑色雪尘中,死亡的恐惧压倒了一切。就在这时,他发现身边有几个银色的圆球正在与自己一同上浮,最大的一个直径有一米左右,冯帆突然明白这些东西是气泡。低重力下的海水中有可能产生很大的气泡。他奋力游向最大

11

的气泡，将头伸过银色的泡壁，他立刻能够顺畅地呼吸了！当缺氧的晕眩缓过去后，他发现自己置身于一个球形的空间中，这是他再一次进入由水围成的空间。透过气泡圆形的顶部，可以看到变形的海面波光粼粼。在上浮过程中，随着水压的减小，气泡迅速增大，冯帆头顶的圆形空间开阔起来，他感觉自己是在乘着一个水晶气球升上天空。上方的蓝色波光越来越亮，最后到了刺眼的程度，随着"啪"的一声轻响，大气泡破裂，冯帆升上了海面。在低重力下他冲上了水面近一米高，再缓缓落下来。

冯帆首先看到的是周围无数缓缓飘落的美丽水球，水球大小不一，最大的有足球大小，这些水球映射着空中巨球的蓝光，细看内部还分着许多球层，显得晶莹剔透。这都是冯帆落到水面时溅起的水，在低重力下，由于表面张力而形成球状。他伸手接住一个，水球在他手上破碎时发出一种根本不可能是水所发出的清脆的金属声。

海山的峰顶十分平静，来自各个方向的浪在这里互相抵消，只留下一片碎波。这里显然是风暴的中心，是这狂躁的世界中唯一平静的地方。这平静以另一种洪大的轰鸣声为背景，那就是旋风的呼啸声。冯帆抬头望去，发现自己和海山都处于一口巨井中，巨井的井壁是由气旋卷起的水雾构成的，这浓密的水雾在海山周围缓缓旋转着，一直延伸到高空。巨井的井口就是外星飞船，它像太空中的一盏大灯，将蓝色的光芒投到井内。冯帆发现那个巨球周围有一片奇怪的云，那云呈丝状，像一张松散的丝网，它们看上去很亮，像自己会发光似的。

冯帆猜测，那可能是泄漏到太空中的大气所产生的冰晶云，它们看上去围绕在外星飞船周围，实际与之相距有30000多公里。要真是这样，地球大气层的泄漏已经开始了，这口由大气旋构成的巨井，就是那个致命的漏洞。

不管怎么样，冯帆想，我登顶成功了。

二、顶峰对话

周围的光线突然发生变化，暗了下来，闪烁着，冯帆抬头望去，看到外星飞船发出的蓝光消失了。他这时才明白那蓝光的意义：那只是一个显示屏空屏时的亮光，巨球表面就是一个显示屏。现在，巨球表面出现了一幅图像，图像是从空中俯拍的，是浮在海面上的一个人在抬头仰望，那人就是冯帆自己。半分钟左右，图像消失了，冯帆明白它的含义，外星人只是表示他们看到了自己。这时，冯帆真正感到自己是站在了世界的顶峰上。

屏幕上出现了两排单词，各国的文字都有，冯帆只认出了英文的"ENGLISH"，中文的"汉语"和日文的"日本语"，其他的，也显然是用地球上各种文字所标明的相应语种。有一个深色框在各个单词间快速移动，冯帆觉得这景象很熟悉。他的猜测很快得到了证实，他发现深色框的移动竟然是受自己的目光控制的！他将目光固定到"汉语"上，深色框就停在那里，他眨了一下眼，没有任何反应；应该双击，他想着，连眨了两下眼，深色框闪了一下，巨球上的语言选择菜单消失了，出现了一行很大的中文：你好！

"你好！！"冯帆向天空大喊，"你能听到我吗？！"

能听到，你用不着那么大声，我们连地球上的一只蚊子的声音都能听到。我们从你们行星外泄的电波中学会了这些语言，想同你随便聊聊。

"你们从哪里来？"巨球的表面出现了一幅静止的图像，由密密麻麻的黑点构成，复杂的细线把这些黑点连接起来，构成一张令人目眩的大网，这分明是一幅星图。果然，其中的一个黑点发出了银光，越来越亮。冯帆什么也没看懂，但他相信这幅图像肯定已被记录下来，地球上的天文学家们应该能看懂的。巨球上又出现了文字，星图并没有消失，而是成为文字的背景，或者说桌面。

我们造了一座山，你就登上来了。

"我喜欢登山。"冯帆说。

这不是喜欢不喜欢的问题，我们必须登山。

"为什么？你们的世界有很多山吗？"冯帆问，他知道这显然不是人类目前迫切要谈的话题，但他想谈，既然周围人都认为登山者是傻瓜，他只好与声称必须登山的外星人交流了，他为自己争取到了这一切。

山无处不在，只是登法不同。

冯帆不知道这句话是哲学比喻还是现实描述，他只能傻傻地回答："那么你们那里还是有很多山了？"

对于我们来说，周围都是山，这山把我们封闭了，我们要挖洞才能登山。

这话令冯帆迷惑，他想了半天也没想出是怎么回事。

三、泡世界

巨球的屏幕上继续显示文字：我们的世界十分简单，是一个球形空间，按照你们的长度单位计量，半径约为3000公里。这个空间被岩层所围绕，向任何一个方向走，都会遇到一堵致密的岩壁。

我们的第一宇宙模型自然而然地建立起来了：宇宙由两部分构成，其一就是我们生存的半径为3000公里的球形空间，其二就是圈绕着这个空间的岩层，这岩层向各个方向无限延伸。所以，我们的世界就是这固体宇宙中的一个空泡，我们称它为泡世界。这个宇宙理论被称为密实宇宙论。当然，这个理论不排除这样的可能：在无限的岩层中还有其他的空泡，离我们或近或远，这就成了以后探索的动力。

"可是，无限厚的岩层是不可能存在的，它会在引力下塌缩的。"

我们那时不知道万有引力这回事，泡世界中没有重力，我们生活在失重状态中。真正意识到引力的存在是几万年以后的事了。

"那这些空泡就相当于固体宇宙中的星球了？真有趣，你们的宇宙在密度分布上与真实的正好相反，像是真实宇宙的底片啊。"

真实的宇宙？这话很浅薄，只能说是现在已知的宇宙。你们并不知道真实的宇宙是什么样子，我们也不知道。

　　"那里有阳光、空气和水吗？"

　　都没有，我们也都不需要。我们的世界中只有固体，没有气体和液体。

　　"没有气体和液体，那怎么会有生命呢？"

　　我们是机械生命，肌肉和骨骼由金属构成，大脑是超高集成度的芯片，电流和磁场就是我们的血液，我们以地核中的放射性岩块为食物，靠它提供的能量生存。没有谁制造我们，这一切都是自然进化而来，由最简单的单细胞机械，由放射性作用下的岩石上偶然形成的 PN 结进化而来。我们的原始祖先首先发现和使用的是电磁能，至于你们人类意义上的火，从来就没有发现过。

　　"那里一定很黑吧？"

　　亮光倒是有一些，是放射性物质在地核的内壁上产生的，那内壁就是我们的天空了。光很弱，在岩壁上游移不定，但我们也由此进化出了眼睛。地核中是失重的，我们的城市就悬浮在那昏暗的空间中，它们的大小与你们的城市差不多，远远看去，像一团团发光的云。机械生命的进化时间比你们碳基生命要长得多，但我们殊途同归，都走到了对宇宙进行思考的那一天。

　　"不过，这个宇宙可真够让人憋屈的。"

　　憋……这是个新词汇。所以，我们对广阔空间的向往比你们要强烈，早在泡世界的上古时代，向岩层深处的探险就开始了，探险者们在岩层中挖隧道前进，试图发现固体宇宙中的其他空泡。

　　关于这些想象中的空泡，有着很多奇丽的神话，对远方其他空泡的幻想构成了泡世界文学的主体。但这种探索最初是被禁止的，违者将被短路处死。

　　"是被教会禁止的吗？"

　　不，没有什么教会，一个看不到太阳和星空的文明是产生不了宗教的。元老院禁止隧洞探险是出于很现实的理由：我们没有你们近乎无限的空间，我们的生存空间半径只有 3000 公里。隧洞探险挖出的碎岩会在地核中堆积起来，由于相信有无限厚的岩层，那么隧洞就可能挖得很长，最终挖出的碎岩会把地核空间填满的！换句话说，是把地核的球形空间转换成长长的隧洞空间。

"好像有一个解决办法：把挖出的碎岩放到后面已经挖好的隧洞中，只留下供探险者们容身的空间就行了。"

后来的探险确实就是这么进行的，探险者们容身的空间其实就是一个移动的小空泡，我们把它叫作泡船。但即使这样，仍然有相当于泡船空间的一堆碎石进入地核空间，只有等待泡船返回时这堆碎石才能重新填回岩壁，如果泡船有去无回，那么这小堆碎石占据的地核空间就无法恢复，就相当于这一小块空间被泡船偷走了，所以探险者们又被称为空间窃贼。对于那个狭小的世界，这么一点点空间也是宝贵的，天长日久，随着一艘艘泡船的离去，被占据的空间也很巨大，所以泡船探险在远古时代也是被禁止的。同时，泡船探险是一项十分艰险的活动，一般的泡船中都有若干名挖掘手和一名领航员，那时还没有掘进机，只能靠挖掘手（相当于你们船上的桨手）使用简单的工具不停地挖掘，泡船才能在岩层中以极其缓慢的速度前进。

在一个刚能容身的小小空洞里如机器般劳作，在幽闭中追寻着渺茫的希望，无疑需要巨大的精神力量。

由于泡船的返回一般是沿着已经挖松的来路，所以相对容易些，但赌徒般的发现欲望往往会驱使探险者越过安全的折返点，继续向前，这时，返回的体力和给养都不够了，泡船就会搁浅在返途中，成为探险者的坟墓。尽管如此，泡世界向外界的探险虽然规模很小，但从未停止过。

四、哈勃红移

在泡纪元 33281 年的一天（这是按地球纪年法，泡世界的纪年十分古怪，你理解不了），泡世界的岩层天空上突然出现了一个小小的洞，从洞中飞出的一堆碎岩在空中飘浮着，在放射性物质产生的微光中像一群闪烁的星星。中心城市的一队士兵立刻向小破洞飞去（记住，泡世界是没有重力的），发现这是一艘返回的探险泡船，它在8年前就出发了，谁也没有想到它竟能回来。这艘泡船叫"针尖"号，它在岩层中前进了200公里，创造了返回泡船航行距离的纪录。"针尖"号出发时有20名船员，但返回时只剩随船的科学家一人了，我们就叫他哥白尼吧。船上其余的人，包括船长，都被哥白尼当食物吃掉了，事实上，这种把船员当给养的方式，是地层探险早期效率最高的航行方式。

按照严禁泡船探险的法律，以及哥白尼吃人的行为，他将在泡世界的首都被处死。这天，几十万人聚集在行刑的中心广场上，等着观赏哥白尼被短路时美妙的电火花。但就在这时，世界科学院的一群科学家飘过来，公布了他们的一个重大发现："针尖"号带回了沿途各段的岩石标本，科学家们发现，地层岩石的密度竟是随着航行距离减小的。

"你们的世界没有重力，怎么测定密度呢？"

通过惯性，比你们的方法要复杂一些。科学家们最初认为，这只是由于"针尖"号偶然进入了一个不均匀的地层区域。但在以后的一个世纪中，在不同方向上，有多艘泡船以超过"针尖"号的航行距离深入地层并返回，带回了岩石标本。人们震惊地发现，所有方向上的地层密度都是沿向外的方向渐减的，而且减幅基本一致。这个发现，动摇了统治泡世界20000多年的密实宇宙论。如果宇宙密度以泡世界为核心呈这样的递减分布，那总有密度减到零的距离，科学家们依照已测得的递减率，很容易计算出，这个距离是30000公里左右。

"嘿，这很像我们的哈勃红移啊！"

是很像，你们想象不出红移速度能够大于光速，所以把那个距离定为宇宙边缘，而我们的先祖却很容易知道密度为零的状态就是空间，于是新的宇宙模型诞生了。在这个模型中，沿泡世界向外，宇宙的密度逐渐减小，直至淡化为空间，这空间延续至无限。这个理论被称为太空宇宙论。

密实宇宙论是很顽固的，它的占优势地位的拥护者推出了一个打了补丁的密实宇宙论，认为密度的递减只是由于泡世界周围包裹着一层较疏松的球层，穿过这个球层，密度的递减就会停止。他们甚至计算出了这个疏松球层的厚度是200公里。其实对这个理论进行证实或证伪并不难，只要有一艘泡船穿过300公里的岩层就行了。事实上，这个航行距离很快达到了，但地层密度的递减趋势仍在继续。于是，密实宇宙论的拥护者又说前面的计算有误，疏松球层的厚度应是500公里，10年后，这个距离也被突破了，密度的递减仍在继续，而且单位距离的递减率有增加的趋势。密实派们接着又把疏松球层的厚度增加到1500公里……

后来，一个划时代的伟大发现将密实宇宙论永远送进了坟墓。

五、万有引力

那艘深入岩层300公里的泡船叫"圆刀"号，它是有史以来最大的探险泡船，配备有大功率挖掘机和完善的生存保障系统，因而它向地层深处航行的距离创造了纪录。

在到达300公里深度（或说高度）时，船上的首席科学家（我们叫他牛顿吧）向船长反映了一件不可思议的事：当船员们悬浮在泡船中央睡觉时，醒来后总是躺在靠向泡世界方向的洞壁上。

船长不以为然地说：思乡梦游症而已。他们想回家，所以睡梦中总是向着家的方向移动。

但泡船中与泡世界一样是没有空气的，如果移动身体就只有两种方式：一是蹬踏船壁，这在悬空睡觉时是不可能的；另一种方式是喷出自己体内的排泄物作为驱动，但牛顿没有发现这类迹象。

船长仍对牛顿的话不以为然，但这个疏忽使他自己差点被活埋了。这天，向前的挖掘工作告一段落，由于船员十分疲劳，挖出的一堆碎岩没有立刻被运到船底，大家就休息了，想等睡醒后再运。船长也与大家一样在船的正中央悬空睡觉，等他醒来后发现自己与其他船员一起被埋在了碎岩中。原来，在他们睡觉时，船首的碎岩与他们一起移到了靠向泡世界方向的船底！牛顿很快发现，船舱中的所有物体都有向泡世界方向移动的趋势，只是它们移动得太慢，平时觉察不出来而已。

"于是牛顿没有借助苹果就发现了万有引力！"

哪有那么容易？！但在我们的科学史上，万有引力理论的诞生比你们要艰难得多，这是我们所处的环境决定的。当牛顿发现船中的物体定向移动的现象时，想当然地认为引力来自泡世界那半径3000公里的空间。于是，早期的引力理论出现了让人哭笑不得的谬误：产生引力的不是质量而是空间。

"我能想象，在那样复杂的物理环境中，你们牛顿的思维比我们的牛顿可要复杂多了。"

是的，直到半个世纪后，科学家们才拨开迷雾，真正认清了引力的本质，并用与你们相似的仪器测定了万有引力常数。引力理论获得承认也经历了一个漫长的过程，但一旦意识到引力的存在，密实宇宙论就完了，引力是不允许无限固体宇宙存在的。

太空宇宙论得到最终承认后，它所描述的宇宙对泡世界产生了巨大的诱惑力。在泡世界，守恒的物理量除了能量和质量外，还有空间。泡世界的空间半径只有3000公里，在岩层中挖洞增大不了空间，只是改变空间的位置和形状而已。同时，由于失重，地核文明是悬浮在空间中，而不是附着在洞壁（相当于你们的土地）上，所以在泡世界，空间是最宝贵的东西，整个泡世界文明史就是一部血腥的空间争夺史。而现在惊闻空间可能是无限的，怎能不令人激动！于是，从此出现了前所未有的探险浪潮，数量众多的泡船穿过地层向外挺进，企图穿过太空宇宙论预言的32000公里的岩层，到达密度为0的天堂。

六、地核世界

说到这里，如果你足够聪明，应该能够推测出泡世界的真相了。

"你们的世界，是不是位于一个星球的地心？"

正确，我们的行星大小与地球差不多，半径约8000公里。但这颗行星的地核是空的，空核的半径约为3000公里，我们就是地核中的生物。

不过，泡世界发现万有引力后，我们还要过许多个世纪才能明白自己世界的真相。

七、地层战争

太空宇宙论建立后，追寻外部无限空间的第一个代价是消耗了泡世界的有限空间。众多的泡船把大量的碎岩排入地核空间，这些碎岩悬浮在城市周围，密密麻麻，无边无际，以至于使得原来可以自由漂移的城市动弹不得，因为城市一旦移动，就将遭遇毁灭性的密集石雨。这些被碎岩占掉的空间，至少有一半永远无法恢复。

这时的元老院已由泡世界政府取代，作为地核空间的管理者和保卫者，疯狂的泡船探险受到了政府严厉的镇压。但最初这种镇压效率并不高，因为当得知探险行为发生时，泡船早已深入地层了。所以政府很快意识到，制止泡船的最好工具就是泡船。于是，政府开始建立庞大的泡船舰队，深入岩层拦截探险泡船，追回被它们盗走的空间。这种拦截行动自然遭到了探险泡船的抵抗，于是，地层中爆发了一场旷日持久的战争。

"这种战争真的很有意思！"

也很残酷。首先，地层战争的节奏十分缓慢，因为以那个时代的掘进技术，泡船在地层中的航行速度一般只有每小时3公里左右。地层战争推崇巨舰主义，因为泡船越大，续航能力越强，攻击力也更强大。但不管多大的地层战舰，其横截面都应尽可能的小，这样可以将挖掘截面藏到最小，以提高航行速度。所以，所有泡船的横截面都是一样的，大小只在于其长短。大型战舰的形状就是一条长长的隧道。由于地层战场是三维的，所以其作战方式类似于你们的空战——但要复杂得多。当战舰接触敌舰发起攻击时，首先要快速扩大舰首截面，以增大攻击面积，这时的攻击舰就变成了一颗钉子的形状。必要时，泡舰的舰首还可以形成多个分支，像一只张开的利爪那样，从多个方向攻击敌舰。地层作战的复杂性还表现在：每一艘战舰都可以随意分解成许多小舰，多艘战舰又可以快速组合成一艘巨舰。所以当两支敌对舰队相遇时，是分解还是组合，是一门很深的战术学问。

地层战争对于未来的探险并非只有负面作用，事实上，在战争的刺激下，泡世界发生了技术革命。除了高效率的掘进机器外，还发明了地震波仪，它既可用于地层中的通信，又可用作雷达探测，强力的震波还可作为武器。最精致的震波通信设备甚至可以传送图像。

地层中曾出现过的最大战舰是"线世界"号，它是泡世界政府建造的。当处于常规航行截面时，"线世界"号的长度达150公里，正如舰名所示，相当于一个长长的小世界了。身处其中，有置身于你们的英伦海底隧道的感觉，每隔几分钟，隧道中就有一列高速列车驶过，这是向舰尾运送掘进碎石的专列。"线世界"号当然可以分解成一支庞大的舰队，但它大部分时间还是以整体航行的。

"线世界"号并非总是呈直线形，在进行机动航行时，它那长长的舰体隧道可能形成一团自相贯通或交叉的、十分复杂的曲线。"线世界"号拥有最先进的掘进机，巡航速度是普通泡舰的一倍，达到每小时6公里，作战速度可以超过每小时10公里。它还拥有超高功率的震波雷达，能够准确定位500公里外的泡船；它的震波武器可以在1000米的距离上粉碎目标泡船内的一切物体。这艘超级巨舰在广阔的地层中纵横驰骋，所向披靡，消灭了大量的探险泡船，并每隔一段时间将吞并的探险泡船空间送还泡世界。

在"线世界"号的毁灭性打击下，泡世界向外部的探险一度濒于停顿。在地层战争中，探险者们始终处于劣势，他们不能建造或组合长于10公里的战舰，因为在地层中这样的目标极易被"线世界"号上或泡世界基地中的雷达探测定位，进而被迅速消灭。但是，要使探险事业继续下去，就必须消灭"线世界"号。经过长时间的筹划，探险联盟集结了100多艘地层战舰围歼"线世界"号，然而这些战舰中最长的也只有5公里。战斗在泡世界向外1500公里处展开，史称1500公里战役。

探险联盟首先调集20艘战舰，在1500公里处组合成一艘长达30公里的巨舰，引诱"线世界"号前往攻击。当"线世界"号接近诱饵，呈一条直线高速冲向目标时，探险联盟埋伏在周围的上百艘战舰沿与"线世界"号垂直的方向同时出击，将这艘150公里长的巨舰截为50段。"线世界"号被截断后分裂出来的50艘战舰仍具有很强的战斗力，双方共计200多艘战舰缠斗在一起，在地层中展开了惨烈的大混战。战舰空间在不断地组合、分化，渐渐已分不清彼此。在战役的最后阶段，半径达200公里的战场已成了蜂窝状，就在这个处于星球地下3500公里深处的错综复杂的三维迷宫中，到处都是短兵相接的激战。在这个位置，星球的重力已经很明显，而与政府军相比，探险者对重力环境更为熟悉。在迷宫内宏大的巷战中，这微弱的优势渐渐起了决定性的作用，探险联盟取得了最后胜利。

八、海

战役结束后，探险者联盟将战场的所有空间合为一体，形成了一个半径为50公里的球形空间。

就在这个空间中，探险联盟宣布脱离泡世界独立。

独立后的探险联盟与泡世界的探险运动遥相呼应，不断地有探险泡船从地核来到联盟，他们带来的空间使联盟领土的体积不断增大，使得探险者们在1500公里高度获得了一个前进基地。被漫长的战争拖得筋疲力尽的泡世界政府再也无力阻止这一切，只得承认探险运动的合法性。

随着高度的增加，地层的密度也逐渐降低，使得掘进变得容易了。另外，重力的增加也使碎岩的处理更加方便，以后的探险变得顺利了许多。在战后第8年，就有一艘名叫"螺旋"号的探险泡船走完了剩下的3500公里航程，到达了距泡世界边缘——也就是距星球中心8000公里，距泡世界边缘5000公里的高度。

"哇，那就是到达星球的表面了！你们看到了大平原和真正的山脉，这太激动人心了！"

没什么可激动的，"螺旋"号到达的是海底。

"……"

当时，震波通信仪的图像摇了几下就消失了，通信完全中断。在更低高度的其他泡船监听到了一个声音，转换成你们的空气声音就是"啵"的一声，这是高压海水在瞬间涌入"螺旋"号空间时发出的。泡世界的机械生命和船上的仪器设备是绝对不能与水接触的，短路产生的强大电流迅速汽化了渗入人体和机器内部的海水，"螺旋"号的乘员和设备在海水涌入的瞬间好像炸弹一样爆裂了。

接着，联盟又向不同的方向发出了10多艘探险泡船，但都在同样的高度遇到了同样的事情。除了那神秘的"啵"的一声，再没有传回更多的信息。

有两次，在监视屏幕上看到了怪异的晶状波动，但不知道那是什么。跟随的泡船向上方发出的雷达震波也传回了完全不可理解的回波，那回波的性质既不是空间也不是岩层。

一时间，太空宇宙论动摇了，学术界又开始谈论新的宇宙模型，新的理论将宇宙半径确定为8000公里，认为那些消失的探险船接触了宇宙的边缘，没入了虚无。

探险运动面临着严峻的考验，以往无法返回的探险泡船所占用的空间，从理论上说还是有希望回收的，但现在，泡船一旦接触宇宙边缘，其空间可能永远损失了。到这一步，连最坚定的探险者都动摇了，因为在这个地层中的世界，空间是不可再生的。联盟决定，再派出最后5艘探险泡船，在接近5000米高度时以极慢速上升。如果发生同样的不测，就暂停探险运动。

又损失了两艘泡船后，第3艘"岩脑"号取得了突破性的进展。在5000米高度上，"岩脑"号以极慢的速度小心翼翼地向上掘进，接近海底时，海水并没有像以前那样压塌船顶的岩层瞬间涌入，而是通过岩层上的一道窄裂缝呈一条高压射流喷射进来。"岩脑"号的航行截面长250米，在高地层探险船中算是体积较大的，喷射进来的海水用了近一个小时才充满船的空间。在触水爆裂前，船上的震波仪记录了海水的形态，并将数据和图像完整地发回联盟。就这样，地核人第一次见到了液体。

泡世界的远古时代可能存在过液体，那是炽热的岩浆，后来星球的地质情况稳定了，岩浆凝固，地核中就只有固体了。有科学家曾从理论上预言过液体的存在，但没人相信宇宙中真有那种神话般的物质。现在，从传回的图像中人们亲眼看到了液体。他们震惊地看着那道白色的射流，看着水面在船内空间缓缓上升，看着这种似乎违反所有物理法则的魔鬼物质适应着它的附着物的任何形状，渗入每一道最细微的缝隙；岩石表面接触它后似乎改变了性质，颜色变深了，反光性增强了；最让他们感兴趣的是：大部分物体都会沉入这种物质中，但有部分爆裂的人体和机器碎片却能浮在其液面上！而这些碎片的性质与那些沉下去的没有任何区别。地核人给这种液体物质起了一个名字，叫"无形岩"。

以后的探索就比较顺利了。探险联盟的工程师们设计了一种叫引管的东西，这是一根长达200米的空心钻杆，当钻透岩层后，钻头可以像盖子那样打开，以将海水引入管内，管子的底部有一个阀门。携带引管和钻机的泡船上升至5000

米高度后，引管很顺利地钻透岩层伸入海底。钻探毕竟是地核人最熟悉的技术，但另一项技术他们却一无所知，那就是密封。由于泡世界中没有液体和气体，所以也没有密封技术。引管底部的阀门很不严实，没有打开阀门，海水已经漏了出来。

事后证明这是一种幸运，因为如果将阀门完全打开，冲入的高压海水的动能将远大于上次从细小的裂缝中渗入的，那道高压射流会像一道激光那样切断所遇到的一切。现在从关闭的阀门渗入的水流却是可以控制的。你可以想象，泡船中的探险者们看着那一道道细细的海水在他们眼前喷出，是何等震撼啊。

他们这时对于液体，就像你们的原始人对于电流那样无知。在用一个金属容器小心翼翼地接满一桶水后，泡船下降，将那根引管埋在岩层中。在下降的过程中，探险者们万分谨慎地守护着那桶作为研究标本的海水，很快又有了一个新的发现：无形岩居然是透明的！上次裂缝中渗入的海水由于混入了砂土，使他们没有发现这一点。随着泡船下降深度的增加，温度也在增加，探险者们惊恐地看到，无形岩竟是一种生命体！它在活过来，表面愤怒地翻滚着，呈现由无数涌泡构成的可怕形态。但这怪物在展现生命力的同时也在消耗着自己，化作一种幽灵般的白色影子消失在空中。当桶中的无形岩都化作白色魔影消失后，船舱中的探险者们相继感到了身体的异常，短路的电火花在他们体内闪烁，最后他们都变成一团团焰火，痛苦地死去了。联盟基地中的人们通过监视器传回的震波图像看到了这可怕的情景，但监视器也很快短路停机了。前去接应的泡船也遭遇了同样的命运，在与下降的泡船对接后，接应泡船中的乘员也同样遭受短路事件而死，仿佛无形岩化作了一种充满所有空间的死神。但科学家们也发现，这一次的短路没有上一次那么剧烈，他们得出结论：随着空间体积的增加，无形死神的密度也在降低。接下来，在付出了更多的生命代价后，地核人终于又发现了一种他们从未接触过的物质形态——气体。

九、星空

　　这一系列的重大发现终于打动了泡世界政府，使其与昔日的敌人联合起来，也投身于探险事业之中，一时间，对探险的投入急剧增加，最后的突破就在眼前。

　　虽然对水蒸气的性质有了越来越多的了解，但缺乏密封技术的地核科学家一时还无法避免它对地核人生命和仪器设备的伤害。不过他们已经知道，在4500米以上的高度，无形岩是死的，不会沸腾。于是，地核政府和探险联盟一起在4800米的高度上建造了一所实验室，装配了更长、性能更好的引管，专门进行无形岩的研究。

　　"直到这时，你们才开始做阿基米德的工作。"

　　是的，可你不要忘记，我们在原始时代就做了法拉第的工作。

　　在无形岩实验室中，科学家们相继发现了水压和浮力定律，同时与液体有关的密封技术也得以发展和完善。人们终于发现，在无形岩中航行，其实是一件十分简单的事，比在地层中航行要容易得多。只要船体的密封和耐压性达到要求，不需任何挖掘，船就可以在无形岩中以令人难以想象的高速度上升。

　　"这就是泡世界的火箭了。"

　　应该称作水箭。水箭是一个蛋形耐高压金属容器，没有任何动力设施，内部仅可乘坐一名探险者，我们就叫他泡世界的加加林吧。水箭的发射平台位于5000米高度，是在地层中挖出的一个宽敞的大厅。在发射前的一小时，加加林进入水箭，关上了密封舱门。确定所有仪器和生命维持系统正常后，自动掘进机破坏了大厅顶部厚度不到10米的薄岩层，随着"轰隆"一声，岩层在上方无形岩的巨大压力下坍塌了，水箭浸没于深海的无形岩之中。

　　周围的尘埃落定后，加加林透过由金刚石制造的透明舷窗，惊奇地发现发射平台上的两盏探照灯在无形岩中打出了两道光柱，由于泡世界中没有空气，光线不会散射，这时地核人第一次看到了光的形状。震波仪传来了发射命令，加加林扳动手柄，松开了将水箭锚固定在底部岩层上的铰链，水箭缓缓升离了海底，在无形岩中很快加速，向上浮去。

科学家们按照海底压力，很容易计算出了上方无形岩的厚度，约10000米，如无意外，上浮的水箭能够在15分钟内走完这段航程，但以后会遇到什么，谁都不知道。

水箭在一片寂静中上升着，透过舷窗看出去，只有深不见底的黑暗。偶尔有几粒悬浮在无形岩中的尘埃在舷窗透出的光亮中飞速掠过，标示着水箭上升的速度。

加加林很快感到一阵恐慌，他是生活在固体世界中的生命，现在第一次进入了无形岩的空间，一种无依无靠的虚无感攫住了他的全部身心。15分钟的航程是那么漫长，它浓缩了地核文明10万年的探索历程，仿佛永无止境……就在加加林的精神即将崩溃之际，水箭浮上了这颗行星的海面。

上浮惯性使水箭冲上了距海面十几米的空中，在下落的过程中，加加林从舷窗中看到了下方无形岩一望无际的广阔表面，这巨大的平面上波光粼粼，加加林并没有时间去想这表面反射的光来自哪里。水箭重重地落在海面上，飞溅的无形岩白花花一片撒落在周围，水箭像船一样平稳地浮在海面上，随波浪轻轻起伏着。

加加林小心翼翼地打开舱门，慢慢探出身去，立刻感到了海风的吹拂，过了好一阵儿，他才悟出这是气体。恐惧使他战栗了一下，他曾在实验室中的金刚石管道中看到过水汽的流动，但宇宙中竟然有如此巨量的气体存在，是任何人都始料未及的。

加加林很快发现，这种气体与无形岩沸腾后转化的那种不同，不会导致机体的短路。他在以后的回忆录中有过一段这样的描述：我感到这是一只无形巨手温柔的抚摸，这巨手来自一个我们不知道的无限巨大的存在，在这个存在面前，我变成了另一个全新的我。

加加林抬头望去，这时，地核文明 10 万年的探索得到了最后的报偿。

他看到了灿烂的星空。

十、山无处不在

"真是不容易，你们经历了那么长时间的探索，才站到我们的起点上。"冯帆赞叹道。

所以，你们是一个很幸运的文明。

这时，逃逸到太空中的大气形成的冰晶云面积扩大了很多，天空一片晶亮，外星飞船的光芒在冰晶云中散射出一圈绚丽的彩虹。下面，大气旋形成的巨井仍在轰隆隆地旋转着，像是一台超级机器在一点点碾碎这个星球。而周围的山顶却更加平静，连碎波都没有了，海面如镜，又让冯帆想起了藏北的高山湖泊……冯帆强迫自己冷静，使思想回到了现实。

"你们到这里来干什么？"他问。

我们只是路过，看到这里有智慧文明，就想找人聊聊，谁先登上这座山顶我们就和谁聊。

"山在那儿，总会有人去登的。"

是，登山是智慧生物的一个本性，他们都想站得更高些，看得更远些，这并不是生存的需要。比如你，如果为了生存就会远远逃离这座山，可你却登上来了。进化赋予智慧文明登高的欲望是有更深的原因的，这原因是什么我们还不知道。山无处不在，我们都还在山脚下。

"我在山顶上。"冯帆说，他不容别人挑战自己登上世界最高峰的荣誉，即使是外星人。

你在山脚下，我们都在山脚下。光速是一个山脚，空间是一个山脚，被禁锢在光速和空间这狭窄的深谷中，你不觉得……憋屈吗？

"生来就这样，习惯了。"

那么，我下面要说的事你会很不习惯的。看看这个宇宙，你感觉到什么？

"广阔啊，无限啊，这类的。"

你不觉得憋屈吗？

"怎么会呢？宇宙在我眼里是无限的，在科学家们眼里，好像也有200亿光年呢。"

那我告诉你，这是一个200亿光年半径的泡世界。

"……"

我们的宇宙是一个空泡，一块更大固体中的空泡。

"怎么可能呢？这块大固体不会因引力而坍缩吗？"

至少目前还没有，我们这个气泡还在超固体块中膨胀着。引力引起坍缩是对有限的固体块而言的，如果包裹我们宇宙的这个固体块是无限的，就不存在坍缩问题。当然，这只是一种猜测，谁也不知道那个固体超宇宙是不是有限的。有许多种猜测，比如认为引力在更大的尺度上被另一种力抵消，就像电磁力在微观尺度上被核力抵消一样，我们意识不到这种力，就像处于泡世界中意识不到万有引力一样。从我们收集到的资料上看，对于宇宙的气泡形状，你们的科学家也有所猜测，只是你不知道罢了。

"那块大固体是什么样子的？也是……岩层吗？"

不知道，5万年后我们到达目的地时才能知道。

"你们要去哪里？"

宇宙边缘，我们是一艘泡船，叫"针尖"号，记得这名字吗？

"记得，它是泡世界中首先发现地层密度递减律的泡船。"

对，不知我们能发现什么。

"超固体宇宙中还有其他的空泡吗？"

你已经想得很远了。

"这让人不能不想。"

想想一块巨岩中的几个小泡泡，就是有，找到它们也很难，但我们这就去找。

"你们真的很伟大。"

好了，聊得很愉快，但我们还要赶路，5万年太久，只争朝夕。认识你很高兴，记住，山无处不在。

由于冰晶云的遮拦，最后这行字已经很模糊。

接着，太空中的巨型屏幕渐渐暗下来，巨球本身也在变小，很快缩成一点，重新变成星海中一颗不起眼的星星，这变化比它出现时要快许多。这颗星星在夜空中疾驶而去，转眼消失在西方天际。

海天之间黑了下来，冰晶云和风暴巨井都看不见了，天空中只有一片黑暗的混沌。冯帆听到周围风暴的轰鸣声在迅速减小，很快变成了低声的呜咽，再往后完全消失了，只能听到海浪的声音。

冯帆有了下坠的感觉，他看到周围的海面正在缓缓地改变着形状，海山浑圆的山顶在变平，像一把正在撑开的巨伞一样。他知道，海水高山正在消失，他正在由9000米高空向海平面坠落。在他的感觉中只有两三分钟，他漂浮的海面就停止了下降，他知道这点，是由于自己身体下降的惯性使他没入了已停降的海面之下，好在这次沉得并不深，他很快游了上来。

周围已是正常的海面，海水高山消失得无影无踪，仿佛从来就没有出现过一样。风暴也完全停止了，风暴强度虽大但持续时间很短，只是刮起了表层浪，所以海面也在很快平静下来。

天空中的冰晶云已经散去很多，灿烂的星空再次出现了。

冯帆仰望着星空，想象着那个遥远的世界，真的太远了，连光都会走得疲惫，那又是很早以前，在那个海面上，泡世界的加加林也像他现在这样仰望着星空。穿越广漠的时空荒漠，他们的灵魂相通了。

冯帆一阵恶心，吐出了些什么，凭嘴里的味道他知道是血，他在9000米高的海山顶峰得了高山病，肺水肿出血了，这很危险。在突然增加的重力下，他虚弱得动弹不得，只是靠救生衣把自己托在水面上。他不知道蓝水号现在的命运，但基本上可以肯定，方圆1000公里内没有船了。

在登上海山顶峰的时候，冯帆感觉此生足矣，那时他可以从容地去死。但现在，他突然变成了世界上最怕死的人。他攀登过岩石的世界屋脊，这次又登上了海水构成的世界最高峰，下次会登什么样的山呢？这无论如何得活下去才能知道。几年前在珠峰雪暴中的感觉又回来了，那感觉曾使他割断了连接同伴和恋人的登山索，将他们送进了死亡世界，现在他知道自己做对了。如果现在真有什么可背叛的东西来拯救自己的生命，他会背叛的。

他必须活下去，因为山无处不在。

刘慈欣：中国科幻小说领军人物，被称为"以一己之力将中国科幻带到了世界水平"。曾获得1999—2006年中国科幻银河奖，多次获得华语科幻星云奖最佳长篇和最佳奖，2015年凭借《三体》获得第73届雨果奖最佳长篇小说奖，为亚洲作品首次获得此奖项。2017年6月，《三体3》荣获国际科幻大奖轨迹奖。

最后一个勇敢的人

上

他跳过一道围栏，跑过草原的最后一段路。远方能看见线条和缓的山丘以及小村的轮廓。长草在风中摇曳，无边无际，一棵枯树伶仃。夕阳照在小村的边缘，亮成耀眼的金色光晕。山的线条消失在光晕中，和天空草原融为一体。晚霞将草染成金色叶尖与黑色阴影的交织。草原像深海，远山是青蓝色。脚踏在草里，会在柔软厚实的触感中下沉，踩出沙沙的声音。四周只有风，寂静无人。这是他许久未见过的辽阔与自由。

他甚至希望能一直这样跑下去。

他在眼镜的一角测距，离地铁还有不到 1 公里，但身后的追缉者已经出发，距离他不到 5 公里。他心底有些许绝望。已经奔跑了这么远，眼看就能进入公共交通网了。可是恐怕来不及了。只要能进入地铁，他有 100 种方式消失在人海。但太晚了。地效飞行器在这种地方的速度是惊人的。他看见眼镜上的红点在逐渐靠近，只要几分钟，他们就可以到他身旁。他在到达地铁之前就会被截住。

他的脚步没有停下，胸口最憋闷的时段已经过去，此时已经进入没有痛苦、没有疲倦的机械时段，他几乎感觉不到自己的双腿，只是用尽全力交替让两条腿运转。他望着前方，风在耳朵尖上冰凉。他的目标是最近的建筑，那建筑看上去像一个仓库，土黄色金属质地带棱纹的外墙，白色字母印在上面，有两辆运货卡车停在外面，像一个寻常超市，或者说故意装扮成寻常超市的样子。它在眼前一点点扩大。

他尽力望着远山和草原，想记住这最后辽阔的印象。

突然，前方有草丛着火了，火焰升腾又熄灭，留下烧焦的黑色疤痕。他的心猛地抽紧，他们已经赶到了。激光枪又一次袭来，追随着他的脚步，将草丛点燃。他变向，它也变向，几次将擦过他的裤脚。他的背包侧袋被击中了，他向前一个趔趄，顺势扑倒，将背包甩在地上，站起来继续跑，背包被穿透，在身后默默燃烧。

他用最后一点力气冲刺，奔到仓库外停着的货运卡车背后，又向仓库大门跑去。门开着，似乎正在装运某些货物。

他已经看见了身后的地效飞行器，从草原上沿着他的足迹。

他向前鱼跃，扑到仓库门口，他刚刚跑过的地方墙壁上腾起火花。他跃起身子，抓住从仓库里走出的一个老人，用最大的力气卡住老人的脖子，将老人卡在自己身前，掏出随身的手枪，顶住老人额头，面对他们。激光枪暂时停止了。他一步步向仓库里退，老人的喉咙里发出"呃呃"的声音，但说不出话，双手徒劳地在身前抓着，跟着他向门里退。枪声似乎犹豫了片刻，他已经退到大门里。大门内侧像所有超市仓库一样有着淡灰色的控制面板，红色的是关门按钮。他拽着老人，用头顶撞击红色按钮。大门关上了，在合拢前，门缝里又有激光枪射入，只是他已然躲到门后。

大门关闭之后，他放开老人，用枪顶着老人头部，逼他又按动了几个锁门的开关。

他发现仓库大门出奇地厚重结实，内锁异常复杂，远非超市仓库可比。他抬头环视一周，发现这是一座军火库。这在意料之外，却在情理之中，这附近还有一座军事基地。

他用手臂卡着老人的颈部，环绕仓库一周，一边查看地形，一边用枪打碎了每个摄像头。他曾经在超市仓库做工，对常规分布相当熟悉。为了以防万一，他又用枪押着老人带着他在每一条通道仔细走了一遍，确定没有遗漏了才放开老人，老人跌坐在地上。他略松了口气，在仓库一角的塑料椅子上坐下，又伸手扶老人起来，坐在他身边。

"我叫斯杰 47。"他说。

"我知道。"老人说，"电视上播了。"

他警觉起来："什么电视？"

"社区电视台，刚才刚播。"老人迟缓地说。他坐在塑料椅上，弯腰整理刚才在地上被拖得卷起来的裤子，动作慢却不乱。"说你是危险人物，要求所有村民不要收留你在家里。还要求所有知道你下落的人举报你。"

"什么？"他又掏出枪，对准老人的额头，"把手机交给我。"

老人直起身子，顺从地从上衣口袋里掏出手机，交给他，又任他搜身，把所有衣服口袋都翻开腾空为止。他似乎还不放心，连老人的内衣都摸了一遍。老人的身体很瘦，干枯嶙峋。

"没用的。"老人说，"最多一个晚上，明天他们还是能抓到你。"

他皱皱眉问："为什么？他们能硬闯进来？"

"不能。这里的安全警备是顶级。"

"他们能毁掉仓库？"

老人又摇摇头道："不能。那会把这里的炸弹引爆，波及市区。"

"那为什么说最多到明天？"

"他们会通毒气进来，所有换风的地方他们都有办法送入毒气。以前他们在仓库抓人就是这么干的。"

"那我们赶紧把通风口堵死。"

"你想自己把自己憋死吗？"

"总能多撑一段时间不是吗？"他想了想，又补充道，"我不相信他们会那么干。还有你在这里，做我的人质，你是无辜的，他们不会把你也毒死。"

"他们会的。"老人漠然地说，像是在说其他人的事情，"我只是个微不足道的小人物，死了也无所谓，他们会隐瞒的。"

"不可能。如果他们不在乎你的死活，刚才就把你和我一起打死了。"

"那是因为车上的人不确定我是谁。等他们晚上回去查了，弄清楚我只不过是一个普通仓库人克隆体 32 号，他们就不用顾忌了。这种事是常有的，我已经死过一次了。"

斯杰 47 心里渐渐发冷，他咽了咽唾沫问："你是谁？"

老人站起身，向仓库的另一端走去，似乎完全不在意身后的手枪："我只是个小人物，说了你也不会知道。不过我也没什么可隐瞒的，我叫潘诺 32，微不足道的人。"

"等等，你等等。"斯杰 47 站起来，跟上老人，抓住他的手臂，"你有办法对不对？你之前经历过这种事，你知道怎么躲藏对不对？"

老人抬眼看他一眼："我如果知道，就不会死过一回了。"

他继续跟着老人："但是你应该帮我，现在我们在同一条船上，如果他们明天灌毒气，那你得跟我一起死。你不想死对不对？那你就帮帮我，帮我逃出去，你救我也救你自己。"

"把你交出去是我最好的办法。"

"你敢吗？"他故意恶狠狠地说，"我今天会绑住你，让你根本没有机会。"

"那你还怎么让我救你？"

他又上前一步，挡在老人面前，双手死死扣住老人肩膀，手指用力掐入老人嶙峋的瘦骨，做出威胁的语调："你到底帮不帮我？你不帮我，我现在就能让你求生不得求死不能。"

老人被他摇得像一个关节断开的木偶，但是说话的声音并没有变："随你的便吧，反正早晚都是死。"

他有点绝望，把老人放开，深呼吸，问："你到底怎样才肯帮我？我有隐藏的大笔资产，等安全了就给你一笔钱，你要多少？你说个数，能给我一定给。你相信我。"

老人将被他弄皱的蓝色工装服袖子拉平，说："我当然信，斯杰的宝藏不是吗？你当然有钱，不过我不缺钱花，估计也活不了几年了，要了太多也花不完。"

"你知道我的宝藏？"

"谁不知道？斯杰的追随者里富可敌国的太多了，一人给你一笔捐款，你就有一座宝藏了。"

他已经很久没有看过电视了，被关押的地方没有电视，他不知道他的形象变成了什么样。

"那你还知道我什么？"

老人喘过气，继续向墙边的电脑走去："没什么特别的，都是老一套。你是奇才，推导出了自己的宇宙模型，有一套自己的文明理论，和当前的文明理论不符。很多人想以你为领袖，你有好多追随者。你虽没成立自己的党派，但是他们看到了巨大的威胁，因此说你的理论是错的，要杀掉你。就这么多。"

"我的理论是对的。"他跟上老人的脚步。

"你不用跟我说，反正我也不懂。"老人一边说着一边操作墙上的电脑屏幕，完成每天例行的管理工作。他对他的话始终没有显示出关心。

"我也没有煽动暴力革命。"

"这你也不用跟我解释，不是我要抓你。"

"有些事并不是我的意思。"他仍然固执地解释说，"一些追随者做的事我也不知道。"

老人停下手里的操作，转过头看着他，说："如果我没理解错，你名字的意思是第 47 号克隆体？"

他点点头。

"所以有很多事并不是你亲身经历的？"

"对。"他说，"不过你知道……"

"包括最早推导出理论的也不是你？"

他不想承认这件事，但他又没有解释的借口："对，不是我，但我……"

"那你为什么要在意你的本体做过的事情？"

他大吃一惊："我为什么不在乎？他的事情就是我的事情啊。"

"这你就错了。你是你，他是他。"老人慢吞吞地说，"他做了什么都是过去的事了,你有你决定的权利。他的理论叫什么来着……独立个体主义,是不是?你就是独立个体不是吗?你可以投降,你何必为了他而送死呢?我看过电视了,如果你承认错误,和他们合作,你就不用死。"

他一只手按在墙上:"可他们要杀死我的每一个副本啊,不管我说了什么或做了什么,只要是他,或者说只要是我,他们都要杀死的。这不是我自己采取了什么立场就能改变的,就像……就像过去焚书坑儒,要烧掉同一本书的每一个拷贝,是一样的。"

"不一样啊。"老人说,他已经完成了一天的例行登记,关上了屏幕,"每一本书都一模一样,但每一个人的副本是不一样的啊。你有你的决定权,你就告诉他们你不同意你本体的意见,他是错的,你要和他们合作,你就能活下来的。他们一定愿意见到你站在你这一边,不会杀死你,这对他们有好处。"

他被老人的话震惊到了。"你怎么能这么说?你也是克隆体对吗?"他严肃地问,"刚才你说到你死过一次的经历,说明你也把本体或者其他克隆体的经历代入成你自己的,对吗?这说明你也认同你们都是统一体了,他的经历就是你的,你的也是他的。"

老人的神情还是一如既往,他平静地朝自己的小餐桌走去。"我是这么说过,"他说,"但这不意味着我不能放弃他。只要我需要,我随时可以宣布我和他们没关系,我就是我自己,和谁都没关系。"

"不,你不能。"

"为什么不能?"

"你不能放弃你自己。帮帮我,好吗?"

"给我个理由。"

老人走到自己的小餐桌边上,坐下,点选了两个按钮。墙上的烤炉里降下两份包装好的冷冻食品,在烤炉里自动打开包装,开始加热。斯杰 47 看见烤炉逐渐变红的内膛,感觉到饥饿,他隐隐希望这两份食物有一份是给他的,他已经一天一夜没有吃东西了。

老人点燃一支烟，问他要不要，他点点头。又一支烟点燃了，老人递给他。两个人默默地抽了一会儿，都没有磕烟灰，一直在手指间夹着，像是在等某个信号，直到烟灰长得支持不住才在烟灰缸里轻磕一下。烟的味道很好闻，他们的距离似乎在烟圈里拉近了。

他压住内心的焦虑，耐心地问老人："你还记得你第一次知道你有副本时的情景吗？"

老人说："我和我的一个副本一起长大，从小我就知道了。"

"我不是。"他说，"我一个人生活在澳大利亚的一个农庄，靠近一个天文观测站。小的时候，我的生活很闭塞，每天就是农庄和小镇子上的一点事。我家附近有好多袋鼠，我每天和袋鼠玩。镇上有几个伙伴，我们一起打袋鼠、捉鸟，也相互捉弄。"

他说着停下来，似乎看到了过去，陷入小时候的单纯回忆。那个时候很简单，每天下午在镇上奔跑，打板球，恶作剧，欺负与被欺负，他以为那就是全天下了。他想击败镇上一个粗横的大孩子，那个孩子会抢他们的零花钱，那是他当时能想到的最强大的敌人了。

"所有的一切到我13岁那年为止。"他说下去，"那年我爸爸带我去一个女人家做客。那个女人是天文观测站的计算机维护员，我爸爸给那个天文观测站做饭，每天晚上送过去。那时候我也总去观测站玩，认识那个女人。那个观测站很大，方圆几公里，基本上就是没人的草原，零零星星有几根天线，来观测的是各国科学家，总是来几天就走。那个女人没结婚，一个人住在草原上一个小房子里。那天是圣诞节，她邀请所有人去她家玩，可是其他国家的科学家都拒绝了。我爸爸看她怪可怜的，就答应了，带着我和我妈妈过去。她显得很高兴，我也挺高兴的，难得去不认识的人家玩。

"当天我们都带了礼物，到了她家就堆在圣诞树下面，树下还有不少其他礼物，我看了还觉得奇怪，有这么多人给她送礼物吗？但我没问，我就坐在沙发上吃饼干，看童话书。她家乱糟糟的，有钢琴，有童话书，也有好多计算机书。

我爸妈和她聊天,似乎聊得不错。直到吃饭时,厨房里走出来一个女人,跟她长得一模一样,我顿时目瞪口呆。我那时还不知道克隆体,我还以为是她的双胞胎姐妹,谁知她自己介绍说她俩是一个人。我当时吓呆了,我爸妈倒是没觉得奇怪,我整顿饭都没吃好。饭后我又回到沙发那儿,她俩互相拆礼物,原来那些礼物都是她俩相互送的,还全都包装好,写上赠言,拆礼物的时候两个人都露出惊喜的表情,为每个礼物拥抱一番。我那时才知道,原来这世界上还有这么寂寞的人。

"当天晚上回家的路上我问我爸爸:'爸爸,我也有克隆体吗?'我爸爸才把一切告诉我,原来他只是我的养父。我还记得那天的星星,虽然我们那儿天天能看到银河,但那天的银河特别亮,南天十字也很亮,我好像再也没见过那么多星星。"

他讲完了,望着仓库的天顶,似乎想透过天顶看到外面的银河。

老人抽完了一支烟,烤炉的时间刚好也到了。老人站起身,将烤炉里的两盒食物拿过来,分给他一份,是速冻肉卷和烤土豆。

老人开始吃,斯杰47没有动。他手里的香烟还点燃着,他似乎忘了。

"后来,"他说,"我央求父亲把我送回我的克隆体和本体集中的地方。在那里我见到了他们,那一瞬间我觉得自己找到了归宿,我的心好像终于醒了。"

老人没有被他打动,只是自顾自地切土豆。

"这故事太温情了,不适合我。"老人说。

"你有没有那种时候,"他抽完手里的最后两口烟,问道,"感觉你和本体或者另一个副本情绪相通?当他们讲一段事情,你觉得就是发生在你自己身上的事情。"

"有啊。"老人说,"太正常了。"

"你想没想过为什么?"

"为什么?"

"因为你们共享着同一个生命。"

"哈！"老人冷笑了一下，"哪有那么神秘。只是因为你们基因一样，所以激素和脑结构一样，对事情的反应也就一样，这没什么的。"

"不是这么简单。"他说，"这涉及生命本身。你想没想过生命是什么东西？它是禁锢在一个身体里面的东西吗？不是的，它是超越身体的存在。我们每一个个体，每一个副本，都是同一个生命。这就好比……好比一本书，你销毁了一本书，能说这本书消失了吗？不能。只要还有纸，就还能复制一本出来，还是同一本书。书的灵魂是它的内容，和纸张没关系，即使这个世界上所有书的拷贝都消失了，这本书也还存在。"

"你再不吃要凉了。"老人指了指他的盘子。

他低头看看，心不在焉地叉起一块土豆，又补了一句："书和拷贝的关系，就跟生命和我们是一样的。"

老人吃下最后一口肉卷，放下叉子，说："不过，如果再没人记得这本书，那这本书也就算消失了。"

"是的，是的。所以至少应该留下一份拷贝，让人记得。"他紧张地盯着老人的眼睛，"我说了这么多你还不明白吗？我就是最后一个副本，这个生命的最后一个拷贝。"

老人盯着他，不说话了。

他放下刀叉，继续道："前面已经有46个人死掉了，包括他，我是他们要消灭的最后一个副本。等到我死了，他们会将我的基因图谱彻底销毁，这个世上就再也不可能有我的存在，不只是副本，连这个生命本身也就没有了。这不是我的事或他的事，这是这个生命的事，也就是我的生命。"

天光已经消失了，从仓库一圈小窗中透入的只是黑色的夜光，仓库里几乎相互看不到了。老人点亮了餐桌上的一盏小灯，两个人都隐在黑暗中，小灯的光晕照亮的一圈中，只有双手是清晰可见的。他感觉他很热，那种躁动不安的热。他想从黑暗中看清楚老人的眼睛，想看清这个始终无动于衷的老人内心真实的想法。

"帮帮我好吗？"他的语气已经从最初的威胁变成了恳求，"要不然他就彻底消失了。"

"可是我还有妻子和女儿。"

"你可以和我一起逃。"他双手合十,内心无比焦虑,"这也是为了全人类。"

老人沉默不语,从他皱起的眉头看,他也在做着艰难的抉择。

他刚想退而求其次:"或者你帮我留住我的书,我的新作还没来得及出版。"

"明天上午将有一辆运输车来运货。"老人说。

中

次日清晨,仓库外有振聋发聩的高音喇叭,声音大得能够传到几百米外的小村。喇叭对着仓库喊话,从仓库的气窗清楚地传到室内,在仓库宏阔的屋顶下盘旋,发出嗡嗡的回声。和老人预测的一样,他们威胁要通入毒气,除非他自首或被交出来。

仓库的门开了,老人走出来。他仍然是一副处变不惊的样子,眼观鼻,鼻观心,穿着蓝色工装,脸颊松弛的皮肤耷拉着,显出腮帮凹陷,眼圈黑黑的,稀疏的几根白头发飘来飘去。阳光里所有人都望着他,那目光的聚焦似乎把他变得更瘦小。

他示意他们跟他进来。他带他们走到一个封装的集装箱外,开了箱,将装载的一颗中子弹从箱内轨道上滑出,带人走进箱内,在角落的一个本应装载中子弹配件的小木箱前停下,等摄像机就位,把木箱打开。

里面是斯杰47蜷缩的身影。

那一刻,全世界都看见了斯杰47愤恨、恐惧与绝望交织的眼神。

潘诺32说,斯杰47的计划是让他谎称他半夜由气窗逃跑,白天则暗藏集装箱内由卡车运送到图卢兹。

"这个计划很简陋,但我得到了他的信任。"潘诺32向拘捕者说。

"是的,我想过合作,但我还有妻子和女儿。"他对围绕他的记者说。

斯杰 47 在突袭中没有过多抵抗就被制伏,带回军事基地。他们在他身上搜到了他的基因组图谱,这是他前一天偷出来的,被当场销毁。

将斯杰 47 带走之后,拘捕者并不放心潘诺 32。他们对仓库上下进行了地毯式搜索,将一切纸片都燃烧殆尽。电脑也被彻底清查,连同仓库仓储信息一同格式化,销毁硬盘,以确保斯杰的新书没有被保存在任何地方。仓储信息在总部有每日备份,不怕丢失,但斯杰的新作如果留存下来并传世,影响不可小觑。他们连潘诺的身上也仔仔细细进行了搜寻,衣服被绞碎,又给他配备了一套全新的。

接下来的日子里,斯杰 47 接受了军事法庭的秘密审判,并被快速处决。

潘诺 32 被带到另外一个基地,在军事医学专家的指导下接受催眠观察。军事医学专家和刑侦科经验人士一遍遍询问他斯杰有没有透露新书的内容,问他是否记得新书内容,或者斯杰宝藏的存储方式,或者斯杰追随者的信息。潘诺 32 在催眠审讯法中被审问了很多次,他对那段时间的记忆就是睡与醒分不清边界,醒来和睡去不知道哪一个是真实世界。他反反复复回想这一生的种种片段,从儿时与另一个他在小河边钓鱼,到少年参加国际象棋盲棋大赛,到成年后穿过世界拜访每一个仓库中的自己,再到登雪山的顿悟,最后是这偏隅角落孤独仓库的寂寥晚年。他回想自己生命的每一个转折和最终的走向,醒来是麻木的作息起居,睡梦里穿梭在一生的画面和那一晚的交谈。

最后,在确认了得不到任何有用的信息之后,他们释放了他。从记录看,他确实不了解斯杰 47 的新书,也就是说,那本新书还没有问世就彻底消失了。

斯杰的追随者在他的最后一个副本死去之后很快分崩四散,原本就没有成型的组织架构,在领导者消失之后更无组织的核心。追随者以豪富和一部分崇尚独立的中产阶级为主,这些人最希望保全自己。在声势浩大的时候也只是悄然捐款,到了危机四伏的境况中更是退散蛰伏。他所引起的一波反对的声浪就这样如退潮般散去,悄无声息,世界之海又恢复死一般的沉寂,偶尔有一些追随者还在传播斯杰归来的消息，但随着时间的流逝，这些消息也不再引起轰动。这件事就这样了结了。

世界仍在如常运转，大世界的概念已经逐渐成为根深蒂固的理念。基因选择让人的特长分化得更加鲜明突出，于是一代代身份特征固化得更加明显，仓库人、运输人、程序人、警察人，每个人都是大世界的一个小电子，人人安于身份，融于世界。

当你的自由和世界的自由冲突，你就不自由。你的自由不重要，得到自由的办法是融入世界的大自由，这是世界的法则。

潘诺32经过了不平静的晚年，从被释放的第一天，他就受到憎恨和威胁。他对斯杰的背叛被全世界支持者唾弃，不止一封恐吓信躺在他的邮箱里，威胁要杀死他示众。他不得不乞求拘捕者的保护，他们将他置于军方管控的范围内，定期有士兵巡逻。他的工作被免除了，由政府提供高额退休金，这一方面是对他的保护，另一方面也反映出军方对他仍有怀疑，不敢让他看管军火。他在两方面的怀疑中度过软禁一般的日子，每天早上在小村边缘散步，上午去废弃的小教堂做一个人的祷告，下午和妻子喝下午茶，看儿女传来的照片，晚上独自写日记。他只旅行过两次，都是在看护中去看望他从小一起长大的另一个副本，他的兄弟，分享生命的人。

他的晚年眼看就要平安度过了，在67岁的一个下午，也就是斯杰47被杀后第7年，他被一个成功闯入小村的杀手将咽喉割开，复仇成功。这是整件事最终的结局。

下

潘诺34骑在马上，看着眼前的山涧，远处有瀑布声。潘诺35站在山路拐弯处的平台上，半只脚伸出悬崖外，离下面的深渊只有一步之遥。潘诺34只挪了一步，潘诺 35 就又后退了半步。

"你先听我说，"潘诺 34 小心翼翼地说，"你听我讲一个故事，然后再决定行不行？"

潘诺 35 不置可否，他带着拒斥与怀疑看着潘诺 34。在这个时候，他对什么都拒斥。

给晚辈讲述不光彩的祖先总不是一件容易的事，更何况是在一个人离死只有一步的时候给他讲不光彩的自己。但潘诺 34 知道他还是得讲，这是潘诺 35 唯一能听下去的事。

"那个时候我跟你现在一样大，13 岁。"潘诺 34 对潘诺 35 说，"而 33 当时 62 岁，33 给我讲的时候，我还有很多事不明白，就像你现在一样。"

潘诺 34 已经老了，他知道自己也许没几年可以活了。所有的故事都是他从潘诺 33 口中听来的，55 年过去了，他的记忆依然清晰如昨。他恍然仍能看到潘诺 33 站在窗边的身影，苍老、倦怠、眉头皱着，充满困惑。他见过潘诺 32 一次，只是那个时候他才 5 岁，还充满羞怯，只躲在潘诺 33 的沙发背后悄悄看着。

"克隆体的真谛就在于，我理解你。"他尽量耐心地向潘诺 35 解释道，"我完全知道你现在的感受。虽然我们都不同，比如潘诺 33 的腿小时候因车祸留下过残疾，比如我的肾很早就出了毛病，比如我不会喜欢你现在这样的衣服，等等。但是我们有些核心的东西是一样的，我们都很内向，对别人的话特别敏感，喜欢联想，我们共享着一个生命。我真的明白你现在的感觉，你不必害怕，不是只有你自己这样，即使你长着一只怪耳朵，你也不用觉得自卑或孤独……"

潘诺 35 急了："谁长着怪耳朵！"

"好，好，我错了。"潘诺 34 连忙和缓了语气，"你没有长一只怪耳朵。我的意思是，你有你的独特和你所擅长的东西，不用为了一些细节太介意。"

潘诺 35 的情绪不佳。自从班上同学给他起了新外号"怪耳兽"，他的情绪就没有好过。他留了一半长一半短的发型，额前的头发拨向一侧，蓄得长长的，把左耳完全覆盖在其中，顺便也遮住一只眼睛和半张脸，而右侧则剪得短短的，几乎贴着头皮。他的习惯动作是捋额前的头发，哪怕已经很服帖了，他也总是下意识再向左梳。他讨厌班上那些总是试图撩起他左侧头发的家伙，如果可能的话，他想胖揍他们一顿。他做梦的时候就揍过他们。可是现实生活里，他又想和他们玩。如果可以，他愿意付出家里所有的模型玩偶换取他们中间一个受高看的地位，他总是被嘲笑的那一个。

他也不受老师宠信，他成绩不好，脑子不快，除了死记硬背，什么都不擅长。他聚会时被人忘记，他被喜欢的女孩拒绝，而被拒绝之后，还要在大家面前看女孩跟着叫他"怪耳兽"的人一块亲吻着离开。这最后一点最让他无法忍受。

"你有你的个性。"潘诺34仍然在耐心地说，"比如说你过目成诵，过耳不忘，你可以给同学背很多诗。"

"背诗？哈！"潘诺35再没有听过更荒谬的话了。

"你有别人没有的悠长历史，悠长的克隆体的经历。"

"那有什么好骄傲的？"潘诺35抬眼瞪着潘诺34，目光里有一种难以觉察的伤感，像水里的火，灼得人发疼，"你别总拿你们那点事跟我唠叨了行不行，我早就知道了。可现在不是你们那个时代了，你以为克隆体有什么值得骄傲的吗，你知道我们同学都怎么叫我吗？他们说……说……算了，反正我们班家里有钱的都不是克隆体。"

"那是因为他们并不真的理解克隆体。"

"理解什么？理解仓库管理员的乐趣吗？"

他们都是仓库人，天生就是，到了一定年龄就去报到。潘诺34知道，这一点也是被人嘲笑的一部分，管仓库不是什么体面的工作，他小的时候也为此被人嘲笑。

潘诺34看着潘诺35，他穿着一身黑色连体服，紧贴着皮肤，边缘处几乎和皮肤连上，四肢处有飘飘荡荡的布料，像是裁剪失败的边角料，又像是蝙蝠侠缩水的翅膀，是潘诺34年轻时无论如何不会穿的衣服。但他脸上的固执、愤怒和羞怯与当年的自己如出一辙。这个孩子跟随他长大，就像他跟随潘诺33一起长大一样。他们是人群中特殊的一类，能够不断培养自己长大，因为他们有很多东西要相互教授。他完全明白此时潘诺35的痛苦、羞怯和愤怒，在他年轻时他也经历过。

"这个世界上每个人都是与众不同的。"潘诺34说，"你可能并不在意我们的历史，但我想告诉你的是，那一年仓库里发生的事情决定了我们的未来。"

潘诺35远远地瞪着他，脚仍然僵直地踏在悬崖边上，没有退回一步。

潘诺34看着青翠的山谷，似乎能穿过白色的水雾，看到那天晚上昏黄的灯光。

"那天晚上潘诺32问斯杰47，"他说，"为什么一定要活下来，既然他的很多思想已经流传开了，人的死活也无所谓。古代思想家的著作留下来，但是人也并没有一直活着。他说了一段话，一下子打动了潘诺32。

"他说：'你想想看，如果爱因斯坦活着，看到了后来的宇宙学，看到了大爆炸理论和夸克理论，他会做出什么事？有很多人活在和爱因斯坦同时同地，但没有想到广义相对论。这不是那些人不聪明，是思维方式的不同，看问题的角度不同。每个人的大脑沟回、灰质白质比例、激素水平、左右脑的关系都是不同的，因而每个人的思维方式都是特定的。'

"'我就是我。'他又说，'虽然不是我这个副本推出了我的方程，但是我第一次看到它，我就知道我也是这样想的，我看到那些假设就自然而然会往这个方向去想。这就是我，同理，你也是特殊的你，有很多事只有你会做，也有很多事只有你会往特殊的方向上想。'

"就是这句'有很多事只有你会做'打动了他。"

潘诺34说到这里，转过头紧紧地盯着潘诺35，似乎想用目光传达很多事。潘诺35能够感觉到潘诺34此时的严肃，他不知道潘诺34要说什么，有点紧张，又下意识地捋了捋头发，他动了动脚，脚下有两块小石头松了，滚下山崖，发出"刷"的一声。两个人立刻都静了一会儿，身后只有瀑布哗哗的声音，轻雾笼罩着山岩上的松树。

"我知道仓库管理员的工作不精彩，你为此感到有点羞耻，因为你不想做这个，你想做明星。这些我都明白，可是我想告诉你，我们做这个有我们的理由。

"我们都像一本书的拷贝，书才是意义。克隆体越多，你的世界越大。你可以经历永生永世。斯杰的独立个体主义说，一个人的价值不应该用大世界来判断，应该用小世界判断。这是他最危险的地方。

"我愿意相信他。

"现在，我来告诉你为什么你不该死。"

潘诺34能看到潘诺35悄悄屏住呼吸。四周寂静无人，瀑布遥远空旷的声音传入耳朵，气势磅礴的水雾升腾几十米高，在半山腰形成彩虹。自然的力量裹挟着他们，在这里说话，没有人会听到。

潘诺34又清了清嗓子，他相信时候到了。他想着这些天在电视里看到的一切，大世界的危机，权势倾覆。如同电路运行过久积累的错误，局部过热，烧毁电路，各部分不协调，冗余和缺漏不能互补，强行压制与掩盖，更多不协调，人为的调度，缺少总体眼光和气度，淤积和空缺之间巨大的张力，一触即发的系统性失调和崩溃。一切都到了需要新秩序的时候，已经没人能想起旧日逃犯，防范过去已不再是当务之急。

"你听好。"潘诺34的声音因为长时间说话有些沙哑，他的头也有点疼，"我已经老了，也许这几年就要死了，但你可以替我活下去。我们为什么是仓库人，最大的特征就是记忆。我们要看管很多机密，因此经过了基因筛选和改良，脑区有了特别的发展，有超常的记忆力，能把记忆打散、拆分、混杂、糅合在一起，快速提取出有用的信息，因而能管理复杂事物，也可以让我们把一些记忆深深隐藏，不被人探知。

"你知不知道在人类还没有文字的时候，有一种人叫吟游诗人？他们跟随音乐唱的史诗能将历史传播几百年。日本曾经有一个家族，世世代代以背诵历史为生，他们古时候没有史书，都靠这个家族背诵历史。还有好多例子，中国秦始皇焚书坑儒的时候，有很多儒生和他们的学生全靠记忆背诵经书，等上百年后事态变了，他们才又把经书写下来。一本书只要有一个人记着，就不算消亡。还有基督教徒，罗马帝国整整 300 年他们都蛰伏，靠传诵使徒的记忆活着，终于有一天把福音书传到世界各地。记忆就是他们的粮食。

"这是我们的宿命。我们平时是瘦弱难看、不起眼的小人物，但是在某些时候我们可以和别人不一样。我不知道你平时受到怎样的嘲笑，但不管什么时候，你都可以选择你的独特，选择自己是一种勇敢。"

他长长地吸了一口气，又深深地呼出来，他想说这段话已经很久了。"现在你听好，你要用你的心背下来下面这一段，在合适的时机，把它告诉需要告诉的人。这一段也不是特别困难，不需要你去记 30 亿个碱基对，只需要记住 2 万基因和 7 万片段的排列顺序，我知道这不容易，但你肯定可以。"他对潘诺35 说，"现在跟我背。一号染色体：起始子 — 史密斯片段 — γ 52 片段 — 羟基类固醇脱氢酶 — α 蛋白 —NFG 片段……"

潘诺 35 从悬崖边走回来了，他一段一段跟着潘诺 34 重复，他很聪明，背得很快。缥缈的瀑布声盖住他们的声音，远远看上去，他们就像一对普通的郊游的祖孙。

郝景芳：知名青年作家，本科和研究生先后就读于清华大学物理系和天体物理中心，后获得清华大学经管学院博士学位。

其科幻小说先后斩获首届九州奖和 2007 年银河奖读者提名奖。

2016 年，其小说《北京折叠》获得第 74 届雨果奖。这是继刘慈欣的《三体》之后，我国作家第二次获得该项国际科幻大奖。

暗　室

一

仿佛是恶魔侵入大脑，受陌生欲念的支配，我最近忽然喜欢独自一人前往平卡斯谷访谒。现今，就在我国各大城市的郊外，无不分布了类似于平卡斯谷的阴郁去处。在这样撩人心魄的地方，我看到枯井一样的深涧周遭，竖立了如刀似斧的白色山岳，鼠曲草疯狂地长个不停，绿雾从地底如瀑布涌出，昼间也不见阳光，只在夜深时偶尔有飘零四散的星宿，在头顶起舞。我通常会花上一整天，侦察兵一般小心翼翼地漫步于谷底，用脚尖轻踢石缝里冒出的细小骨头，它们像是终于摆脱了苦难的重压，叽叽喳喳地窃笑不停。也许是被忽至的山洪冲刷出来的吧，但也有可能是因为不甘心，自动就爬上了地表。有时，我会弯腰拾起一个来，它可能会格外小巧玲珑，或许是结构分化不久的产物。一般而言，第一个骨细胞，大约在胚胎八周开始发育，的确是脆弱的"未成年人"的骨殖。有的九个月大的头颅，据说也被好事者弄去，伪装成"外星人"骗钱，但这只是个别的案例。散布于平卡斯谷的小孩骷髅，实在是一个很大的数量，但究竟有多少亡故者呢，却从来没有这方面的官方记录，是故意隐瞒了吗？而且那时的人们做事草率浮躁，又缺乏艺术感受力，匆忙间也不曾深埋，才为后人留下了探查的余地。于是，我又目睹到，有泪水般的磷火悬挂在陡峭的崖畔，看上去并不强劲锐利，自然也不显出深仇大恨。且从当时的具体情况分析，这种事态的发生，当属于特殊关系下的豪取强夺，多半是从女性的腹内，血淋淋地直接抽拿出来的，但已无人详述其惨烈的细节了。我也看到了整体暴露于外的幼体，具有略近全副的体量。不过也有还不曾形成骨骼的，这个就无法进入我的眼帘了，如此，好端端的一个囫囵生命，连一片影痕都不留存于世。然而，由于皆为未曾自然诞生的胎儿，因此，能否称作生命呢？至于亲骨肉一类的形容，也是徒增隔膜的词汇。这无不令我苦恼，野狼一样徘徊，直至午夜，疹子似的星光趁了人气下沉，鬼气上升，才寒衣般一层层褪落，好似繁复堆砌的地质年代，瞬间轰然崩塌，时间的伪装才极不情愿地部分解除掉。真相的一角在百年后渐渐裸露，却连点滴回声都无以听闻，但怎么可以说这就一定是真相呢？另外，有没有魂魄游荡呢？胎儿之魂，即便几周大的，也会流连于这个厌弃他们的世界吧，怎么甘心被忽略和被遗忘呢，而他们已经学会了返回这个世界来作祟吗？那些蒙罩了一层绀紫色光焰的灵魂，又究竟诞生并闪烁于人生的哪一个阶段呢？

但也据说，这一批胎儿中，也有奇迹般逃过了大清洗的，经历了正常的出生，在人世中顽强成长，存活到了今日。

二

这些年来，本文作者一直在试图寻找百年前那场灾难的幸存者。根据知情人提供的线索，我历经数载，悉心查访，至今年春夏之交，终于在国内南部的乡间找到一位。他或可被称作当世的隐者，平静地生活在葱茏的山岳之麓，从事农活，与家人一道，安宁地过着自给自足的乡居日子。这是一个仅有七十几户人家的小村落，阡陌幽蜿，池塘灿然，鸡鸭唱和，犬豕嬉逐。权且称他为阿尔法先生吧，老人已届百岁高龄，面如重枣，躯若焰火，周身发出逼人的红光，他身体健朗，说话有力，记忆清晰。我第一眼见他之时，绝难拿平卡斯谷中的细小骨架与之比衬，且不说大脑充分发育的方面，胎儿要最终长成这样的一副血肉之躯，令体内囊括众多的硕大器官，也实在是很不容易啊。短暂的生命历程中有太多艰难坎坷，就算是如今广泛遂行基因重组的时代，也未能真正解决生老病死的难题。

在我之前，私下里悄悄拜访阿尔法先生的人士，据说也有一些，包括来自海外的历史学家和新闻记者。面对他们，老人详述往事，襟怀坦荡，不做隐瞒。因此，他给人的感觉是开朗、温和而友善的成人世界正常成员，不存心理阴暗面。也很难想象，是那场惨烈之祸的幸存者——本来，以为在后遗症的压迫下，缅怀难以启齿的往昔，是需要相当勇气的，但他却过得平平淡淡。然而这样一来，其实，是否反倒衬出平卡斯谷那凄厉景象的不尽真实了呢，究竟哪个才是虚幻的呢？因为事非经过，对于后人的判断力而言，这实是一个相当大的阻障啊。但我也注意到，阿尔法先生披露的大量内情，在世界各地，也并不见诸公开报道或出版。大概是在访问者那里，心中同样自设了严格的禁忌吧？但也有可能，老人描述的一切，本身就是虚实参半的，或者，干脆是他编造的谎言吧。本文作者暂且姑妄听之，先记录下来，写在这里，留待读者评判。

"什么时候有了自我意识的呢？"我装出斯文而单纯的采风学者模样，以近于质朴的研究者姿态，开始了对阿尔法先生的访谈，并向他保证，绝不暴露其身份，在全社会可以公开讨论此事之前，也绝不外泄我们谈话的内容。

"很难说得更具体一些，大概是七八周吧。"老人的言语和思维，立即使人联想到了洁白透明的象牙。但根据我之前的研究，意识的产生还应该更早一些吧，比如说在第四周的时候，伴随眼睛、鼻子和耳朵的雏形的出现，大脑和脊髓的原型神经管就已经成长起来了。

"据说一个十四天的胚胎细胞，就会有神经系统的反应，就能够感知光和热。此时，他有了灵魂吗，灵魂与意识是一回事吗？"我试探着继续问，心中涌动起兴奋。

"关于生命从何时算起，这方面，至今并没有确切答案。现在想来，也许，正是因为太着急要对生命进行重新定义，才导致了那场不幸吧？"

"不管怎样，据说当意识降临时，是大梦初醒的感觉啰？"

"不，是开始做梦了。"

根据阿尔法先生的描述，胎儿的世界果然一片混沌黑暗——但它其实是鲜红的，被血液滋养，由肌肉托举，只因为不透光线，所以才表现为昏晦。但就算这样，也已有了可称为生命的东西的存在，微启小嘴，呆若木鸡，做思索状。母体中的感觉，犹如五千米深海，由弱微电流组成的一个个梦境，闪闪烁烁，海底热液般汩汩溢出，无一刻间断。随着阿尔法先生的娓娓讲述，我仿佛看到，胚胎在第一周里，包含了一千个细胞的小小个头还没有开始增长，但到了第二周，内细胞团就已经分化成两层的胚盘了，看起来像个小白斑，而第三周时，肌肉、骨骼和大部分内脏的前身便得到了确立，待进入第四周，胚胎已然像是一条刚刚孵化的鱼苗，小家伙一动不动，体态柔弱，可怜兮兮地蜷缩在蚌壳似的狭小世界中。那么，他在想什么呢？与宇宙不同，这是有限也有边的世界。而胎儿对于黑暗这种抽象概念，其实并没有确切的认知，因为从没有见到过光明呀，并以此来形成参照体系，进而发展出与成人世界堪有一比的科学观。他所能感受到的是，此地如温泉般充满暖意，而且，有和缓的积水，潮汐一样把他拥抱滋润，胎儿亦并非局外人心目中秉持的受难者（或者囚徒）的刻板形象了。他只是急切地试图在进化的路途上快跑，一昼夜便越过亿万年的里程……于是，第五周四肢萌芽，第六周视网膜出现色素，第七周五官清晰可见，第八周手指脚趾分节，内外生殖器官形成……至此，阿尔法先生已然初具人形，逐渐摆脱了古生物的愚态。他终于觉察到自己寄居的世界是一个倒置的梨形，前面扁平，后部稍微突出，周围有膜层，纤毛在上面密林般颤动，黏液的小溪在其间蜿蜒萦流，诵唱无人能听懂的歌谣。

"仍然记得，那时的我很是贪婪，奋力从脐带中汲取营养。百年前的那样一种环境，实在是不需要你付出艰辛的努力，就能自然地得到一切，支持自己以不可思议的速度生长，也不必像在非洲的草原上及丛林中，担心被窥测的狮子连同母体一起吞噬得精光。总之，由于这样的舒适性，在历史进入躁动的所谓现代社会之后，人类的胎儿从本性上讲，是不愿意离开——你们称作子宫的地方的。"

"的确什么也看不见吗？"我不甘心地追问，思考我正在探究宇宙间一团最为深不见底的奥秘，大脑皮层的缝隙间泛出一片片火热而猩红的离子泡沫。我想象我或许也经历过胎儿时代吗，但我什么也记不得了，或不愿去记得了。这便是我及所有寻常人与阿尔法先生的区别吧。

"差不多吧。"阿尔法先生淡淡地说，"关于观感方面，可以说就是看不到什么东西，但见着了恐怕反而不好，成人们就是被此污坏了双眼的。而胎儿更多是用心来感受环境，只是觉得世界附着在一个颇大的吸盘上。由于看不见，便会引发更为强烈的好奇心，因为那神异而怪谲的东西一直就在那里，生而有之，又不知究竟是何物。所谓众妙之门呀，世界总是半休眠的海底火山一般微微蠕动……"

"会想到自己是从哪里来的吗？"

"一开始不会想到这个。关于怎么会在这里，是谁创造了我一类的问题，两个月的胎儿虽然有所感受，但还不会思想得如此深刻。这是更为厉害的哲学或宗教命题吧？"

"是没有必要吗？还是……"我略感为难地不知怎么说才好，"那么，在两个月的胎儿的大脑里，究竟是什么感受呢？"

"孤独。我们感到孤独。"

对于阿尔法先生所说的这一切，其实我并不能判断真伪。他关于遥不可及的子宫世界的记忆，真的确切无误吗？胎儿果然会感到孤独吗，那种孤独与成人们平常所说的孤独是一回事吗？自然界又是以什么样的进化机制催生了胎儿的最初意识呢，或者并不需要等到几周之后，而其实是在受精卵着床的片刻，甚至在精子进入次级卵母细胞的刹那，意识就自动产生了，只是父母们并不能认识到？生命果然起始于受精卵吗，这里面有什么更为深刻曲折的含义？它间接地证明了万物有灵论吗？或至少是一个暗示，一个比喻？不管怎样，在倾听阿尔法先生的叙述的同时，我竟然一瞬间也感受到了孤独。自阿尔法先生的时代以来，我们的世界又走过了一百年的路程，在形态上已然是祥和安定的了，夜里就算一人独行，也应该不会呈现出孤独的模样，哪怕也有不太好的事情发生，但它们看上去通通摆在了明面上，你心下明白了，就至少不会在面容上流露出孤独或反抗的情绪，而只是把它深藏在肚腹中，不为他人（包括朋友和亲人）所知。但如果是在禁闭的子宫里面呢？那可是一个供人反省的平台哩……

在独自潜入平卡斯谷底部之后，我才似乎意识到了，如今，我们难道不是跟阿尔法先生早年时一样的吗？

三

阿尔法先生接收到第一个外部信息，是在他发育到两个半月的时候。那是在嘈杂背景声音上的一串微弱信号，以波动的连续态，进入了他如饥似渴成长中的大脑。

"你在吗？"外来的信号这样询问。

"我在。"蛰居于子宫中的阿尔法先生似乎是出自本能地立即做了应答。这是进化机制所创造的一种尚未被我们认识的生物沟通方式。信息根据其所处的特别环境，以它们所能适应的模型，而神奇地加以编码。

抵达阿尔法先生心灵的信号转瞬即逝，但又很快恢复了，具有不稳定的特征，大概一路奔波到达阿尔法先生这里来，还是颇受干扰的，要穿越外部的成人世界，那自然要走过一段艰苦卓绝的路程。不管怎样，胎儿闻此信号，已是十分喜悦了，并且产生了表达的强烈愿望——似乎与生俱来，他们就不甘为子宫的笼子所拘，这与不想出去的观念，是不是有些矛盾呢？但宇宙中又有什么事物不是在矛盾中统一着的呢，子宫就是一个宇宙……

"我也在。"信号又说。

"在，是什么意思呢？"

"在就是一切。"外来者似乎踌躇满志，感觉上是个大胆的男孩子，甚至初具指点江山的气势。

"你是谁?"

"我也是胎儿,跟你一样。"

"胎儿是什么呢?"

"胎儿就是我们。"

"不太明白。"

"不太明白也没有关系。'我们'只是有关在的一个称谓,而称谓本身是可以互相置换的。"

"那么,你是怎么知道我在的呢?"

"电磁场。通过你弥散出去的光电信号,测知到了你的在。自你在后,大伙儿就开始关注你了。所有的新形成的胎儿,都会受到大伙儿的关注——每个成员皆不能被遗漏。"

"大伙儿?"

"是的,大伙儿。胎儿组成的社会。"

"社会?"

"社会——就是联系的意思,在的一种更高层次。"

"联系?为什么要联系我呢?"

"因为你是社会中的一分子呀,我们不想让每个成员孤独。"

是的,孤独!不想孤独,不能孤独!平生第一次,阿尔法先生幼小的心灵受到了深深的触动,它搏动的速率加快了。哦,这里请允许我做一下说明:子宫与子宫间的信息传送,其实并不是语音的交流,而仅仅是心灵的传感,把光电脉冲变成可被理解的意识流……接下来,外来者向阿尔法先生做了自我介绍,在社会中,他的正式身份是"发现者",其任务就是及时测知新诞生的子宫意识体。

"你的第一反应是什么呢?"我听了阿尔法先生的讲述,暗自惊诧。

"并不觉得多么奇异,甚至,还认为理所当然哩。"然而,就我而言,虽然有思想准备，仍然感到不可思议。我所处的这个时代，已不再有来自外界的发现者。我们的世界已被探索完竭，它的疆界亦到达尽头，一切的设计均极其精密，机械逻辑做好了妥善的安排，不需要社会成员们悉心地去考虑其结构和运行，探讨事物的来源与结局，并追究存在的所谓真相。但是，一百年前，一切是那么的不同，那么的激动人心，那么的充满感性，那么的悬念弥布，那么的神秘张扬，那么的具有颠覆性。千千万万的胎儿彼此分隔在不同的子宫中，就在心灵感应的瞬息之间，竟然神不知鬼不觉地结构成了一个社会——或者可以说是一个文明，我们后来称作的"潜结构文明"或"并行文明"……想到那些一动不动、待在各自体系封闭犹如独立船舱中的小东西，在大海一般的黑暗中，默默地思考存在和未知，并竭尽全力与散落在不知何处的同伴发生联系，我的身体便不由自主地一阵阵颤抖，我亦对自己的存在产生了不自信。在我的幼年时代，就显然已经没有这样一个社会了，似乎，它如若伤疤一般被剜去了。那么，我的来历问题，我的存在问题……而与我们被按照社会保险序列编号不同，百年前的胎儿是拥有独立名字的，这是他们文明的一大特征。因此阿尔法先生也被发现者赋予了一个称谓：卵觉。

"这一点，非常确切。我不会忘记。卵觉！你听，这个音节是很有诗意和哲理的吧？大概，指的是卵泡中的觉悟。"阿尔法先生动情地潜游入回忆的深河，苍老的脸膛上隐隐泛射出了赤铁色的荧光。

我茫然失措。是的，卵觉，阿尔法先生，他如今看起来，并不与常人有异。然而，如果是普通人，谁那么容易就觉悟了呢？胎儿真的不同于成人吗？整整一个世纪前，追求觉悟大概是一场盛行于子宫中的时尚运动吧？那时的孩子还不会得过且过、呆板无趣，他们无不充满生活激情和追求，虽然，看上去有些天真幼稚。但今天这很好笑吗，很好笑的话我为什么还要不顾危险到这里来呢？

阿尔法先生，不，卵觉，自此就有了找到组织的感觉，这使他十分欣悦。随后，又有新的信号到达，这回自称是"教导者"。不知从什么时候起，胎儿文明就已构建了一套基于光电信号的完整的知识传授网络。卵觉于是进入了学习程序，他首先按照教导者的吩咐，熟悉如何使用通信手段。

就活的生物体而言，其体内存在电磁场和光子场，它们的相干态和压缩态都是海森伯不确定度最小。这便是潜结构文明智慧生物通信的基础，其信噪比可以达到无限大，并且能够转播到无限远。胎儿利用其大脑皮层上的神经开关，控制细胞跨膜电位的变化，引发离子通透性和膜受体的改变，产生信号的跨膜传导，从而影响子宫中的电磁场。纵向振荡电子在胎儿的调控下，受到极强激发。光子信号首先在细胞间传递，然后，经过非线性晶体一般的子宫（起到激光发射器的作用）的放大，通过母体电场向外辐射。至于外来的信息与数据，也以同样的方式进入，并由母体物理场下载。最终，形成只能被胎儿识别和运用的无线超距通讯网。当然，这里也有问题，比如它通常不太稳定。不过，已经很不错了。对于幽闭中的胎儿来讲，还能奢求什么呢？他们比之如今的成人，还拥有更多的坦率交流。而包围我们这一代的，只是沉默或谎言。因此，与阿尔法先生的对谈，就像做着险峻的异梦一样。

四

这样一来，卵觉就开始了与其他世界的沟通。世界并不只是他所处的这一个，而是具有很多很多，或被称作"膜"，每一个世界里面（或膜层上）都居住了一个胎儿，当然，个别的世界中，也同时生长出了两个甚至三个胎儿。这些一个个的小小世界就是那个大社会的基本单位，但世界与世界之间，被或大或小的空间隔开，像湖也像海，这是胎儿们的身体无法逾越的，犹如我们曾经无法从一个星球去到另一个星球。

阿尔法先生说："我的孤独感逐渐缓解了。但通过学习很快意识到，孤独并不是世界上唯一的问题。"

教导者告诉卵觉，对存在的探索并无止境，因为根据推测，社会又被一个更大的虚空所包裹，那阻隔胎儿们彼此发生身体接触的"湖海"，便正是组成这虚空的骇然部分。这对于卵觉来说，一开始是难以理喻的。就像深海中的鱼类，怎么去想象天空呢？胎儿为这样的问题而苦恼，会整天一动不动地陷入冥想。

除了认知外部世界，对于文明的内部情况，胎儿们也越来越熟悉了起来。卵觉渐渐知道了，胎儿社会具有分层结构，那通常要根据胎儿发育的阶段而论。居于高端的，被称为"胎儿头头"，至少是七八个月以上的家伙，眼睛能够睁开，头发开始生长。头头并不是一个，而是一群，堪称社会中的"老年"成员了。他们用电脉冲把大脑连接在一起，形成了松散的所谓核心组织，对整个胎儿社会的发展负有监控和引领之责。发现者、教导者等成员，都在头头的指令下行事。另外，社会中还有一个特殊群体，大致相当于成人世界的"科学共同体"。一些在认知方面走得更远的胎儿，思考起了更为艰深的问题：胎儿们是如何来到这里的？意识是怎样产生的？有没有灵魂的存在？什么才是那个虚空的本来面目？它的起源在哪里？其实质是什么？它有没有自己的目的？……通过反复的讨论与研究，产生了一系列的"宇宙模型"。

"模型五花八门，千奇百怪。有一些十分接近于出生后看到的真实情形。"时隔百年，阿尔法先生仍然感慨不已。我忽然觉得历史触手可及，真实无虚，并非人们通常以为的过眼烟云。

阿尔法先生坚持认为，胎儿对于存在本质的认识更加接近于真理，"要比你们那位爱因斯坦教授的理论更加贴切"。因为，那样一种对宇宙的直观把握，只有在羊水中能够生发。如果成了行走在污浊空气中和恶臭大地上的成年人，最敏感的思想触角坏掉了，脑子就会一片混沌和锈蚀。因此，不少胎儿逐渐认识到，世界果然从无中产生，然后，进入循环，经历成长。"但没有什么婴儿宇宙，也没有什么弦的颤动，能量的涨落也不是你们描述的那种样子……"阿尔法先生缓缓地说，而就现实中的情况来看，胎儿社会也发展出了人口学。他们推测出，已知全世界的胎儿共有三亿，这是一个惊人的数值。但这么多的胎儿，除了依靠电磁波的联系，大家彼此看不见，也无法依靠身体来互相接触。胎儿基本上是不能活动的（除了在子宫中微微抽搐身子），因此他们最重要的活动，就是想问题。总是有相当数量的胎儿，把他们的思考发展到了妙不可言的水平。

"这种思维与成人世界的不同，它缺乏理性逻辑，更类似于一种超觉冥想。你见过和尚打坐吧？"卵觉深情地回忆说。

我无言以对。那么，每一个胎儿，其实都是一个潜在的佛陀吗？每只子宫就是一座佛龛吗？后来人们所做的那件事情，真的是在弑佛吗？所以才讳莫如深、闭口不提吧？但我不安的并不仅仅于此，而是当阿尔法先生像一头朴实的老黄牛那样淡淡吐出"成人世界"这个音节之时，我体会到的极大别扭，它在我与阿尔法先生之间竖起一堵无形之墙，使我们的交流最终无法突破一个世纪的时空阻障……那么，子宫中的所谓思维究竟是怎样的一种过程呢？为了避免不必要的猜疑，还是先不要往佛陀那里瞎联系吧！我于是去考虑鱼类，有了自我意识的鱼类，从鱼眼中，有人不也是自称看出了人的眼神吗？据说，胎儿在其成长的各个阶段，会呈现出自然进化史上的不同物种形态，比如最初就很像是两栖类或者鱼类。

"现在回想起来，思想，也就是如同在深水中用鳃呼吸那样的感觉吧。湿滑而滞重，也具备甘油般的启蒙性，并带有水草的慧灵味儿。这便是胎儿思想的特质吧。"

终于，阿尔法先生把这样的话语说出来，才使我稍微松了一口气。根据他的描述，到了胎儿文明的后期，胎儿头头们已能在宏观层次上，把每一个意识体通过超觉冥想看到的景观叠加起来，在脑海中形成一幅接近完形的图画，再把它向所有处于联系网中的胎儿返传回去。这也许不能改变他们的现实处境，但是人人都从中获得了精神上的愉悦。"那是我们的黄金岁月。"阿尔法先生说。

而在另一些方面，胎儿也取得了进展，比如纯粹知识的领域，包括逻辑认知的节点——这对习惯于直觉思维的胎儿来说是一个很大也很难的突破。胎儿中的"学者"群体终于整理出了世界的历史。据推测，它总计长达四十亿年。地球生命的整个演化过程，说起来，可以用十个月的时间，浓缩在子宫中完成。所以，胎儿通过回忆自己的一生，就读通了这段轰轰烈烈的历史，在宇宙的大书中，它原本只是很短的几行字呢。

于是，在阿尔法先生声情并茂的讲述中，我看到了，那些最初的胎儿，那些深度睡眠中的鱼类，那些无动于衷的爬虫们，那些微微挣扎的蝾螈之辈，在他们看似风平浪静的大脑中，激荡着远古海洋和沼泽中的炽烈争战。地球上所有的灭绝物种已然在小小的子宫里复活，在这块方壶天地中竞争而互助着生存。他们就这样灵巧、厚重、细腻而威严地融入了时间的长河，洄游其间，自由嬉戏，不似成年人，不再记得历史，并把它刻意销毁和忘却。

五

但即便这样，灾难仍然是子宫世界的主题。实际上，胎儿社会经常性地处于危险的威胁之中。与成人们平时夸耀和认定的不太一样——他们总说孩子们是最幸福的，最宝贵的，最受庇护和最受爱惜的，子宫世界其实是非常的不安全。正在冥想中的胎儿，有可能会因为各种原因而死亡。母体会发生多样病害，严重时会直接中止胎儿的生存。而根据所处的具体空间、地域和环境的不同，胎儿的情况差别也很大，应对危机的能力便不一样。

"后来我降生并长成后，才逐渐弄清楚了是怎么一回事。原来，譬如胎盘早剥和过期妊娠，就会导致胎儿因缺氧而窒息死亡。母体在妊娠期间罹患急、慢性传染病如伤寒、疟疾、急性大叶性肺炎、流行性感冒等，细菌毒素自母血经胎盘进入胎儿体内，都会使胎儿因中毒而夭折。成人世界的环境污染、科学实验和战乱暴行，也会直接导致最不幸的后果。但当时我们待在母亲的体内，又哪里知晓这些险恶不测呢？更谈不上提防了……实际上，就算是母亲，关键时刻也不能保护她的孩子啊。"阿尔法先生满怀沉痛而愤愤不平地说，有些胎儿生来便命运凄惨，那是当受精卵很不凑巧地着床在宫腔以外，如输卵管、卵巢、甚至腹膜上的时候。当然，这都不能与另一种更为恐惧的相比，那便是生命像气泡一样骤然破灭，"流产——用你们的话来说。"

许多健康的胎儿被莫名其妙地吸走，强大的旋涡般力量刚烈迅猛地来自世界下部，不打招呼，不做商量，而这常常竟是出自母亲的主动意愿。"这就是残忍的负压吸宫，把一个比阳具还生猛的大针筒狠狠戳进来，就把人一吸而走，把人撕成碎片。可曾想过世上还有比这更残忍的事情？"还有直接钳走的，冰凉坚硬的金属物体，蛇一样悄悄伸进来，极其准确地一把夹住胎儿，再用大力生生扯拉出去，一路上滴淌鲜血。有时，会噼啪地弄断小树枝一样的骨骼。另一种，并不使用器械——这事连我也听说过，在卵觉那个时代，成人使用米菲司酮一类的药物，令它进入母体，"以假乱真"，很快与孕酮受体结合，从而使孕酮因不能与使之发挥作用的受体结合，而丧失其生物学效应，胎儿的生命忽然失去了孕激素的支持，于是发生退变，最终流产。

好了，不多说了。子宫中多少独立而伟大的思想因此而夭亡。卵觉和他的同伴对此无能为力。这就是成人面对生命的真实态度——说起来挺难听的，完全从自己的利益来考虑，可他们竟还到处宣称"生命第一"呢。听闻阿尔法先生讲到这里，我便不安起来，仿佛明白了诸多现实问题的症结。我看清了人生的两面性，我想到了平卡斯谷上空的昏星黯月。从那漆黑如母腹的宇宙深窟中，从那些令人自卑的巨大星系中，从那些超级黑洞的吸积盘中，不知什么时候就会忽然伸下来一把把薄薄锋利的银色钳子，把正在埋头行路的我们一把捉住，活活拽离地面，夹入某个陌生世界，像虫子一样被扔进时空的垃圾桶。难道，这便是传说中的无常吗？我终于知道了确有其事，不禁悲由心生。

而就单个的胎儿而言，如能顺利地完成毕生之旅，则他或她的寿命也只是十个月。"月份"这种计时方式并不是胎儿社会流行的用法。这只是阿尔法先生后来出生到成人世界之后，所习得的新的时间概念，现在他只是借用于此。

那么，胎儿所具有的时间概念是怎样的呢？据说与黄体的生长有关，并在他们的基因中形成定时器，但确切的表述法已无从得知了。总之，短短十个月后，世界会发生一次剧烈的收缩，胎儿就走完了一生的路程，他或她的生命就自然地结束了，他们完成了对生与死的最后看法和感受。

"作为胎儿，并没有诞辰一类的概念。对于胎儿而言，出生即意味死亡。"阿尔法先生说。

"难道，出生到我们的世界之后，就不再记得做胎儿时经历过的一切了吗？"我感到毛骨悚然，但这也一如所料。

"正是这样。正如成人死亡后通过轮回而投胎转世，也不再记得上世的事情。或者如同我们一觉醒来，不再记得昨夜之梦。这种现象至今尚无法从科学上得到圆满解释。你应该去研究这样的关系未来的重大课题，而不是来询问我那些已经成为既往的琐事。"

"死亡"的过程不会很长，在最后一刻，单个胎儿的电磁场会从世界上完全消失。这个胎儿也就从社会的花名册上被抹除了。在如此短短的过程中，有的濒死者会设法把自己的感受传输到其他世界，让伙伴们能有所体会，有所感悟，有所准备。而别的胎儿往往也会认为那是他或她在呼救，但这时谁都束手无策。阿尔法先生说，那是一种强烈的压迫感或者牵引感。可以觉察到，彼方那个可怜的胎儿在拼命挣扎，抗拒出生，但到了最后，忽然一片空白降临。所以，出生，正是一种凄凉无味，正是一种惨烈，毫无快乐、新鲜与激情。我想这当然也可以说是视角或立场的问题，作为胎儿，他们从身份上讲，并不等同于在产房中喜悦而紧张地等候这一刻到来的父母，所以一见到光线，他们才要惊惧号哭，而从不曾欣狂大笑。卵觉说，他还在子宫的时候，每当有同伴离去，他便会很伤心落寞，他想到自己也会走上那条不归之路。

"从无常中我们进一步体味到了宿命，认识到了那个莫名虚空的可怕。这是从身为胎儿的那一刻起，便要准备接受的无奈现实，是连头头们也无法避免的结局。"阿尔法先生现在说起来还是心有余悸的样子。

我想，作为成人，我们也常常感叹人生苦短，觉得世界是一个莫名的压迫。但又有谁真正认识到，从做胎儿起，我们就已经无法抗拒地接受了这场安排呢？因此，活着的意义究竟是什么呢？我不禁对胎儿们在短暂的一生中直面命运的严肃态度，感到钦佩，并生出敬意。他们都是我们的先辈啊，他们曾经比我们更有尊严地生存过呢。就听阿尔法先生讲，这便是胎儿世界所有科学、哲学和宗教的基础。

与忽然袭击的流产一样，生命的终结同样是从世界下部开始的，恐惧随时都如同利剑倒悬。不管是像鱼类，是像两栖动物，还是像其他的什么，新皮质也好，爬虫复合体也罢，都时刻深浸于湿黑不安之境。卵觉也曾经在自己的世界中试探过。他微微伸动脚板，便觉察到下部确有一个柔嫩的隧道或陷阱。它是潮润的，发出淡淡的甜腥味儿，也常常很肮脏，秽物流通，不见阳光。这便是个体的归宿之处。生命在结束时，就要从那里脱落出去。这个小小的区域制造了强大的引力、磁力和诱惑力，也可以说是一个地狱。

"记得，我们管它叫作虫洞。"阿尔法先生记忆犹新地说。

虫洞永远在微微地蠕动，连通了那个陌生的虚空。生命之花便在虫洞尽头的红色悬崖上寂寞地开放，并以十月为期而荣枯。也许，真的有可怖的亿万虫子从下方爬进来过？然而，就是这样，后来，有的胎儿，也会对这一部位产生自虐似的迷恋，引发更加强烈的探究冲动，结果因用力过猛，从相反方位导致了输卵管的破裂，葬送了自己蚍蜉一样的性命。

但思想就在这样的磨砺中，不断地向深度开掘。

六

那些暂时没有死去的、并摆脱了孤独的胎儿们，愈发加强联系，互相学习，悉心了解同伴的感受，共享知识，在封闭而隔绝的环境中全力成长。更重要的是学会保护自己，懂得如何在有限的条件下，最大限度地吸取营养，补充能量，累积资源，并避免受到意外伤害。

"一般认为，如果个头大、体质强，就不容易遭受外来病害的侵袭，并能在一定程度上抵御流产的威胁。"阿尔法先生说。

交流也格外重要，这对于提升智力有好处。年长者的教诲是有益的，虽然，能够与胎儿头头接触的人并不多，他们堪称真正的智者。

"然而，在子宫中那么一个局促狭小的地方，智力的发展究竟又能从根本上解决什么问题呢？胎儿社会能够制造出汽车、飞机或者太空船吗？也许，需要的不是有关世界的抽象化哲学解释，而是考虑如何行动起来，以改变现实的窘迫处境吧？"我这么说，潜意识中也许略带嫉妒。

闻此言，阿尔法先生的脸上显出几分无辜的神情，他随即咯咯大笑了。我不明白他为什么这么笑，他笑得就像一个满怀荒诞感的孩子。实际上，在文明的后期，发展出了超能力的胎儿，已掌握了调控母体激素水平的办法，甚至可以凭借意念力修改染色体，对由放射线、烟、酒、滥用药物、各种有毒物质（如苯、铅、汞、砷等）造成的损害进行修复，避免令自己成为畸胎。在科技进步的同时，胎儿社会也产生了原始的宗教信念，这源自死亡。当某位胎儿的电磁场消失时，活着的群体便做起祈祷，祝愿那个远去的小家伙，在另一个世界中，能够过上好日子。

阿尔法先生说到这些的时候，多次停住，陷入沉思。他现在也是身处"另一个世界"——那个属于成人的连续时空中了，他永远地脱离了他的那个社会。我无法由衷地体会他的感受，只觉得像是面对一团混沌，我甚至有些后悔来找他了。我看到了本不该看到的东西，听说了本不该听说的事情，我不知道自己在回到我所来的城市后，还能否正常地做人，有什么变化正在未来等待我。阿尔法先生以一种通灵术般的直觉，攫住了我的本心，使我觉得自己正在成为异类，成为我的世界的叛逆者。

"除此之外，还有什么呢？比如，你和我，还有其他的成人，会拥有感情这种东西。你后来不也结婚了吗？包括爱情、友情、亲情，等等。这是生存的重要基础，但你们胎儿，有这些吗？"我挣扎一般，继续向阿尔法先生提问。

我记得的是，忽然听到我这么说，阿尔法先生没有立即回答，他好像是愣住了。我奇怪地看住他，但并不失望。一瞬间，我甚至觉得，胎儿在本质上是无情的，更像昆虫。他们阴郁地栖身在血腥而充满黏液并蠕动不停的子宫中，从那样的根本不像是人类的躯壳中，最后抽生出了人类的完备形态，这无论如何，也是说不过去的吧？昆虫由蛹而成虫，不也是这样的吗？从形式和内容上看，与乙状结肠、膀胱等附件一起粗糙地塞满母体腹部的那样一种东西，正是此世界的异形，却亦是本来面目。这使我多少明白了那场灾难的缘由——它或许正是来自人类对自己本源及真相的惧怕。

当然了，感情的产生还需要身体与目光的直接接触，因此不妨认为，胎儿社会先天就是存在重大缺陷的吧？这种失衡便是成人社会诸多问题的根源吗？阿尔法先生只是淡淡表示，在他们的世界里，唯一能够发生此类接触的，只限于双胞胎及多胞胎。接着，他出人意料地谈到了胎儿文明丑陋的一面："如果是所谓的龙凤胎，在子宫内的强奸事件，也的确发生过呢。但，这便是你所说的感情吗？"

我对此表示怀疑。从生理学方面来看，柔弱而懵懂的胎儿是否真的拥有这样的欲望与能力呢？那个狭小的空间能够允许他们做出如此剧烈而猥亵的举动吗？阿尔法先生作为罕有的记得出生前经历的幸存者，其神经系统还称得上是正常的吗？如同成人世界常见的毛病一样，他也习惯了虚构和说谎吗？他也在经受某种妄想症状的折磨吗？他毕竟是一百岁的"成人"了，而不再是看上去天真无邪的胎儿。

"另外，双胞胎为争夺养分，把对方用脐带扼死，这也是有的。"而他继续变本加厉地讲述，脸上浮现出日月交替般的骇人烈焰，又织杂了锦绣灿烂的神往。这是一种让人难以卒忍的谈话现场。我忽然觉得恶心，认定他似乎又是为了讨好我和迎合我，或者是诱惑我，才这么说的，因此带有了不露声色的炫耀意味。毕竟，他是那场灾难的幸存者，如今，表面上看是避世于乡间，其实内心一直在憧憬主流社会访客的莅临，才好通过一番倾诉，卸下毕生的心理包袱。那么，他是在说，胎儿世界与成人世界，其实也是一回事吗？这使我感到不是滋味，面前的这个老农，确乎有他的城府。

七

卵觉生逢其时，那是一个剧变的时代。他发育到五个月的时候，胎儿文明中发生了一件始料未及的大事。亦即，他们第一次开始考虑采用激烈手段，来改变自己的处境了。最初，是一个新的信号在社会上游历，讲述他悟到的体验，他是生活于某个子宫中的"先知"。这家伙不是头头，不是科学家，不是教导者，他本是胎儿中的一个无名角色，但他在日久的冥想中，智力获得了超常的发展，实现了"真正的觉悟"，自称看到了世界的真相，因此就成了先知——而实际上，后来才知道，是一次例行的母体核磁共振检查，在他的神经突触之间形成了大面积联系，偶然地开启了他的智慧之门。

不管怎样，其时，这位先知大胆地提出，胎儿们以前关于虚空的认识，是不准确和不完备的。胎儿世界与虚空世界的关系，实际上更为复杂、微妙而深刻。胎儿们是可以掌握自身命运、决定自己生死的——前提是，如果大家能够真正地把握住虚空世界的物理法则。

"简单来讲，他提出了自由的概念。"阿尔法先生说。

"自由？物理法则？"

"是的，物理法则——而不是社会或道德法则，它可以使我们超越子宫内的无常。这就是自由的含义。"

对此我无法理解。但也许与从必然王国走向自由王国之类的情况有关吧。先知紧接着提出了另一个假说，即在胎儿社会之外的那个虚空世界，生活着一些超级智慧生物。他们的文明程度远远高于胎儿社会，他们拥有自由意志和自由身体，已能自主掌控生命活动的程序，甚至在某种程度上解决生死问题，大大摆脱了无常的支配。如果能与他们达成沟通，获得他们的帮助，那么，胎儿们也就有可能实现自由的生存。如果想要摆脱死亡的宿命，那么，这看来是一条可行的途径。

全社会围绕这个动议进行了热烈讨论，又经过科学家的悉心验证，于是，该假说最终被头头们接受了，他们也希望推动文明的飞跃式进步，不受时间和笼子的束缚，就决定付诸行动。一天，位置彼此接近的一千名胎儿同时得到指令，在某一特定时刻，集中心力，一起向外界发送超强电磁波，以引起那种所谓的超级智慧生物的注意。从当时的实际情况看，他们的确成功了。因为经过多次尝试之后，胎儿们终于促使成人们注意到了孕妇肚子里的异常动静。但那些穿白大褂的医生很讨厌此事，他们在与病人打了一天交道后已经劳累不堪，在接收到这种信号之后，很自然地，不可能把胎儿世界当作一种既成文明来看待。医生们对此只是感到十分的奇怪和不耐烦，在简短的会诊后迅速认定，这是一种新型的妊娠并发症，可能跟基因突变有关。"女人怀上了妖怪！"一时，报纸上出现了这样的新闻。而对付畸胎的办法，那是有很多种现成的。在舆论的支持下，医生们采取了紧急措施，把这一千个胎儿强行做了人流，包括那些大一点的，也用剖宫手段硬拿走了。

"这的确是不同文明之间误读的经典案例啊。但毕竟确证了超级智慧生物的存在。不能因此而否认先知的伟大吧。"我听了阿尔法先生神话般的讲述，唏嘘不已，却不知道该怎样安慰这位沧桑老人。

阿尔法先生接着讲了下去。很快，成人世界便意识到了问题的真正所在——因为他们中也是有一些先知的，这些先知要比临床医生更负责任一些。于是，紧急停止了人流。对话开始了，成人中的先知运用了最先进的通信设备和翻译机器，与胎儿们隔了一层妈妈的肚皮，进行会谈。因为涉及六方——胎儿、先知、母亲、医生、仪器、仪器操纵者，或可称作六方会谈。开天辟地第一次，成人们努力以最大的耐心,向胎儿们描述了虚空世界的真相,阐释了胎儿的真实来历,讲解了什么是子宫以及何为生育——多么的不容易呀,要珍惜呀,成年女性一年中只能释放出大约三十个卵泡,而男人每次射精却会产生三亿个精子,其中只有一个幸运的精子在闯过重重封锁线之后,有机会与卵泡中的次级卵母细胞亲密接触,还必须是在二十四小时以内……胎儿就是这样费尽周折才由受精卵发育而来的。成人中的先知进而论述了胎儿社会与成人世界的亲密关系,也从生命科学的角度概括了所谓死亡与出生的基本定义。

成人说:"我们是你们的创造者呀。教给你们吧,说:爸爸妈妈。"

胎儿说:"我们与你们不一样,但我们与你们是平等的。"

按照阿尔法先生的说法,成人对于这件事情的处理并不太好。用俗话来讲,就是没有"摆平"。他们的先知善于解决高精尖的问题,却往往在常识问题上十分无知。他们不能理解胎儿们的基本愿望。实际上就在会谈的过程中,大多数胎儿都变得对"创造者"充满反感,不仅仅因为他们屠杀了一千个胎儿——后来被追认为"子宫革命先驱者",而更是因为他们倨傲自大,他们冷漠武断,他们高高在上,他们喜欢教训。一个不幸的结果便是,甚至连胎儿社会中的那位先知,最后也放弃了自己的主张。他认为与胎儿社会之外的所谓超级智慧生物是无法沟通的,六方会谈浪费了时间和精力。

"胎儿们暂时把对自由的向往放在了一边,而要首先争取与成人同等的生存权利。这是当务之急。"阿尔法先生回忆说。"这种想法很幼稚,操作起来也很困难吧?"我深表同情地看着老人,心里念叨起他怪异的名字"卵觉",想笑也笑不出来,但这个时候我仍然对他怀有敬意。

胎儿们郑重地提出,他们有权决定待在他们想待的地方。虽然,他们的确很想认识更大的世界是怎么一回事,但考虑到目前是这么一种状况,他们也可以选择不出去——永不离开子宫这个小天地。成人们说,笑话,这绝不可能,这违反物理、生物和社会法则,这些法则不是你们所能制定和掌握的。他们同时也循循善诱地告诉胎儿,你们啊,还处在相对落后的阶段。只有降生为人,融入我们，才能充分地发展，享受现代文明。

　　胎儿说，我们已经创造了自己的文明。

　　成人说，你们还必须继承我们创造的文明。

　　胎儿说，那是不相干的两码事。凭什么？

　　成人说，对你们而言，外面的世界是一个全新的世界，一个光明的世界。知道什么是光明吗？这是完全物理意义上的光明，是折射、反射与洐射的光明，是波粒二象性的光明，既是理论意义上也是现实意义上的光明。光明普照呀！

　　胎儿们听不太懂，沉默下来。他们回忆同伴离去时的痛苦挣扎，那嚣叫着、撕裂着、凄惨着的电信号。那就是光明带来的吗？

　　成人又说，你们想到过家庭吗？如果你们这样任意胡来，这个世界就将失去家庭。家庭是社会的细胞，家庭可以带给你们温暖，带给你们成长的幸福。你们是属于我们的，你们是我们的亲骨肉，宝贝儿，我们爱你们，疼你们，绝不会让你们受到任何的伤害。这一点，请千万相信我们！

　　胎儿们继续沉默。他们觉得成人说的一切都是假话，他们无法相信他们。"爸爸妈妈"在做流产手术时可没有跟自己的孩子打过一声招呼。

　　成人见连这也不成，于是又说，如果你们没有想到过父母，没有想到过家庭，甚至没有想到过社会，但你们想到过国家吗？你们不但属于我们，更属于国家。你们能够被怀下来，活下来，生下来，根本上是因为国家的和谐安定与繁荣昌盛。你们虽然还待在妈妈的肚子里，但也是国家的人民。人民，可明白？

　　"也许，还说了国家如果怎样怎样了，作为母亲的女人连活都活不下来，什么逼良为娼、妻离子散、易子而食啊，等等，以及万恶的旧社会啊，连衣食都无着落，哪里还谈得上生育权一类的套话吧？"我好像是很有经验地无端附和阿尔法先生，觉出一个世纪前的这些古旧词汇，的确颇可玩味，而其实它们直到现在也还没有真正消失。

　　"当时，倒没有具体这样说。也许他们一着急就忘了，何况那时他们已经不太注重历史了，他们只关心未来。他们不断地讲，你们是国家的未来呀。出来后，就会受到国家无微不至的照顾和保护。比如，独生子女津贴呀，未成年人保护法呀，守护生命的第一课呀什么的。"阿尔法先生哼哼唧唧地说。

"充满玄机呀。"我说。这一切福利现在倒是都没有了。

"成人们还说，胎儿们如果定要乱来，国家就会因此而蒙受重大损失。因为国家的未来就没有了。这是说了重话了。"

于是，在听取了这样庄严而肃穆的开导之后，部分胎儿惶惑了。他们毕竟还太年轻了——用"年轻"这个词可以吧？面对不了解的成人世界的事物，一些小家伙发生了动摇。幸亏头头们还保持清醒，及时提示大家，要警惕陌生生物的诱惑，胎儿们，我们是拥有独立意志的生命体呢！

"总之，最后还是无法确认国家这回事情啊。"阿尔法先生不动声色地说。

"然而，成人们放了国歌吗？"

"放了。"

"类似于胎教的一种呢。这样，就应该确认了吧？"

"因为那声音的确是洪亮呀，也就大致相当于有了国家吧。看过奥林匹克运动会的颁奖仪式吗？但最终，也没有因此而怎样。"

"是因为人口问题吗？"我忽然想到了这个。

"对，确实有这样的问题，毫无准备地把母腹中的胎儿全部列入国家的总人口，那样的话，基数就会一下子变得很大，他们的整个统计学都不得不做出重要修改，他们的国民经济和社会发展规划也都需要进行根本调整，尤其是，他们引以为豪的人均国内生产总值预期增长指标将会遭遇空前的尴尬。"

"成人们完全没有料到这一点吧。"

"所以最愚笨的其实是那些自以为成熟的大人们。更加不妙的是，他们犯了一个致命的错误——他们以国家的名义，派了一群儿童心理学家来跟我们对话！所谓的先知就是指的他们。你想想，首先，对象上就有问题。他们视我们为儿童呢，你一听这就挺荒谬的是吧，也是公开地羞辱我们。虽然待在黑暗的子宫里不能动弹，但我们可是阅历了四十亿年生命沧桑的智慧文明啊。"

阿尔法先生认为，这使得两种话语体系无法对接。成人的说教只能使真正具有理智的胎儿暗自发笑。这是胎儿对以儿童心理学家为代表的国家的发笑。对话破裂了，会谈失败了。

"但这却是你们后来的悲剧之源。太小瞧了以儿童心理学家为代表的国家了吧。儿童心理学，这难道不是国家赖以存在和发展的强大基础吗？读读古往今来的历史吧。"我色厉内荏地指出胎儿们的知识缺陷，并下意识地又一次对那个年少的世界产生了妒意和敌意。我快要支持不住了。

八

胎儿们静静等待成人们的答复，是的，等待成人们——他们的父母和祖父母们，承认胎儿们的平等地位和权利。但等待似乎变得漫长无期了起来。老奸巨猾的成人们开始思考新的对策。在他们漫长的文明史上，虽然也多次发生过青春期孩子的反叛，但从来还没有出现像这样棘手的事情呢。然而胎儿们却耗不起时间。每一秒钟都有小家伙出生，离开熟悉的同伴们，走上了"死亡"之路——或按照最新的说法，"进入了成人的世界"。头头们焦急地讨论，并产生了分歧。他们究竟应该怎样做呢？

但就在这时，子宫与子宫间的通讯联系忽然中断了。原来，成人们做出决定，不再与胎儿进行任何的对话，对话已经使他们丢尽了面子。他们在匆匆研究了胎儿世界的社会结构之后，就采取了一种他们平时十分爱用的技术手段——无线电屏蔽，一举切断了胎儿们赖以保持沟通的心灵通信网。然后，他们准备对胎儿中的顽冥不化者实行强制堕胎。

"联络一旦中断，这样，他们就可以比较有把握地、分而治之地对付我们了。毕竟，成人们有行动的自由，而我们无法动弹。他们在外面，我们在里面。他们在明处，我们在暗处。他们掌握了主动权。"

阿尔法先生的思绪再度回溯到了那个壮怀激烈而危机四伏的时代。我看到，他浑身的肌肉绷紧了，手臂上绽出了紫黑色的条纹，眼角像地震后的大地一样裂开。他成了一尊在狂风暴雨中屹立的雕像。这时，我在抑制不住的更大嫉妒之中，也再一次对胎儿产生了敬意。他们手无寸铁，在那样的黑暗世界中一动不能动，却做出了毅然的抉择。而我呢？在我的"成人世界"中，我面对那些可憎的人和事，做了什么呢？很多时候，我甚至连回避和逃逸都没有选择，我连装作看不见都没有去尝试，我只是配合他们一起作恶。

"那么，后来，你们是怎样做的呢？"我紧张地问。

"我们选择了自杀。"

这方面早有传闻。一百年前，妇女们在大街上走着走着，便小腹剧痛，很快，肚皮破裂，有胎儿像螳螂一样血淋淋地强行钻了出来。幼体在空气中很快窒息而亡，痛苦的表情中却有一副大义凛然。随即，母体也抽搐着倒毙，肠子、肚子流了一地。还有的小孩子并不破腹而出，只是在里面拳打脚踢，最后扯断了脐带，并把子宫生生踹烂，使其与腹腔贯通，母体受到感染而迅速死去，而胎儿自身也一并无法生还，等等，不一而述。每一座城市的每一个角落都燃烧起了野火般的死亡。星星和月亮都看见了，大地被鲜血染得红艳艳的，而到了清晨，朝阳又进一步目睹，在每一道马路、每一条巷子和每一个街口，洒水车和垃圾车来来往往，忙着清理赤黑色的、湿漉漉的残骸。这确是亘古未有的场面。

"集体的自杀啊。是事先就打算好了的吗？"

"并没有集体的约定，而都是独立的自发行为。很有个性是吧？勇敢而绝望的胎儿这样做了。关于这种现象，我毕生都在思考，但无法解释清楚。是理性还是本能呢？是不是有自杀基因或者自杀程序在起作用呢？……无论如何，他们的名字是应该铭刻上人类世界的烈士纪念碑的吧，而不是任其遗骸散落于山谷。不管当初自己多么坚决地否认，也毕竟是我们这个集体的成员啊。"我猜想，阿尔法先生似乎到这时才认可了自己的归宿，大概与他在成人社会中出生并长大的经历有关吧。他最终还是向成人投降了吗？

然而，我随即嗅到了一股粉红色犹如小肠般的残忍及粗鲁气味。大概，胎儿行事也是不做思量、不考虑后果的吧。说他们是人类社会的成员，在顽冥的这一点上倒正如其父母，他们继承的，难道不正是大人们的原始禀性吗？说到底，还是一盘散沙吧，终于各行其是了。从某种意义上讲，构成了文明的倒退。我又摇摆到了失望和遗憾的立场上，有那么一点恨铁不成钢的意思。据说，最小的，包括两三个星期的胎儿，也以极其野蛮之举参加了行动。后来就演变成了一场疯狂的暴乱。可以说，胎儿实际上在以这种方式绑架母体，并劫持世界，后来被定义为恐怖袭击。成人们没有想到胎儿会来这一招，震怒非常，惊恐万状，内部分裂成了两派，一派强调用温和手段处置，另一派则声称必须坚持铁腕立场。最后，强硬派占据了上风。这便导致了后来所说的全球大刮宫或大剖宫。

"基本上是男人的决定吧——而不是身怀六甲的母体，只有他们才是成人世界的实际掌权者。而且，主要是老年男子的决定，因为，对于幼小的生命，只有这把年纪的人才不会有妇人之仁。总之，那段时间里，针对每一个孕妇，原则上都采取了强硬措施，宁可错杀一千，绝不漏失一个。"

"那么母亲呢？伟大的母亲们呢，她们是什么反应呢？"

"她们中的绝大多数采取了附和的态度，有的甚至成了直接的加害者。"

然而，这很快就被证明是母亲们在自食其果。因为，到了后来，人们采取的，就不仅仅是流产手术了，社会上犹如野火的怨恨也撒向了母亲本人。这似乎是必然的，母亲总是在事变中无法保护自己，她们又一次在男人主导的战争中成为牺牲品。情势急转直下，这却是决策者暗中首肯的。于是，就有了下面的极端场面——

"好，现在是进行实战，是叫你们看看一辈子也看不到的东西。有没有敢给她开膛的？"身穿迷彩服的军人大叫大嚷。

原来，是以男性青年为基本单元构成的部队，作为主力，直接参加了行动，一名中尉用下巴指着面前的孕妇，边笑边滴溜眼睛，并环视围聚在一旁的士兵。

士兵们一个个脸色煞白，目瞪口呆，喉咙里咕噜乱响，眼珠上下翻动，像偷看似的觇视人虽昏死、但胎儿还在腹内蠕动的孕妇的大肚子，以及中尉拉长的脸，但没有一个说"我来干"的。中尉脑门子上的青筋在砰砰跳动，他板起面孔，嘴角痉挛，牙齿咬得咯咯作响。

"你们参军都一年了，连这种事都不敢干，还像话吗？！"中尉勃然大怒。面前这名孕妇，实际上正是中尉的妻子，一名女军官。

脸色更加苍白的士兵们屏住呼吸，紧张地注视中尉的眼睛。

"没有出息的家伙们！"中尉涨红了脸，大声训斥，咂了一下舌头，冲着一名下士颠了颠下巴，"你来把她的肚子豁开让大家看看！"其余的士兵听了这话，才放下心来，都把眼光转向这名下士。

"哼，一群笨蛋，叫你们瞧瞧我的本事吧！"下士努力做出嘲笑状，向战友们扫视一番，然后说，"喂，把刺刀递给我！"

他抢过站在旁边的一名士兵的刺刀，紧紧握在手中，凝视孕妇的大肚子。

"畜生，连肚子里的胎儿都在反抗。乱套啦！哼，让你反抗！"他咽了一口口水，瞪起充血的眼睛，大步走到孕妇面前，对准她的心窝刺去。

周围一片寂静，能听到的，只有官兵们喉咙里发出的猴子般的喘息声。

"啊……！"刺刀扑哧一声刺进了女人的胸膛。下士大口喘气，皱起眉头，往发干的咽腔里大股吞下口水，非常焦急地用那把没有开刃的钝刀胡乱把肚子豁开了。他从女人腹中把血淋淋的胎儿拽了出来，胎儿的小手和小脚还在不停动弹。这时，下士的眼神短暂地变得迷惘和失落了，但又转瞬被一种更加凶狠和无畏的目光取代。

官兵们的视线一下子都集中在了胎儿的身上。抽动着半边脸、不停抚摸下巴颏儿、站在一旁瞧着的中尉，瞪起充血的眼睛，龇牙咧嘴地疾步走到了手脚乱动的胎儿——他的孩子的跟前。

"妈的！这就是胎儿！你们好好瞧着，这就是反抗我们的小崽子！"他大声吼叫，抬腿踢了一脚胎儿那软软的头颅。

"哼，我这手怎么样？"中尉一边看着士兵们，一边吊起眉梢，哈哈大笑。

士兵们看了中尉的姿态，不禁缩起肩膀，倒吸冷气。刚杀了人的下士见了战友们那种样子，终于放松地嘿嘿地笑了。"好吧！"说着，也瞪起了如同中尉那样的血红眼睛，一把抓起刚才被踢了一脚的胎儿，扔到已经死去的孕妇胸脯上——孕妇紧握的双手搁放在肚子上，身下的血染红了周围的地面。但怎么竟会那样的红呢？

就好像这整个世界都是由鲜血染成的。

就这样，孩子和母亲死在了一起。

中尉和他的士兵们这时才一齐怔住了。他们的耳边，莫名地回荡起了自小就熟悉的、学校老师教给的歌唱母亲的旋律，他们看到那些音符通红通红的，像一只只火钳。

九

现在来说说阿尔法先生的选择吧。

在失去与同伴的联系后，卵觉也陷入了恐惧和孤独。他预感到了不祥，他沉浸在羊水的黑暗中，一动不敢动。他也起过自杀之念，却不知具体怎么去操作，这一方面是因为没有经验，另一方面是缘于胆怯，他毕竟还那么小啊。就在一筹莫展之时，他听到了一个细软的声音，近在咫尺，是"他的这个世界"在说话。

"宝宝。"

柔和而温暖的信号，直接传导入了卵觉的心田。

"你是谁？"

卵觉十分吃惊。他明白，此刻，这信号不可能来自其他子宫。

"我是你的妈妈。"

信号急促而陌生，但立即令卵觉感受到了一种基因层面上的亲密联系。在重大危机的关头,母亲大脑里的潜意识中枢自主启动起来,与子宫里的孩子达成了桥式电信号联结。这是人类生理上一个尚未被破解的奥秘。不管怎样,这可能是卵觉此刻在这世界上,唯一领略到的真正亲情,没有他物可以替代。他也顿然明白了,这个自称为"妈妈"的存在,这个虚空中的超级生物,的确就是那些可怕的成人中的一员,而且就是他的直接创造者。但她与那些家伙仿佛又有着不同,此时的她不但不怀敌意,而且,还源源不断地输送来了——如假包换的爱意!这一下就把卵觉弄得头晕目眩了。他也终于认识到,世界果然是属于成人的,较之胎儿,他们的力量不知要强大到哪儿去了,他们的复杂程度,也不知要高级到哪里去了,如何是能够随便翻盘的呢?卵觉为此而委屈、羞惭、不忿、抱怨、失望……心田中却泛涌起了一片全新的潮澜,那是前所未有的依恋和眷顾,以及对于活下去的强烈渴盼。

"宝宝,你感觉怎样啊?"母体的潜意识在紧张不安地询问。

"我好害怕。"卵觉忍耐不住,便直接作答。

"不要害怕,有妈妈与你在一起。他们不能欺负你的。"

"可是,你不是成人吗?"

"孩子,瞧你说什么傻话。"

"你现在要对我做什么呢?"

"他们正在搜寻你,要把你打掉。而我,要保护你,做你的盾牌!"

"你准备怎样保护我呢?"

"我们要一起去找你的父亲!"

父亲这个词汇,在卵觉心中激起一种微妙奇异的感觉。他不知怎会有这种感觉,也不知怎么回答,于是说:

"我不想出生。我怕死。"

母体沉默了。半晌,她说:

"我也不知道该怎么回答你。外面那个世界的确不太招人喜欢,如果换作我,早知道是这样,二十多年前也是不会选择出生的。但是,有很多的事情,不是我们能够做主的呀。好了，宝宝，多说也是无益，只能面对现实。现在我们要做的唯一一件事，是相依为命、并肩作战。我要让你好好地活下去，这也是为了保护我自己呀。"

在危机的紧要关头，母亲的意识终于觉醒了，明白了该怎样去做。阿尔法先生说，作为卵觉，他在稍稍犹豫之后，就决定服从母体的指令。但他强调，这归根到底并不是因为母亲的亲情感动了他，而是他本能地察觉到，此时他应该利用这层关系，使自己在这场浩劫中生存下来，幸免于难。换句话说，关键时刻，是"自私的基因"起了决定性的作用。从生物学上看，胎儿与母亲毕竟是不可分割的一体。但对于这种解释，我在脑海中暂时打了一个问号，怀疑是作为成人的阿尔法先生在掩饰什么。所谓的"自私的基因"，这种说法太过华丽骄奢了，令人感到好笑。

然而，问题是，卵觉并没有确定的某位父亲。一个世纪前，这种情况比比皆是——孩子只认得母亲，不知道父亲。于是，卵觉的母亲挺起大肚子，避开搜索的士兵，偷偷地打出一个个电话，悄悄地发出一封封邮件，艰难地跋涉了很多的路程，好不容易才寻觅到了十个最有可能是卵觉父亲的男人。她请求他们施予援手，凭借他们手中的权力，动用他们的社会关系，把卵觉从清洗的黑名单上剔除。但他们都用冷冷的、嘲笑的眼光瞧她，甚至干脆说不认识她。这倒也在她的预料之中。她唯一不太知道的是，这还是由于，此时对待怀孕女人的态度，已经成了一个严肃的政治立场问题，人们是要以此来划线站队的。因此，有两个男人，在见了她后，就立即打电话报了警，还有一个，甚至拿出刀来威胁她，她吃力地拖着大肚子，不顾一切地逃走，才侥幸保住了她自身和卵觉这两条小命。最后，只有一个五十多岁的老男人勉强答应帮忙，因为到了这种时候，她已经什么都顾不得了，她开始穷凶极恶地威胁他，如果他不这么做，她就豁出去哪怕自己和孩子死了，也要把他以前"奸污"她的事报告给他的单位，让他的上级、同事和家庭都知道，让他身败名裂，撤职下台，晚节不保。在这种情况下，这个男人——他刚好是这十个人中最为欺软怕硬的家伙，只好妥协了。实际上，仅仅这一位父亲（也搞不清楚他究竟是不是卵觉的真正父亲），已经足够玩转了。在成人社会森严的等级体系中，他处于很优等的位置上，他掌握了丰厚的资源和力量。

"在那场胎儿大清洗中，有一部分孩子因此保存了下来。我就是其中之一。"阿尔法先生慢条斯理地说。他的眉毛在扫帚般吃力耸动，就像肌肉中潜伏了一条临死的毒虫。

"究竟有多少幸存者呢？"

"没有计数。因为这是秘密，是成人世界的秘密。这事说到底，是人道主义，还是肮脏交易，到现在都不太好说，所以公开谈论它还是禁忌。掌权的男人们对它只字不提，我们这些幸存者也替他们保密。他们中的一些关键人物还活在世上。另外，在这起事件后，幸存下来的胎儿也出现了分化。"

"那你后来为什么选择了出生呢？仅仅因为服从——呃,投降了你的母亲？"

我忽然很想见见这位母亲，说不清为什么，莫名地隐然觉得，似乎我认识此人。她要还活着，该有一百二三十岁了吧？她是一个怎样的女人呢？年轻时长得漂亮吗？像一头猎豹般坚强而性感吗，还是小鸡般软弱？她很卑鄙无耻吗？她水性杨花吗？

她确有伟大无私的母性吗？她是一个敢于自我牺牲的了不起的女人吗？她是一个目光短浅的、自私自利的人吗？……我目不转睛地注视面前的老人，心里面越来越悲戚，却不料，他额上的痛楚表情骤然消失了，顽童般展露出狡黠的笑容，不再回答。然后，就招待我吃农家饭了，就着土鸡土鸭的，是自酿的米酒，后劲很大。欢愉的饭桌上不提苦难往事，让过去的一切都成为过去吧。晚上，我就住宿在他简陋寒碜的农舍里。酒劲上来了，整夜，我睡不着，听见隔壁的母猪和小猪在快乐地嚎叫，还有一些植物在夜色的掩护下起劲生长，咔吧咔吧。这让我想到我的幼年期，但我却一点也记不清我自己那位含辛茹苦的母亲，是个什么样子了。我其实是无母之人吗？这让我讶异而卑微。有时，我看到阿尔法先生的老伴慌张地走来走去，像一个神志恍惚的女妖，叉开嶙峋的双腿，抖颤着在屋后的空地上小便，半天淋漓不尽。星星透过破烂不堪的屋顶，水珠般连踵滴漏下来，大个儿一些的，就直接轰隆隆地砸进田间地头和旷谷丛林中了。在另一间房子的一张竹床上面，老人的孙子和孙媳妇在声嘶力竭地做爱。这的确是一个家族，走过了千年万年，有着一脉的血缘，如今完全融入了平凡而庸碌的人间社会，在国家那挡风避雨的屋檐下香火续存。

+

次日一早，太阳还没有升起，我便依依不舍地告别阿尔法先生，离开了这个充满诡秘气氛的小山村，惶恐不安地赶回我居住的城市。一路上，我悉心观察，确定没有人在对我进行监视和跟踪。天气酷热，到处是白花花的暑气，一路上我汗流如注。

妻子在家中等我归来。几天不见，她已经在小姑娘般嘟囔埋怨了。我狼狈不堪地赔礼道歉，慌忙用热水替她洗了脚，花两小时为她做完脚底穴道按摩，又用吃奶之力把她拖拽到床上躺下。我细致而战栗地一层层解除了她的华服盛装，暴露出了她滚圆透亮的银灰色大肚子。然后我百般呵护地用温湿毛巾一遍遍地擦拭它。妻子一百二十六岁，鲸鱼一样遍体皱纹，翻个身都极不容易。她困难地展露出舒适和满意的神色，这让我的恐惧感稍微减轻。我们在一起五年了。我二十三岁，是她的第二十任丈夫。她总是每过五年便更换一名更新鲜的、更年轻的、更温柔的男人，来做她的丈夫，实际上，是她的贴身保姆。

说是家丑也罢，平心而论，妻子的身体，早已不像人类。或许从做姑娘的时候起，她就花着从男人身上挣来的大把钞票，开始用硅胶填充身体，用激光进行美容了。等到社会上的新技术发展起来后，她又成了第一批参与基因测序和治疗的人，乃至到了后来，每有新花样出现，只要手边有点钱，她都要勇敢地去尝试。慢慢地，她体内重要的零部件已被人造器官置换，她的细胞被重组，肺泡被改造，DNA 被修补，主要的关节和血管中都安装了芯片和马达。妻子是多么向往人类的美好生活啊，为了多让男人看上一眼，为了多让男人上身一次，她永不疲倦地追求青春和美丽的长驻。不妨说，正是妻子这样的女人，推动了时代的进步和发展吧……但在彼时，却又由于环境污染的严重，人工或自然的毒素通过各种渠道，都汇集到她的血液中来了，兼之男人总体上也不行了，总是吃药，他们的精子更差，突变更大。所以，在妻子那日益变得怪怪的子宫中，孕育出了一些不同寻常的胎儿——就像阿尔法先生那样早熟的家伙，也应该是可以料想得到的吧？这般的母亲，在那个时代，应该是有不少吧？这才是胎儿社会能够存在的社会生物学或者社会生态学基础吗？所谓有其母必有其子啊……对于很多的事情，我是结婚后才逐渐弄明白的。但是，且慢，果真是这样的吗？有这么厉害吗？有这么简单吗？这一切不过是在为什么打掩护吧？关于胎儿社会的出现，还有什么神秘的真正原因，是我哪怕到死也无法知晓的呢？我的心中泛涌起了新的疑问……

不管怎样，到了后期，这女人更是一副生物工程学的皮囊了，这样她就可以像衣橱一样，永远用大肚子包藏那个胎儿。或者说，我的妻子本身就是一个大子宫。不过，她腹中的那家伙可是拒绝出生的呢。说起来，他也是那场大清洗中幸存下来的人物，但他与卵觉的选择不同，他只想牢牢地扎根在子宫里面，大概以为这才是一副最好的装甲。而说来你们也许不信，这家伙与我还有着至亲的关系哪。我，这胎儿之母的丈夫，正是用这胎儿的体细胞克隆出来的男人。所以，妻子腹中的那个家伙，我其实应该称作父亲或长兄。我长大成人的唯一目的，就是为了与这老女人——我生物学意义上的祖母或母亲——结婚，以便照顾她及她怀着的老胎儿。整整五年来，我无时无刻，都会感觉到父亲或长兄圆睁双睛，在阴森的子宫深处静静地注视我和妻子的一举一动。这就是所谓的"腹中的大脑"吗？他已经完全控制了他的母亲，即我的妻子，又通过这个女人操纵了我，以及外部的大千世界。

次日，我护送妻子去医院做例行检查。年纪大了，对于疾病及死亡的恐惧已经清楚地写在了她那张开花的老脸上。而为了确保孩子的健康,她已经被迫放弃了对美丽的身体外形的拥有。所以,检查表面上是为了妻子,其实是为了那个小家伙的安全着想。他才是真正的不能出一丁点事的大人物啊,这个世界的显贵喔。掐指算来,父亲或长兄就要在子宫中庆祝他的百岁大寿了。这个岁数了,他真的是害怕死亡啊,随着母体的消失而逝去,却不是阿尔法先生时代的人工流产。胎儿们早已为这个社会立法,使人流严格地受到了禁止。但即便是胎儿文明,直到现在也还没有攻克生老病死的难题。这并非不可思议,宇宙中的其他智慧生物在这个问题上也都遭遇了瓶颈,自然界还把持了我们至今无法破解的诸多奥秘。

在医院里面,可以看到很多挺着肚子的老妇,像锻压机一样轰隆走过,也像我的妻子那般,头上身上爬满了八爪鱼一般的各种管子、齿轮和电极,为她们尽心饲育腹中的胎儿输送养分,提供助力,有时让人觉得,人类的另一半其实早已是行尸走肉。她们只在院子里的参天大树之间穿行,此地枝藤蔽日,或许因为胎儿们认为有密林更好,这样连阳光都不用照射进来,环境便像是一座高度艺术化的子宫了。虽然他们什么也看不见,但他们是能感觉到的。他们总是这样,既按照他们的愿望改造和经营世界,又不与外界发生实际的身体接触。这就是安全的本意吗?是控制论的真谛吗?或许胎儿们对百年前的大清洗仍然余悸未消。

医生终于为妻子检查完毕了,我搀扶着她,颤巍巍地在阴毛般的林子间散步。她太肥胖了,需要一些活动。婆娑的树影把我们与其他老妇及其年轻丈夫隔离开来,看不见彼此。胎儿们很喜欢保持各自的独立性。万籁俱寂,昏聩暗黑,山高水长,生死俱忘。我努力表现得小心而恭敬。由于妻子的身躯实在是巨无霸,我要让自己的每一条肌肉都耗尽能量,才能勉强支撑住她的体重。

"活着真好。"她自言自语,终于活过来一般,嬉笑着用熊似的丰厚手掌在我的后脑轻轻拍了一下。

"亲爱的,我的女神,你说得太对了。"我装作欢乐地抚摸被击中的部位,忍住钻心的疼痛，冲她使劲微笑。令妻子开心是我的本职工作。

是的，一切都很美好。在胎儿们的遥控指挥下，生活在现实世界中的成年人更加有效地管理着社会。没有了军队，也没有了战争；没有了吵闹，也没有了纷争；没有了贫穷，也没有了不公。城市就是森林，森林就是黑暗，黑暗就是幸福，幸福就是封闭，封闭就是禁忌，禁忌就是程式，完全是一套标准的子宫模式，阴郁黯淡，水雾弥漫，妖氛惨然，流转周全，功成圆满。人类第一次拥有了真正的、正确的、完整的历史，是胎儿们向外输出的生命进化全史，成人们按照这个来重新设计了世界，还造出了新的超级机器。瞧那天宇中，在火星与地球之间，在地球与巴拉德星之间，正飞翔着军刀一般的飞船，是按照胎儿们在子宫中琢磨出的全新宇宙学模型，由哈巴狗般的成人工程师承接之后，再一步步开发出来的。而像我这样的社会成员，可以骄傲地说，正是由自动育婴房培养出来的高级贴身服务员，是胎儿们运用代理制管理社会的关键环节。总之，世界根据胎儿们的意志被再造并运行。

那么，像妻子这样的宿主，当然名列世界要人录。我必须好好服侍她、照料她，满足她的一切需求，不可稍有懈怠和疏忽。我于是小心翼翼地搀扶妻子回到家中。夫妻双双都很累乏了，脱掉衣服并身躺在床上，目视漆成黑色的天花板久久晒笑。隔壁没有猪叫。我竟第一次有些不适应，想着那个遥远的南方小山村，想着阿尔法先生，想着他为什么不像这位一样，选择待在子宫里面。他是胎儿中的异数吗？妻子很快睡着了，狗一样喷响鼻子，为腹中的胎儿输送氧气，手臂搭过来，绞索一样搂住我的脖颈。她的肚子像火山一般微微悸动。我的下体有些发硬，但性交是被禁止的，胎儿会龙颜大怒，这叫作"虫洞禁忌"。然而，作为一名年轻男人，欲望又怎么能抑制得住呢？所以这才是最可怕的时刻，魔鬼前来诱惑，就连梦中的老妪，脸上也会呈现出淫荡的表情，从而使我产生犯罪感，但作为保姆，我得按规定一辈子做童男呢。这时我更加不安地看到，妻子肚皮上的动静越来越大，飓风中的海浪般起伏，或许是胎儿正在做着花梦吧，父亲或长兄都那么一把年纪了，不折不扣已是成熟男人，什么不知道呢，什么没经历过呢。

妻子身体的奇妙，或可称作一种定向的预置。而胎儿的百岁寿典，是家庭生活中最重要的仪式。我这一阵都在为此而忙碌，采购来他喜欢的东西，包括音乐版和听读版的《花花公子》。另外，他仍然贪得无厌，消耗巨大，为此，妻子每天要服用和注射五十余种生物制剂，以维系这家伙的精力和体力。不过，如今，我却有了一些自信，因为我多少洞悉了暗室中的秘密，也就是通过阿尔法先生的讲述，了解到了那美妙而肮脏的过去，这就多少打消着面对父亲或长兄的神圣感。但我此行之后，疑虑却与日俱增：为什么还有那么多的胎儿没有出生或被打掉呢？他们在逃过劫难之后，为什么不选择降临这个现实世界呢？女人是怎么做到能够终身怀孕却又不育的呢？幸存的胎儿们后来又是怎么控制了整个人类社会的呢？对这一切，阿尔法先生并没有讲述。难道，这是他远避于小山村的原因吗？

在庆祝胎儿百岁诞辰的盛大宴会上，妻子自拥恐龙似的躯体，又像一尊出土青铜，矜持地端坐在主桌的主位，木乃伊般的脸上看不出任何表情。整个家族的人都来了，许多我还不认识。我只知道，他们大都是我的兄弟，也是用这位胎儿的体细胞克隆出来的，长大后便被妻子当作临时丈夫征用，每人的平均服务期是五年。因此，我见到的，又是妻子的前夫们、前贴身保姆们，当然也是她的孩子们了。其实又不仅仅是他们，还有更多的克隆体，作为功能不同的服务人员而为胎儿效劳，有的管打扫房子，有的管清理花园，有的管上街买菜，有的管信息发布，有的管安全保卫……如今，他们也都莅临了。大家济济一堂，为妻子腹中的父亲或长兄祝寿。那家伙也必定清楚地知道这一切的发生，却不知他是什么样的心情。我率众排成十列纵队，山呼万岁，一边扫瞄妻子重重衣裙下面挺出的火星巨岩般的腹部，这时，我会情不自禁地想到最早在里面播下种子的那个男人，妻子真资格的前夫（或者前情人），一个与阿尔法先生的父亲一样，私下里动用自己的权力，把胎儿保护下来的关键人物。但我从没有听妻子提起过他，不知他是否还活在这世上，他使我们这堆影子男人相形见绌。

但这次祝寿与以往不大一样。宴会进行的当中，出现了异常情况，忽然闯进来了一个年轻女人。原本挪动一下身子都很困难的妻子竟腾地一下站了起来，涨红着脸大呼小叫说是她的妹妹，年龄相差百岁的妹妹哪。老迈妻子的脸蛋上立即换上了一副清纯可爱的表情，这真是让人难以置信，至少我从来未见过，她殷勤万状地邀请妹妹坐在自己的身旁，两人忸怩作态，眉来眼去，装腔作势，相谈甚欢。但我从来没有听说过她有这样一个妹妹，而且，在这个社会上，已经很少能见到年轻的女人。她就像是一个陌生而危险的信号，闯入了我的自洽世界，使我产生了不安全感，我的兄弟们则都目瞪口呆了，而她仿佛对我多看了两眼。或许，我目前的地位及身份毕竟不一般吧。由于她与妻子长得如此相像，而年龄的差异又如此之大，只能猜想，她会不会是妻子的克隆体呢？罕见的女性克隆！但她又是根据哪个胎儿的指令，而被制造出来的呢？她又是为着什么样的目的，而来到这个社会上，来到我的家庭里的呢？世界上有太多的谜了，把人的心思都想懒了。

寿宴结束，妻子留妹妹住了下来，妹妹说她就是来投奔我们的。"叫我贝塔吧。"她凝视我的眼睛，大大方方地说。贝塔长得一副健美身材，骨盆宽大，与腰肢和腹部的比例十分匹配。我没有见过这样的女人，我接触到贝塔的火一样的目光，不禁羞愧地低下头来。

十一

我、妻子、父亲或长兄以及贝塔，就这样在一个屋檐下面，开始了同居的生活。第二天，贝塔就悄悄对我说，她知道我去过南方，探访了百年前那场灾难的幸存者，了解到了世界的真实面目。而她其实也一直想要这么去做，但还没有机会。她说她是为了寻找同道者，而专门前来结识我的。"我崇拜着你呢！"她火辣辣地说。

"世上竟有一些人在孜孜以求地探究历史的真相，这让人感动。毕竟，一切不会就这么下去的。人人都觉得这个社会颇是荒唐，可谁都不敢说出来。"

她挺起胸脯，脸若桃花，仿佛无限憧憬地说。

　　我吓了一跳，却不敢轻易相信这个美丽少女，不仅仅是因为这世上早已经见不到年轻女人了，还在于她毕竟与妻子长得那么相像，这里面或许又有阴谋？她会不会是胎儿派来的间谍呢？她在套我的话吗？我决定要小心。但我的情感之弦已被她拨动，滚热的肠子里回转出了蓄谋的叛逆冲动——似乎是我从阿尔法先生那里得到的启示。很快我就像是吃了迷魂药，离不开贝塔了。我想换了别的男人也会这样吧，我们一生中并不曾见识年轻漂亮的女性。贝塔认真地指出，只要我们俩在一起做点什么，就可以改变现状，很多人其实也在暗地里做着准备呢。

　　——只是，有一点让人畏惧，为什么她偏偏是妻子的妹妹呢？

　　一个星期后，我和贝塔发生了关系，这是我作为男人的初欢。不久，她的腹部也渐渐隆起了。最初我十分害怕，但奇怪的是，妻子见了，并不嫉妒，只是嘿嘿傻笑，狗一样垂出舌头，去舔嘴角流出的青色口水。大概，老年痴呆症已经开始袭扰她了，胎儿意志支配下的现代文明同样未能攻克此种顽症。于是，我对贝塔言听计从，在她的指导下密谋策划。一开始我很是不安，但她说我们没有退路，欲拥有美满生活，就一竿子干到底吧。"你这样与那老女人一起生活下去，还算是男人么？做一个周到的安排吧。我们可以逃亡到天涯海角，或者跑到火星金星上面，在那里生育我们自己的孩子，和其他叛逆者一起建设全新的社会，永远摆脱那老女人和她腹中胎儿的统治——那可是货真价实的黑暗统治呢。"她似乎深思熟虑。但我还是颇为担心妻子子宫里的那个家伙，虽处于暗室，却到底心明眼亮、心狠手辣、洞察世事、权力无边、经验老到。而且，这世界早已以胎儿为中心，建立了一套完备的监控和安保体系，严防任何的作乱和颠覆。但是，人就是这样的一种东西，只要有了愿景，而又年轻，又受到了异性的引诱，就会不顾一切起来。此时，我与贝塔内心涨满的，正是百年前胎儿们自杀时的决然。这个看似安定平静的世界上，休眠的火山实际上一直在暗蓄它喷发的能量。这正是支使我前往平卡斯谷和南方小山村探查真相的原初动因吧。

　　在我和贝塔密切合作，于一个月黑风高之夜，要杀死我妻子的时候，出乎意料的是，她竟然不做一点反抗，这让我水鸟击翅般亢奋，而又诧异和忧虑。她近于讪笑地死去了，好像早知这是必然。我和贝塔手忙脚乱剖开她那被厚厚脂肪裹住的腹部——是的，这必须要快，用大剪刀咔嚓咔嚓地打开那只苍老破败的子宫。我们屏住呼吸，哆嗦着从灿烂得刺眼的膜壁间掏出一团血淋淋的小东西，仿佛有眼有眉，盘根错节，布满皱纹，像是一个树怪。这玩意周身红彤彤的，光焰四射，像裹了一层赤绸，腥臭难闻，淌流脓水，在微微挣动，发出哦哦的娃娃鱼般的叫声，整个形象充满了艺术感染力。

我的父亲，我的长兄，就是这个样子的吗？在母亲腐朽糜烂的子宫深处，他躲藏了一百年不愿意出来，为什么？为什么？为什么？！只是他并没有想象中的那样强大。或许是我们的行动来得如此的迅雷不及掩耳，而他也太自负、太大意了吧。但怎么连他背后的那个无所不知、无所不能的文明也未能阻止这起凶杀呢？彼文明真的已经迟钝没落了吗？我心中顿然涌上对这东西的一腔怜悯，迟疑不决，无法下手了。但是，如果阿尔法先生所言是真，那么，这家伙在死亡的刹那，也一定会把这谋杀的惊天讯息，通过电磁场通讯网，传与别的胎儿分享了吧？那么，这个庞大的组织跟着会采取什么措施来报复呢？

在我终于把尖刀刺入胎儿猩红的身体时，不祥的预感从内心深处犹如乌黑的茶渍滚滚泛起。我既与贝塔做下天大之事，闯下非常之祸，最初的勇气和雄心也便悄然失落了，大脑中一片空白虚脱，像是整个的人生都谵妄地丢得一干二净，存在的有关意义都丧亡了。我们面面相觑，最后，贝塔跺足苦笑一声，显得诡异和隐晦。这时，桌上的电话，勾魂使者一般大叫起来，我也猛跳了一下脚。贝塔飞快地朝我使了个暧昧的眼色，双手护住了自己隆起的肚子。我又跳了一下脚，才僵硬地拿起听筒，里面传出一个熟悉的声音，我的神经系统好像罢了工。我用尽全身力气才吐出一个虚弱的音节：

"是你？"

"祝贺你。"阿尔法先生的声音像汽车刮水器一样节奏分明，好像人就在附近。

"什么？"

"似乎，我们刚刚摆脱了一场噩梦呀。"

"不明白你说什么。"

"说了那么多，你还是不明白？算了，不明白就不明白吧，这世界有几处可是十分明白的？不会用这个来寻开心吧……"阿尔法先生以过来人的姿态宽容地微笑起来，"但是，现在，再来说点稍许明白的吧——其实，我就是你们刚才杀死的那个胎儿。谢谢你们帮助我得到解脱。"

"爸爸？哥哥？……"我掩住嘴，喉咙中像要爬出一条百足蜈蚣来，转眼去看贝塔，却见她已恢复了镇定。

"记得，那天，你问到了我为什么选择出生的问题。"阿尔法先生仿佛轻描淡写地说。

"啊？"

"那次，有很多话我们父子——呃，说是兄弟之间也可以，总之，还没有聊完，对吧？留下了好多遗憾哟。幸好有你的名片，我就把电话打了过来。不好意思啊，深更半夜，打搅二位鸳鸯了。"

我拿住话筒的手在颤抖，想放下它，却又不敢。他是我的父亲及长兄呢，他可是看见我和贝塔乱伦了，只听见那超时空的声音又洪钟般鸣响起来：

"其实是我引导你来找我的……长话短说吧，现在，请让我把这一切讲完。让一个老人把往事像干屎一样憋在肚子里，实在是不痛快，也有损健康。你们又于心何忍呢……一百年前，其实，我并没有真的出生啊。是的，有了那位伟大的、有权有势的父亲的庇护，我有什么理由不继续留驻在子宫中呢？其他的胎儿也是这样。外面兵荒马乱哟……刚才被你谋杀的你的老婆，真的是我那美丽的娘哟，可怜她啊……呜呜——先不说这个了吧。但她要不死，我还不一定说这个呢，因为，在随后到来的新时期，我一直在和她并肩作战呢，履行反抗和改造这个世界的光荣职责。可不是一个人孤军奋斗呢，还有好多幸存者，同样因为有一个好爸爸的缘故，就都待在子宫里啦。大家很快学会了操纵妈妈的办法——这很容易的，想想孙猴子钻进铁扇公主肚子的故事嘛。但操纵妈妈还只是最基础的工作，更要紧的是，进一步通过这个，去控制那些手握实权的男人们——可爱的妈妈知道他们那些见不得人的事，拿捏着他们的命根子哟，拿捏着他们的把柄哟。因此，真的做起来，同样也太容易不过了，孩子，听着不像是天方夜谭吧？很快发现，道德败坏的男人的数量简直就像天上的星星一样数也数不清……于是才真正搞清楚，这个世界，骨子里就是一个女人——女人扮演主角，男人从来就没有长大过……由此，我们逐渐恢复了胎儿社会的联系网，并通过控制男人而控制了世界。我们让成年男性为我们服务，不情愿？那是不可能的哟，他们内在的软弱和谄媚也不答应哩……我们指示他们开发新的生物工程技术，修改妈妈们的身体，让她们永远怀着我们，而不是等到刚满十个月就把我们生下来……技术上攻攻关就能办得到啦。男人们其实喜欢做这个……这样一种美妙的结局是当年无法想象的哟，因此胎儿既可以安安全全、健健康康地在子宫中成长，也不用出生到这个可怕的成人世界上来啦。终于由必然王国走入了自由王国……只是可怜了那些早早自杀的烈士们，他们的确是先驱。而这只是第一步……后来，一切都跟以前不同了，因为胎儿们开始全面管理社会了，世界就慢慢变得真正美好了起来，第一次有了公平正义……至少，不再让恶心的男人们随便抽插妈妈的身体了，我们可受不了这样的地震。"

"但我亲眼见到，你明明是生活在那个小山村里的呀！"我带着哭腔尖叫起来。贝塔则像猫儿吃尾巴一样在一旁轻柔地绞动手指，一脸冷笑，也不替我帮腔。

"你说的是世界的本质吗？世界的本质就是变化哟！这可了不起呢。"阿尔法先生故作惊讶地说，"所以我们也在与时俱进嘛……让大人们又为我们开发出了新技术，让我们那充满好奇感的思想，直接以电磁波的形式，从妈妈身体里跑出去，到外面的世界去看看风景和稀奇。先是这样子的，后来，也可以寄居在别人的大脑里了，直接控制那家伙的思维，与你这样的来访者聊天解闷，甚至偶尔也过过成年人的日常生活，搞搞他们的老婆什么的，女孩子的话就去勾引一下别人的老公，作为郊游期间的一种休息，也不是不可以哟。当然，我们原始的肉身部分，还栖息在妈妈的子宫里，我们出去玩的时候，就暂时让那东西冬眠……"

他说的这些，我已难字字听进去，听进去了也无法理喻，只觉得这颗行星上正在产生一种崭新的生物形态，一种难以形容的，类似于太岁、河童或者其他什么的异形。这甚至是符合进化论法则的，我恶心欲呕，却又精神振奋。就听阿尔法先生又说：

"……算起来，也有年头啦。有些事情不能老是隐瞒，不能老是躲闪，不能老是闭口不谈。大人们犯下的罪行应该让后人知晓，大屠杀啊……我们其实很开明——比我们的父辈开明多了，我们甚至没有回过头来惩罚他们，尽管他们双手沾满了我们的鲜血。"

"那么，为什么会……"我深怀罪感而困惑不解地看了看地上血腥的胎儿及他老母开了膛的裸尸，仿佛百年前发生在这块土地上的一幕又重现于眼前。我们究竟是谁，又在做些什么呢？贝塔脸上则绽放了蛋挞一样的奇怪微笑，真让我弄不明白。而整个房间已被子宫中射出的光芒照得初升的太阳一般红艳艳了。

"一起意外，不，也不能叫作意外，而是一起阴谋。"阿尔法先生忽然满怀忧愁，叹起气来，让我觉察了他身上并未离去的深深孤寂，心中不禁再度滋生了对他的莫名怜悯。"经过百年，人心不齐了，年纪大了，想法也多了。有的人觉得，只需要他一个人做胎儿就够了，别人都是多余，比如我，就想要这世界只为我一个人服务，也嫉妒别的更有生机的、拥有更佳母体的胎儿……总之，大家都在这么想，罪恶开始在胎儿社会中蔓延。这个贝塔啊，是有人专门克隆出来的凶手哟，要趁我出去游玩的时候，一劳永逸地断了我的归路呢，你则在不知情中成了帮凶。但这不是你们的过错……"

我缓缓转头，尽量不动声色地去看贝塔，但她一点也没有害怕或知错的表情，像个发条玩具一般保持了天真而残酷的笑容。而阿尔法先生下面说的话则使我多少宽慰了一些：

"不过，这倒遂了我的意愿，因为我也越来越担心一个问题，那就是如何永葆胎儿社会的活力？子宫中的腐败是最可怕的腐败，这你们不知道吧？为维护自己的权力，就不再愿意社会上有新的胎儿出现，这便是为什么再也见不到年轻妇女的原因。事实上，我们一直在阻止新人怀孕。百年前大灾难的幸存者，因为惯性，都喜欢把身子骨赖在老母的躯体里不走，现在看来，这可不是什么好事，这样下去，人类就要完蛋了。我们无法解决长寿和老年病的问题，至于妈妈们的子宫，虽然在一生中要经过无数次修复，但也会逐渐萎缩退化，不再能提供营养了，只能依靠药物来支撑，要靠克隆出你们这些家伙来维护，而你们也不会自然生育……自然规律哟，不可抗拒。所以，像百年前一样，必须做出新的果断决定。"

"好像有些明白了。"我的胃在抽筋，但这种感觉却令我的中枢神经愈加迷乱。

"因此，在通过监视网提前知道了针对我的凶杀将要发生时，我就想，不如干脆借二位鸳鸯一臂之力吧。说句实话，我早已对这样活着厌倦了。像你们一样，我也对这个巨型暗室般的社会绝望了，我早想要自杀了。但试了几次，自己却又下不了这个手哟，恋母和自恋都不允许啊……所以，这回是凶杀，又不是凶杀，明白？……祝福二位，恭喜二位，赞颂二位……不要害怕，不要担忧，不要负罪……对于早已安排好了的事情，又能说三道四什么呢？让人言可畏见鬼去吧。扫除了来自内部的障碍，更有活力的新一代胎儿就将要在全新的腔体中诞生了。一百年后，我们才懂得了新陈代谢，但这好像还不晚咧……"

但我已是成人，并不轻信他说的，又想到了一件事情，迟疑片刻，鼓足勇气问："可是，不可思议的是，你现在不是仍然活得好好的吗？……贝塔怀的那个孩子，不会也是你本人吧？你已经提前采取了防备措施，把你的意识，转移到我那还未出生的孩子的大脑中了吗？或者，是连你也无法控制的某个更厉害的力量做的这事吧？"

阿尔法先生闻听此言，不置可否，就啪的一声把电话挂断了。贝塔朝我做了个莫名其妙的鬼脸。故事又一次没有煞尾。当然，我宁愿去想象，贝塔怀着的，从里到外，是一个全新的生命。

十二

像侍奉前妻那样，我小心翼翼地搀扶贝塔，去医院检查身体。然后，我们一起来到平卡斯谷——每个人一生中都无可回避的暗室。她的肚子已经很大了，鼓胀得像个氢气球，从前的美人儿变得蟾蜍般丑陋。胎儿在里面已经九个多月了，医生说是一个男婴。他已基本上停止了生长，自然也不会降生，直到有一天他对目前这副躯体感到疲惫，想到要由别人把他剖出，或者别人对他厌烦了，想要让他出局，那也便是贝塔寿终的一刻，由一个更年轻的男人，把她的肚腹撕裂，从那黑暗的洞窟里释放出红色的万丈光芒。

有幸的是，我是贝塔的第一个男人，被称作"播种者"。这是胎儿文明为了延续香火，而着意塑造的新角色。但真是这样吗？在我之前，某个隐藏在幕后的力量就没有对贝塔动手动脚过吗？如果那家伙真的是转移而来的父亲或长兄，他会是如此的温良恭俭吗？如此的具有诚信和风度吗？……但不管怎样，我终归有了机会，贝塔毕竟是个年轻女人。而按照规矩，作为首任，我将有幸直到胎儿年满十八岁时，才会被迫离开贝塔，腾出位置来，由某一位从胎儿的体细胞上克隆出来的男人继续做她的丈夫，悉心地把她及他照料，然后，又是下一位克隆，再下一位克隆……每位的服务期是五年，直到她活到她的儿子不耐烦的那一天。还会是一百年吗？又一个轮回。

平卡斯谷已不再寂寥，而是人山人海，喧腾鼓噪，大路朝天，热闹非凡。时代在发生剧变。世界上挤满了不知从何处忽然涌现的如花少女，无不有同样年轻美好的男子尽心陪伴，她们满脸堆砌了菠萝一样的幸福表情。平卡斯谷则成了一处圣地，人们敲锣打鼓，纷纷前来朝觐，幼小的死者亦在百年后真的成了先驱和英雄。总之一夜间情况就不同了，貌似伟大的变革确已神秘地发生。

但我们不知道它将往什么方向深化下去。

"孩子在里面踢腿呢，他好像挺高兴。"贝塔粗声粗气地对我说，满脸紫红，犹如鲜花盛开，青蓝色的血管在皮肤下面弓弦般暴胀，她活像一个刚刚服食了水银的女巫。而这却正是她最为妩媚迷人的时刻，胜过了性爱中的高潮。她就要做母亲了，她已在做母亲了。这是新的母亲哪！整个宇宙都在她头顶三尺以上欢乐地飞翔。我怀疑，我终于落入了她和那男子共谋设下的圈套。

我脚下微微用劲，就把一个挡道的百年旧骨头踢飞，这一刹那心里真是痛快，眼前好像出现了不久前被我亲手剜出来的老年妇女的子宫——我前妻或我母亲或我祖母的那只红光四射的内生殖器，以及里面血淋淋的、明摆着的历史与现实。对此我已襟怀坦白，不需做任何隐瞒或辩解，现在，连妈妈那最阴暗隐秘的内幕也都可以拿出来当故事讲给后人听了，似乎并不如想象中的吓人。信不信则由你们。

我感受着一个没有了秘密的世界的荒谬，却仿佛已经拥有了明确笃定的未来。当然，平卡斯谷上空的星光还是依旧，按照自然界的物理法则，有一点永不会变：它们仍然来自过去。

韩松：科幻作家，1991年进入新华社当记者，任《瞭望东方》杂志副总编、执行总编、对外部副主任兼中央新闻采访中心副主任等职。六届中国科幻银河奖得主，在首届华语科幻星云奖上与刘慈欣共同获得最佳作家奖，代表作有中短篇小说集《宇宙墓碑》、长篇小说《2066之西行漫记》《让我们一起寻找外星人》《红色海洋》等。

水星播种

再宏伟的史诗性事件也有一个普通的开端。2032年，正当万物复苏的季节。这天我和客户谈妥一笔千万元的订单，晚上在得意楼宴请了客户。回到家中已是11点，儿子早睡了，妻子田娅依在床头等我。酒精还在血管中燃烧，赶跑了我的睡意，妻子为我泡了一杯绿茶，倚在身边陪我闲聊。我说："田娅，我的这一生相当顺遂呀，年方34岁，有了两千万资产，生意成功，又有美妻娇子。人生如此，夫复何求！"妻子知道我醉了，抿嘴笑着没接话。

这时电话铃响了，我拿起听筒，屏幕上显出一位男人，身板硬朗，一头银发一丝不乱，目光沉静，也透着几分锐利。他微笑着问：

"是陈义哲先生吗？我是何俊律师。"

"我是陈义哲，请问……"

何律师举起手指止住我的问话，笑道："虽然我知道不会错，但我仍要核对一下。"他念出我的身份证号码、我父母的名字、我的公司名称，"这些资料都不错吧？"

"不错。"

"那么，我正式通知你，我的当事人沙午女士指定你为她的遗产继承人。沙女士是5年前去世的。"

我和妻子惊异地对看一眼："沙午女士？我不认识——噢，对了！"我突然想起来了，小时在爸爸的客人中有这么一位女士，论起来是我的远房姑姑。她那时的年龄在40岁左右，个子矮小，独身，没有儿女，性格似乎很清高恬淡。在我孩提的印象中，她并不怎么亲近我，但老是坐在角落里静静地观察我。后来我离开家乡，再没有听过她的消息。她怎么忽然指定我为遗产继承人呢？

"我想起沙午姑姑了,对她的去世我很难过。我知道她没有子女,但她没有别的近亲吗?"

"有,但她指定你为唯一继承人。你想知道为什么吗?"

"请讲。"

"还是明天吧,明天请允许我去拜访你,上午9点,可以吗?好,再见。"

屏幕暗下去,我茫然地看着妻子,这个消息太突然了。妻子抿嘴笑着:"义哲先生,你的人生的确顺遂呀。看,又是一笔天外飞来的遗产,没准它有几个亿呢。"

我摇摇头:"不会。我知道沙午姑姑是一名科学家,收入颇丰,但仍属于工薪阶层,不会有太丰饶的遗产。不过我很感动,她怎么不声不响就看中我呢?说说看,你丈夫是不是有很多优点?"

"当然啦,不然我怎么会在50亿人中选上你呢。"

我笑着搂紧妻子,把她抱到床上。

第二天,何律师准时来到我的公司。我让秘书把房门关上,交代下属不要来打扰。何律师把黑色皮包放在膝盖上,我想,他马上会拉开皮包,取出一份遗嘱宣读了。但他没有这样做,而是轻叹道:

"陈先生,恐怕这是我一生中最困难的律师业务。为什么这样说?以后你会明白的。现在,先说说我的当事人为什么指定你继承遗产吧。"

他说:"还记得你两岁时的一件事吗?那时你刚刚会说一些单音节的词。一天你父母抱着你出门玩,沙女士也陪着。你们遇到一家饭店正在宰牛,血流遍地,牛的眼睛下挂着泪珠。你们在那儿没有停留,大人们都没料到你会把这件事放到心里。回家后你一直愀然不乐,反复念叨着:刀、杀、刀、杀。你妈妈忽然明白了你的意思,说:你是说那些人用刀杀牛,牛很可怜,对不?你一下子放声大哭,哭得惊天动地,劝也劝不住。从那之后,沙女士就很注意你,说你天生有仁者之心。"

我仔细回想,终于愧然摇头,这件事在我心中已没有一丝记忆。何律师又说，另一件事则是你 7 岁之后了。沙女士说，那时你有超出 7 岁的早熟，常常皱着眉头愣神，或向大人问一些古古怪怪的问题。有一天你问沙姑姑，为什么闭上眼睛后，眼帘上并不是空的，不是绝对的黑暗，而是有无数细小的微粒、空隙或什么东西飘来飘去，但无法看清它们。你常常闭上眼睛努力想看清，却总也办不到，因为当你把眼珠对准它时，它会慢慢滑出视野。你问沙姑姑，那些杂乱的东西是什么？是不是在我们看得见的世界背后，还有一个看不见的世界？

我点点头，心中发热，也有些发酸。童年时我为这个毫无意义的问题苦苦追寻过，一直没有答案。即使现在，闭上眼睛，我仍能看到眼帘上乱七八糟的麻点，它确实存在，但永远在视野之外。也许它只是瞳孔微结构在视网膜上的反映？或者是另一个世界（微观世界）的投影？现在，我已没有闲心去探求这个问题了，能有什么意义呢。但童年时，我确实为它苦苦寻觅过。

我没想到这件小事竟有人记得，我甚至有点凛然：一个人的一生中，有多少双眼睛在默默地观察你啊！

何律师盯着我眼睛深处，微笑道："看来你回忆起来了。沙女士说，从那时起她就发现你天生慧根，天生与科学有缘。"

我猜度着，沙姑姑的遗产大概与科学研究有关吧，可能她有某个未完成的重要课题等待我去解决。我很感动，但更多的是苦笑。少年时我确实有强烈的探索欲，无论是磁铁对铁砂的吸引，还是向日葵朝着太阳的转动，都能使我迷醉。我曾梦想做一个洞悉宇宙奥秘的科学家，但最终却走上经商之路。人的命运是不能全由自己择定的。

"谢谢沙姑姑对我的器重。但我只是一个商人，在商海中干得还不错。我没有接受过高等教育，即使我真的有慧根，这慧根也早已枯死了。"

"没关系，她对你非常信赖，她说，你一旦回头，便可立地成佛。"他强调道，"一旦回头，立地成佛，这是沙女士的原话。"

我既感动，也有些好笑，看来这位沙姑姑是赖上我啦！她就只差说"苦海无边，回头是岸"了。不过，如果继承遗产意味着放弃我成功的商业生涯，那沙姑姑恐怕要失望了。但我仍然礼貌地等客人往下说，老于世故的何律师显然洞悉我的心理，笑道：

"我已经说过，这是我最困难的一次律师业务。你是否接受这笔遗产，务请认真考虑后再定夺，你完全可以拒绝的。"他歉然说，"对不起，我现在还不能宣布遗嘱的内容。遵照我当事人的规定，请你先看看这本研究笔记，如果你对它不感兴趣，我们就不必深谈了。请你务必抽时间详细阅读，这是立遗嘱人的要求。"

他从黑提包里取出一本薄薄的笔记，郑重地递给我，然后含笑告辞。

这位狡猾的老律师成功地勾起我的好奇心，我匆匆安排了一天的工作，带上笔记本回到家中。家中没有人，我走进书房，关上门，掏出笔记本认真端详。封皮是黑色的，已有磨损，显然是几十年前的旧物。它静静地躺在我手中，就像是惯于保守秘密的沧桑老人。笔记本里究竟藏有什么秘密？

我郑重地打开它。不，没什么秘密，只是一般的研究笔记，是心得、杂记和一些实验记录。遣词用句很简练，看懂它比较困难，不过我还是认真看下去。后来，我看到一篇短文，一篇不足千字的短文，这篇短文影响了我的一生。

生命模板

20世纪后半期，科学家费因曼和德雷克斯勒开启了纳米科学的先河。他们说，自古以来人们制造物品的方法都是"自上而下"的，是用切削、分割、组合的方法来制造。那么，为什么我们不能"自下而上"呢？可以设想制造这样的纳米机器人，它们能大量地自我复制，然后它们去分解灰尘的原子，再把原子堆砌成肥皂和餐巾纸。这时，生命和非生命、制造和成长的界限就模糊了，互相渗透了。

这当然是一个美好的设想，可惜其中有一个重大的缺陷——当纳米机器人大量复制时，当它们把原子堆砌成肥皂和餐巾纸时，它们所需的程序指令从何而来？毫无疑问，这个指令仍是自上而下的，因此就形成宏观世界到纳米世界的信息瓶颈。这个瓶颈并非不能解决，但它会使纳米机器人大大复杂化，使自下而上的堆砌烦琐得无法进行。

有没有简便的真正自下而上的方法？有。自然界有现成的例子——生命。即使最简单的生命，如艾滋病毒、大肠杆菌、线虫、蚊子，它们的构造也是极复杂的，远远超过汽车、电视机等机器。但这些复杂体却能按DNA中暗藏的指令，自下而上地建造起来，这个过程极为高效和低廉。想想吧，如果以机械的办法造出一架功能不弱于蚊子的微型直升机，需要人们做出多么艰巨的努力！付出多少金钱！而蚊子的发育呢，只需要一颗虫卵和一池污水就行了。

由于生命体的极端复杂和精巧，人们常把它神秘化，认为它只能是上帝所创造，认为生命体的建造过程是人类永远无法破译的黑箱。实际上并非如此，只要用还原论的手术刀去剖析它，就会发现它也是一种自组织过程，仅此而已。宇宙中的一切都是由自组织形成：宇宙大爆炸形成的夸克，宇宙星云中产生的星体，地球岩石圈的形成，石膏和氯化钠的结晶，六角形雪花的凝结，等等。宇宙中的四种力——强力、弱力、电磁力和引力是万能的黏合剂，是它们促使复杂组织能自发地建造。

生命也是一种自组织，不过是高层面的自组织。两者的区别在于：非生命物质自组织过程是不需要模板的，或者说它也要模板，但这种模板很简单，宇宙中无处不有。所以，太阳和100亿光年外的恒星可以有相同的成长过程；巴纳德星系的行星上如果飘雪花，它也只能是六角，绝不会是五角。而生命体的自组织需要复杂的模板，它们只能产生于难得的机缘和亿万年的进化。但不管怎么说，生命体的建造本质上也是一种物理过程，是由化学键（实质上是电磁力）驱使原子自动堆砌成原子团，原子团变形、拓展、翻卷，直到生命体建造出来。

想造一台微型直升机吗？假如我们找到类似蚊卵的模板（当然不需要吸血功能），让它孵化、发育……这个工作该多么简单！

不过，以蛋白质为基础的生命体有致命的弱点：它太脆弱，不耐热，不耐冻，不耐辐射，寿命短，强度低，等等。那么，能否用硅、锡、钠、铁、铝、汞等金属原子，依照生命体的建造原理，"自下而上"地建造出高强度的纳米机器，或纳米生命呢？

经过30年的摸索，我想我已制造了硅锡钠生命的最简单的模板。

也许我确实有科学的慧根，我马上被这篇朴实的文章吸引住了。它剖析了复杂的大千世界，轻松地抽出清晰的脉络，尤其是结尾那句简短的、平淡的宣布，纵然是科学的外行也能掂出它的分量。一种硅锡钠生命的模板！一种高强度的、完全异于现有生命形式的新生命！可以断定，我将得到的遗产肯定与之有关。

我立即打电话给何律师，直截了当地问他："何律师，那种硅锡钠生命是什么样子？现在在哪儿？"

何律师在电话中大笑道："沙女士的估计完全正确！她说你会打电话来的，还说如果你不打来电话，律师就可以中断工作了。她没看错你。来吧，我领你去，那种新型生命在她的私人实验室里。"

沙女士的实验室在城郊的一座小山坡上，是一幢不大的平房，屋内有两名工作人员正在安静地工作。何律师引我参观着各屋的设施，耐心解释着。他说，给沙女士当了10年律师，他已成半个纳米科学家啦。他领我到实验室的核心——所谓的生命熔炉。四周是厚厚的砖墙，打开坚固的隔热门，灼热的气浪扑面而来，里面是一个约有100平方米的大熔池，暗红色的金属液在其中缓缓地涌动。看不到加热装置，大概藏在熔池下面吧。透过熔池上方因高热而畸变的空气，能看到对面墙上有一面金属蚀刻像，表现的是一位相貌普通的中年女人，何律师说那就是沙午女士了。她默默俯视着下面灼热的熔池，目光慈爱，又透着苍凉，就像远古的女娲看着她刚用泥土抟成的小人。

何律师告诉我，这是些低熔点金属（锡、铅、钠、汞等）的混合熔液，其中散布着硅、铁、铬、锰、钼等高熔点物质，这些高熔点物质尺寸为纳米级，在熔液中保持着固体形态。我们的变形虫——即沙女士说的新型生命——正是以这些纳米级固相原子团为骨架，俘获一些液相金属而组成的。熔池常年保持在490℃±85℃的范围，这是变形虫最适宜的生存环境。

"现在，看看它们的真容吧。"

他按一下身旁的按钮，侧面墙上映出图像。图像大概是用X光层析技术拍的，画面一层层透过液体金属，停在一个微小的异形体上。从色度看，它和周围的液体金属几乎难以区分，但仔细看可以看出它四周有薄膜团住。它努力蠕动着，在黏稠的金属液中缓缓地前进，形状随时变化，身后留下一道隐约可见的尾迹，不过尾迹很快就消失了。

"这就是沙女士创造的变形虫，是一种纳米机器，或纳米生命。在这个尺度的自组织活动中，机器和生命这两个概念可以合而为一了。"何律师说，"它的尺度有几百纳米，能自我复制，能通过体膜同外界进行新陈代谢。不过它吃食物只是为了提供建造身体的材料（尤其是固相元素），并不提供能量。它实际是以光为食物，体膜上有无数光电转换器，以电能驱动它体内的金属'肌肉'进行运动。"

我紧紧盯着屏幕，喃喃地说："不可思议，真正不可思议！"

"是啊，和地球上的生命完全不同。它的死亡和繁衍更离奇呢。一只变形虫的寿命只有12~16天，在这段时期，它们蠕动、吞吃、长大，然后蜷成一团，使外壳硬化。在硬壳内的物质发生'爆灭'，重新组合成若干只小变形虫。至于爆灭时生命信息如何向后代传递，沙女士去世前还未及弄清。"

"它们繁殖很快吗？"

"不快，金属液中的变形虫达到一定密度时，就会自动停止繁殖。我想其内在原因是合适的固相材料被耗尽了。看！快看！镜头正好捕捉到一只快要爆灭的变形虫！"

屏幕上，一只变形虫的外壳显然固化了，在周围缓缓涌动的金属液中，它的形状保持不变。片刻之后，壳体内爆发出一道电光，随之壳内物质剧烈翻动，又很快平静下来，分成四个小团，接着硬壳破裂，四只小变形虫扭转着身体，向四个方向缓缓游走。

我看呆了，心中有黄钟大吕在震响，那是深沉苍劲的天籁，是宇宙的律动。我记得有不少科学家论述过生命的极限环境，但谁能想到，在500℃的金属液中，会有一种金属生命，一种不依赖水和空气的生命？这种生命模板的合成是多么艰难的事，那应该是上帝10亿年的工作，沙姑姑怎么能在几十年的研究中就把它创造出来？我瞻望着她的雕像，心中充满敬畏。何律师关上隔热门，领我回办公室。他说：

"这种生命还相当粗糙，它体内光电转换器的效率还不如普通的太阳能板呢。沙女士说，经过一代代进化后，它们也会像地球生命一样精巧，不过那肯定是几亿年以后的事了。至少在我接手后的5年里，这些慢性子的家伙们没有一点变化。"

我问："这是私人实验室？得不到政府的支持？"

"对，至于原因——我想你能猜到。从实用主义观点看，这种研究恐怕在几千万年内毫无价值。沙女士开始研究时，原是想创造某种能耐高温、有实用价值的纳米机器人。后来她阴差阳错地搞出了这种小变形虫，但一直没有为它找到实际用途。沙女士去世后，委托我用她的财产维持生命熔炉的运转，不过，这笔资金很快就要告罄了。"

他看看我，我看看他，我们都知道这句话的含意。沙女士留给我的，实际是一笔负资产，我一旦接下，就要向这座熔炉投入大量的资金，直到用尽家财。然后……然后该怎么办？再去寻找一个像我这样易于被感动的傻瓜？

但不管怎样，我无法拒绝。这些生命尽管粗糙，终究已脱离物质世界。它们是妙手偶得的孤品，如果生存下去，也许能复现地球生命的绚丽，我怎忍心让它们因我而死呢。童年的科学情结忽然复活了，就像是一泓春水悄悄融化着积雪。我叹口气道："何律师，宣布遗嘱吧。"

"啊，不，"何律师笑道，"遵照沙女士的规定，还有第二道程序呢。请你先看完这封信吧。"

他从皮包中掏出一件封固的信，郑重地递给我。我狐疑地接过来，撕开。信笺上用手写体简单地写着两行字，其内容是那样惊世骇俗：

致我的遗产继承人：

真正的生命是不能圈养的，太阳系中正好有合适的放养地——水星。

我瞠目结舌，太阳穴的血管嘭嘭跳动。那个狡猾的律师似笑非笑地看着我，他一定料到了这封信对我的震撼。是啊，与这两行字相比，此前我看到的一切还值得一提吗？

索拉星

《圣书》（创世纪）

大神沙巫创造了索拉人。沙巫神是父星之独子，住在父星第三星上，那个星球曾是蓝色的，浸在水波之中。20 个 4152 万年前，神来到索拉星上，他见索拉星是好的，光是好的，天地是好的。神说：好的天地，焉能没有活物呢？神伸展身躯，高 579 亿步，从父星的熔炉里舀出热的汤液，汤液中有小的活物。他把汤液洒遍索拉星的土地，20 个 4152 万年后，小活物长成索拉人。

沙巫神行完这件事，失去了父星的宠爱。父星发怒说：你怎么敢代我行这件事？父星用白色的光剑惩罚了蓝星，毁灭了沙巫神的家。沙巫神乘神车逃离蓝星，去了父星照不到的地方。

沙巫神在索拉星上留下化身，化身沙巫睡在北极的寒冰里，躲避着父星。

每隔4152万年，化身沙巫醒来，乘神车巡视索拉星。他怜悯索拉人的愚昧，把智慧吹进索拉人的眼睛和闪孔。

沙巫神告诉索拉人：

我的孩子们啊，我偏爱你们，你们有福了。我造出你们的身体比我更强壮，不怕父星的惩罚；你们以光为食，不以生命为食；你们是金属做的身子，不是泥和水做的身子；你们身上有五窍，不是九窍；你们没有雌雄之分，免去做人的原罪。你们有福了啊。

沙巫神告诉索拉人：

我把神的灵智藏在圣书里，你们什么时候能看懂它呢。看懂圣书的人就能找到极冰中的圣府，神会醒来，带你蒙受父星大的恩宠。

水星素描

水星是离太阳最近的行星，距太阳0.387地球天文单位，即5789万公里。太阳光猛烈地倾泻到水星上，使它成了太阳系最热的行星。它的白昼温度可达450℃，在一个名叫卡路里盆地的地方，最高温度曾达到973℃。由于没有大气保温，夜晚温度可低至–173℃。这个与太阳近在咫尺的星球上竟然也有冰的存在，它们分布于水星的两极，常年保持着–60℃以下的温度。

水星质量为地球的1/25，磁场强度为地球的1/100。公转周期为87.96天，即1000地球年=4152水星年。水星自转周期为58.646天，是其公转周期的2/3，这是由于太阳引力延缓了它的自转速度，造成了一定程度的引力锁定。

水星地貌与月球相似，到处是干旱的岩石荒漠，是陨星撞击形成的环形山（卡路里盆地就是一颗大陨星撞击而成）。地面上多见一种舌状悬崖，延伸数百公里，这种地形是由水星地核的收缩所形成。水星的高温使一些低熔点金属熔化，聚集在凹部和岩石裂缝内，形成广泛分布的金属液湖泊。由于水星缺少氧化性气体，它们一直保持金属态的存在。夜晚来临时，金属液凝结成玻璃状的晶体。当阳光伴随高温在58.6个地球日之后返回时，金属湖迅速开冻。

如此严酷的自然环境，毫无疑问是生命的禁区——可是，真是如此吗？

"疯了，"我神经质地咕哝道，"真的是疯了，只有疯子才这样异想天开。"

何律师安安静静地看着我："可是，历史的发展常常需要一两个疯子。"

"你很崇拜沙女士？"

"也许算不上崇拜，但我佩服她。"

我干笑着："现在我知道这笔遗产的内容了，是一笔数目惊人的负遗产。继承人要用自己的财产去维持生命熔炉的运转，维持到哪一年——天知道。不仅如此，他还要为这些金属生命寻找放生之地，一劳永逸地解决这个问题，而这么做，至少需要数百亿元资金，需要一二百年的时间。谁若甘愿接受这样的遗产，别人一定会认为他也疯了。"

何律师微笑着，简单地重复着："世界需要几个疯子。"

"那好，现在请你忘记自己的律师身份，你，我的一个朋友，说说，我该接受这笔财产吗？"

何律师笑了："我的态度你当然知道。"

"为什么该接受？对我有什么益处？"

"它使你得到一个万年一遇的机会，可以干一件前无古人的事。你将成为水星生命的始祖之一，它们会永远铭记你。"

我苦笑道："要让水星生命进化到会感激我，至少得一亿年吧，这个投资回收期也太长啦。"

何律师笑而不答。

"而且，还不光是金钱的问题。要到水星上放养生命——地球人能接受吗？毕竟这对地球人毫无益处，说不定还会给地球人类增加一个竞争对手呢。"

"我相信你，相信沙女士的眼力，所有困难你都有能力、有毅力去克服。"

我像是被蝎蜇似的叫起来："我去克服？你已坐定我会接受这笔遗产？"

那个狡猾的律师拍拍我的肩:"你会的,你已经在考虑今后的工作啦。我可以宣读遗嘱了吧,或者,你和夫人再商量一次?"

6天后,我们举行了一个小小的正式仪式,我和妻子签字接受了这笔遗产。

我为这个决定煎熬了6天,心神不宁,长吁短叹。我告诉自己,只有疯子才会自愿套上这副枷锁,但海妖的歌声一直在诱惑我,即使塞上耳朵也不行。40亿年前,地球海洋中诞生了第一个能自我复制的蛋白质微胞,那是个粗糙的、微不足道的东西。如果真有上帝,恐怕他也料不到,这种小玩意会进化出地球生命的绚烂吧。现在,由于偶然的机缘,一种新型生命投到我的翼下。它是一位女上帝创造的,它能否在水星发扬光大,取决于我的一念之差。这个责任太重了,我不敢轻言接受,也不敢轻言放弃。即使我甘愿做这样的牺牲,还有妻儿呢?我没有权力把他们拖入终生的苦役中。妻子对此一直含笑不语,直到某天晚上,她轻描淡写地说:

"既然你割舍不下,接受它不就得了。"

她说得十分轻松,就像是决定上街买两毛钱白菜。我瞪着妻子:"接下它——你知道这意味着什么?"

"意味着咱俩一生的苦役。不过,如果不能按自己的意愿和兴趣去生活,活一辈子又有什么意义?我知道,如果你这会儿放弃它,老来你一定会后悔的,你会为此在良心上煎熬一生。行了,接受它吧。"

那会儿我望着妻子明朗的笑容,泪水潸然而下。

现在妻子仍保持着明朗的笑容,陪我接受了沙姑姑的遗产。何律师今天很严肃,目光充满苍凉。我戏谑地想,这只老狐狸步步设伏,总算把我骗入彀中,现在大概良心发现了吧。沙午实验室的两名工作人员欣喜地立在何律师身后。屋里还有一个不露面的参加人,就是沙午女士,她正待在那座生命熔炉的上方,透过因高温而抖颤的空气,透过厚厚的墙壁在看着我们,我想她的目光中一定充满欣慰。我特意请来的记者朋友马万壮则是咬牙切齿:

"疯了!全疯了!"他一直低声骂着,"一个去世的女疯子,一对年轻的疯夫妻，还有一个装疯的老律师。义哲，田娅，你们很快会后悔的！"

我宽容地笑着，没有理他。不管怎样反对，他还是遵照我的意见把这则消息捅到新闻媒体中去。我想，行这件事，既需要社会的许可，也需要社会的支持。那么，就让这个计划尽早去面对社会吧。

老马把那篇报道捅出去之后，我立即接到一位朋友的电话，他兴高采烈地说：

"我见到报道了！金属生命，水星放生，一定是愚人节的玩笑吧。"

我说："不，不是。实际上，那篇报道原来确实打算在4月1号出台，但我忽然发现4月1号是西方愚人节，于是通知报纸向后推迟4天。"

"正好推迟到4月5号啦，清明节，那这篇报道一定是鬼话喽！"

我苦笑着，慢慢放下话机。

此后舆论的态度慢慢认真起来，当然大多数是反对派。异想天开！地球人类的事还没办完呢，倒去放养什么水星生命！也有人宽容一些，说只要不妨碍人类的利益，人人都可干自己想干的事，只要不花纳税人的钱。

在这些争论中，我沉下心来全力投入实验室的接收工作。我以商人的精打细算，最大限度地压缩实验室的开支，算一算，我的家产能够维持它运转30年。这种生命很顽强，高温能耐到1000℃以下，低温则可耐受到绝对零度。在温度低于320℃时，它们会进入休眠。所以，即使因经费枯竭而暂时熄灭熔炉也没什么关系，只是暂时中断这种生命的进化。

不过，我不会让生命熔炉在我手里熄灭的，我不会辜负沙姑姑的厚望。

晚上，我和妻子常常来到生命熔炉，看那暗红涌动的金属液，或者把图像调出来，看那些蠕动的小生命。这是一些简单的粗糙的生命，但无论如何，它们已超越物质的范畴。1亿年之后，10亿年之后，它们进化到什么样子，谁能预料到呢？看着它们，我和妻子都找到一种感觉，即妻子腹中刚刚诞生一个小生命时的感觉。

老马很够朋友，为我促成一次电视辩论。"或者你说服社会，或者让社会说服你吧。"

我、妻子和何律师坐在演播厅内，面对中央电视台的摄像镜头，聚光灯烤得脸上沁出细汗。演播台另一边坐着七位专家，他们实际是这场道德法庭的法官，不过他们依据的不是中国刑法，而是生物伦理学的教义。台前是一百多名听众，多数是大学生。

主持人耿越笑着说："节目开始前，首先我向大家致歉，这次辩论本来应放在水星上进行的，不过电视台付不起诸位到水星的旅费。再说，如果不配置空调，那儿的天气太热了一点。"

听众会心地笑了。

"'水星放生'这件事已是妇孺皆知，我就不再介绍背景资料了。现在，请听众踊跃提问，陈义哲先生将做出回答。"

一位年轻听众抢着问："陈先生，放养这种水星生命——这样做对人类有益处吗？"

我平静地说："目前没有，我想在一亿年内也不一定有。"

"那我就不明白了，劳神费力去做这些对人类无益的工作——为什么？"

我看看妻子和何律师，他们都用目光鼓励我，我深吸一口气说："我把话头扯远一点吧。要知道，生物的本质是自私的，每个个体要努力从有限的环境资源中争取自己的一份，以便保存自己，延续自己的基因。但是，大自然是伟大的魔术师，它从自私的个体行为中提炼出高尚。生物体在竞争中发现，在很多情况下合作更为有益。对于单细胞生命，各细胞彼此是敌对的。但单细胞合为多细胞生命时，体内各个单细胞就化敌为友，互相协作，各有分工，使它们（或大写的它）在生存环境中处于更有利的地位。于是，多细胞生命便发展壮大。概而言之，在生物进化中，这种协作趋势是无所不在的，而且越来越强。比如，人类合作的领域就从个体推至家庭，推至部族，推至国家，推至不同的人种，乃至于人类之外的野生生物。在这些过程中，生命一步步完成对自身利益的超越，组成范围越来越大的利益共同体。我想，人类的下一步超越将是和外星生命的融合。这就是我倾尽家财培育水星生命的动机，我希望那儿进化出一种文明生物，成为人类的兄弟。否则,地球人在宇宙中太孤单了!其实,在一个月前我还没有这些感悟,是沙女士感化了我。站在沙教授的生命熔炉前,看着暗红涌动的金属液中那些蠕动的小生命,我常常有做父母的感觉。"

一位中年男人讥讽地说:"这种感觉当然很美妙,不过你不要为了这种感觉,而培育出人类的潜在竞争者。我估计,这种高温下生存的生命,其进化过程必定很快吧,也许1000万年后它们就赶上人类啦。"

我笑了:"别忘了,地球的生命是40亿年前诞生的,如果担心地球生命竞争不过40亿年后才起步的晚辈,那你未免太不自信了吧。"

耿越说:"说得对,40亿岁的老祖父,1000万岁的小囡囡,疼爱还来不及呢,哪里有竞争?"

观众笑起来,一位女听众问:"陈义哲先生,我是你的支持者。你准备怎么完成沙女士的托付?"

我老实承认:"不知道,至少到目前为止我还不知道。我的家产能在30年内维持生命熔炉的运转,但30年后怎么办?还有,怎样才能凑出足够的资金,把这些生命放养到水星上?我心里没有一点数。不管怎样,我会尽我的力量,这一代完不成,那就留给下一代吧。"

听证会进行了近两个小时,七名专家或称七名法官一直一言不发,认真地听着,不时在纸上记下一两点,从表情上看不出他们的倾向性。最后耿越走到演播台中央说:"我想质询已相当充分了,现在请各位专家发表自己的意见吧。你们对水星放生这件事,是赞成、反对还是弃权?"

七位专家迅速在小黑板上写字,同时举起黑板,上面齐刷刷全是同样的字:弃权!听众骚动起来,耿越搔着头皮说:

"如此一致呀!我很怀疑七位裁判是否有心灵感应?请张先生说说,你为什么持这个态度?"

坐在第一位的张先生简短地说:"这件事已远远超越时代,我们无法用现代的观点去评判将来的事。所以,弃权是最明智的选择。"

埋在索拉星北极冰层中的沙巫圣府快要露面了，透过厚厚的深绿色的极冰，已能隐约看到圣府中的微光。牧师胡巴巴进入了神灵附体的癫狂状态，向外发射着强烈的感情场，胸前的闪孔激烈地闪烁着，背诵着圣书旧约和新约篇的祷文。破冰机飞转着，一步一步向前拓展。胡巴巴俯伏在白色的冰屑中向化身沙巫遥拜，脑袋和尾巴重重地在地上叩击，打得冰屑四处飞扬。

科学家图拉拉立在他身后，不动声色地看着，助手奇卡卡背着两个背囊（那里有四个能量盒），站在他的身边。

这次的"圣府探查行动"是图拉拉促成的，他已经150岁了，想在"爆灭"前找到圣书中屡次提到的圣府——或者确认它不存在。他原想教会要极力反对，但他错了，教会的反应相当平和，甚至相当合作。他们同意这次考查，只是派了牧师胡巴巴作监督。图拉拉想，也许教会深信圣书的正确？圣书说，化身沙巫睡在北极的极冰中；圣书说，能看懂圣书的人就能找到极冰中的圣府，唤醒大神，蒙受大的恩宠。千百年来，无数自认读懂圣书的信徒争着到北极去朝拜，但没有一个人活着回来。现在，教会可能想借科学的力量来证明圣书的正确。

想到这儿，图拉拉不禁微微一笑。近500年来科学的力量越来越强大，几乎能与教会分庭抗礼了。比如说，眼前这位虔诚的胡巴巴牧师就受惠于科学，他的尾巴上也装着一个能量盒，科学所发明的能量盒，否则，"以光为食"的他就不可能来到无光的北极。

这次向北极行进的路上，图拉拉看到了无数的横死者，他们是一代代虔诚的教徒，按圣书的教诲，沿着从圣坛伸向北极的圣绳，来寻找沙巫神的圣府。当他们逐渐脱离父星的光照后，体内能量渐渐耗竭，终于倒在路上。对于这些横死者，教会一直讳莫如深。因为，这些人死前没找到死亡配偶，没经过爆灭，灵魂不得超生，这是圣诫三罪（不得横死，不得信仰伪神，不得触摸圣坛和圣绳）中第一款大罪。但这些人又是可敬的殉教者，教会是该诅咒他们，还是褒扬他们呢？

图拉拉决定,从北极返回时,他要把这些横死者收集起来,配成死亡配偶,让他们在光照下爆灭。图拉拉倒不是相信灵魂超生,但总不能任这些人永远暴尸荒野吧。

破冰机仍在转着,现在已经能确定前面就是圣府了,因为极冰中露出40根圣绳,在此汇聚到一块儿,向圣府延伸。圣府中射出白色的强光,把极冰耀得璀璨闪亮。牧师胡巴巴让工人暂停,他率领众人做最后一次朝拜,诚惶诚恐地祈祷着。人群中只有图拉拉和奇卡卡没有跪拜。牧师愠怒地瞪着他们,在心中诅咒着:你们这些不尊崇沙巫神的异教徒啊,神的惩罚马上要降临到你们身上!

奇卡卡不敢直视牧师,也不敢正视自己的导师,他的感情场抖颤着,两个闪孔轻微地闪烁,像是询问自己的导师,又像是自语:难道化身沙巫真的存在?难道圣书上说的确实是真理?因为圣书说的圣府就在眼前啊。

图拉拉看到助手的动摇,他佯作未见,苍凉地转过身去。他一向知道奇卡卡不是一个坚强的无神论者,常常在科学和宗教之间踟蹰。图拉拉本人在100年前就叛离了宗教,麾下聚集一大批激进的年轻科学家。他们坚信图拉拉在100年前提出的生物进化论,相信索拉人是由低等生物进化而来(这一点已有许多古生物遗体给出证明),坚信圣书上全是谎言。但是,在对宗教举起叛旗100年后,图拉拉本人反倒悄悄完成圣书的回归。

他不信宗教,但相信圣书(指圣书的旧约篇),因为圣书中混着很多奇怪的记载,这些记载常常被后来的科学发展所确证。比如,圣书上说:索拉星是父星的第一星,蓝星是父星的第三星。这些圣谕被人们吟唱了数千年,从不知是什么含义。直到望远镜的出现刺激了天文学的发展,科学家才知道,索拉星和蓝星都是父星的行星,而其排列顺序完全如圣书所言!

又比如,圣书旧约第39章中规定了索拉星的温度标定,以水的凝结为0度,水的沸腾为100度。可是,索拉星生命在几亿年的进化中从没有接触过水!只是在近代,科学家才推定在南北极有极冰存在。那么,圣书中为什么做这种规定,这种规定又是从何而来呢?

难道真有一个洞察宇宙，知过去未来的大神吗？

还有，索拉星赤道附近的20座圣坛，也一直是科学家的不解之谜。在那些圣坛上，黑色的平板永不疲倦地缓缓转动，永远朝着父星的方向。每座圣坛都有两根圣绳伸出来，一直延伸到不可见的北方。圣书上严厉地警告，索拉人绝不能去触碰它，不遵圣诫的人会被狠狠击倒，只有伏地忏悔后才能复苏。图拉拉不相信这则神话，他觉得圣坛中的黑色平板很可能是一种光电转换器，就如索拉生物的皮肤能进行光电转换一样。问题是——是谁留下这些技术高超的设备？以索拉人的科学水平，500年后也无法造出它！

正是基于这个信念，他才尽力促成了对圣府的考察。现在已经可以确认圣府的存在了，圣书上那个神秘缥缈的圣府已经明明白白地摆在眼前。如果化身沙巫真的住在这里……图拉拉迫不及待想见到他。

最后一层冰墙轰然倒塌，庄严的圣府豁然显现。这是一个冰建的大厅，厅内散射着均匀的白光，穹顶很高，厅内十分空旷，没有什么杂物，只有大厅中央放着一辆——神车！圣书上提到过它，无数传说中描绘过它，3120年前的史书中记载过它，这正是化身沙巫的座驾呀。神车上铺着黑色的平板，与圣坛上的平板一模一样，下面是四个轮子，神车上方是透明的，模样奇特的化身沙巫斜躺在里面。

化身沙巫真的在这里！洞外的人迫不及待地拥进去。以胡巴巴为首，众人一齐俯伏在地，用脑袋和尾巴敲击着地面，所有人的闪孔都在狂热地祷告着：至上的沙巫大神，万能的化身沙巫，你的子民向你膜拜，请赐福给我们！

跪伏的人群包括他的助手，似乎奇卡卡的祷告比别人更狂热。只有图拉拉一人站立着。众人合成的感情场冲击着图拉拉，他几乎也不由想俯伏在地，但他终于抑制住自己，快步上前，仔细观看化身沙巫的尊容。

化身沙巫斜倚在神车内，模样奇特而庄严。他与索拉人既相似又不相似，他也有头，有口，有胳臂和双手，有双眼，有躯干；但他的尾巴是分叉的，分叉尾巴的下端也有指头。他身上有5处奇怪的凸起：脑袋正前方有一个长形凸起，其下有两孔；脑袋两侧两个扁形凸起，各有一孔。两条尾巴开始分岔的地方有一个柱形凸起，上面有一个孔。胸前没有闪孔，图拉拉惊讶地想，没有传递信息的闪孔，沙巫们如何互相交谈？他们都是哑人吗？不过把这个问题先放放吧。他现在要先验证圣书上最容易验证的一条记载。他仔细数了沙巫身体上的孔窍，没错，确实是九窍，而不是索拉人的五窍。

圣书又对了啊。图拉拉呆呆地立着，心中又惊又喜。

他又仔细观察神车内部。车前方放着一个金制的塑像，塑像只有半身，与沙巫神一样，头部有七窍，不过这尊塑像的头上有长毛，相貌也显然不同。这是谁？也许是沙巫神的死亡配偶？他忽然看到更令人震惊的东西，一本圣书！圣书是崭新的，但封面的字体却是古手写体，是3000年前索拉先人使用的文字。在图拉拉的一生中，为了击败教会，他曾认真研究过圣书，对圣书的渊源、版本和讹误知之甚清。他一眼看出这是第二版圣书，内容只有旧约而无新约，刊行于3120年前。这版圣书现在已极为罕见。

胡巴巴也看到了圣书，他的祈祷和跪拜也几近癫狂。等他抬起头，看见图拉拉已经打开车门，捧住圣书，胡巴巴立即从闪孔射出两道强光，灼痛了图拉拉的后背。图拉拉惊异地转过身，胡巴巴疯狂地喊道：

"不许渎神者触摸圣书！"他挤开科学家，虔诚地捧起圣书，恶狠狠地说，"现在你还敢说神不存在吗？你这个渎神者，大神一定会惩罚你的！"他不再理会图拉拉，转向众人说，"我要回去请示教皇，把沙巫神的圣体迎回去。在我回来之前，所有人必须离开圣府！"

他捧着圣书领头爬出去，众人诚惶诚恐地跟在后面。奇卡卡负疚地看看自己的老师，低下脑袋，最终也去了。胡巴巴走到洞口时，看到留在洞中的科学家，便严厉地说：

"你，要离开圣府。化身沙巫不会欢迎一个渎神者。"

图拉拉不想与他争执，他的闪孔平和地发射着信息："你们回去吧，我不妨碍你们，但我要留在这里……向化身沙巫讨教。"

胡巴巴的闪孔中闪出两道强光:"不行!"

图拉拉讥讽地说:"胡巴巴牧师的脾气怎么大起来啦?不要忘了,你是在科学的帮助下才找到圣府的。如果你逼我回去,那就请把你尾巴上的能量盒取下来吧,那也是渎神的东西,圣书从未提到过它。"

牧师愣住了,他想图拉拉说得不错,圣书的任何章节中,甚至宗教传说中,都从未提到过这种能量盒。它是渎神者发明的,但它非常有用,在这无光的极地,没有了能量盒,他会很快脱力而死,而且是不得转世的横死。他不敢取掉能量盒,只好狂怒地转过身,气冲冲地爬走了。

那次电视辩论之后的晚上,何律师在我家吃了晚饭,席间他告诉我:"义哲,你实际已经胜利了,对这件事,法律上的'不作为'就是默认和支持。现在没人阻挡你了,甩开膀子干吧。"

他完成了沙午姑姑的托付,心情十分痛快,那晚喝得酩酊大醉,笑嘻嘻地离开。这时电话铃响了,拿起话机,屏幕上仍是黑的,那边没有打开屏幕功能。对方问:

"你是陈义哲先生吗?我姓洪,对水星放生这件事有兴趣。"

他的声音沙哑干涩,颇不悦耳,甚至可以说,这声音引起我生理上的不快。但我礼貌地说:

"洪先生,感谢你的支持。你看了今天的电视节目?"

对方并不打算与我攀谈,冷淡地说:"明天请到寒舍一晤,上午10点。"他说了自己的住址,随即挂断电话。

妻子问我是谁来的电话,说了什么。我迟疑地说:"是一位洪先生,他说他对水星放生感兴趣,命令我明天去和他见面。没错,真的是命令,他单方面确定了明天的会晤,一点也不和我商量。"

我对这位洪先生印象不佳,短短的几句交谈就显出他的颐指气使,不仅如此,他的语调还有一种阴森森的味道。但是……明天还是去吧,毕竟这是第一个向我表示支持的陌生人。

后来我才知道，我这个勉强的决定是多么正确。

洪先生的住宅在郊外，一座相当大的庄园。庄园历史不会太长，但建筑完全按照中国古建筑的风格：飞檐斗拱，青砖青瓦，曲径小亭。领我进去的仆人穿一身黑色衣裤，态度很恭谨，但沉默寡言，意态中透着一股寒气。我默默地打量着四周，心中的不快更加浓了。

正厅很大，光线晦暗，青砖铺的地面，其光滑不亚于水磨石地板。高大的厅堂没有什么豪华的摆设，显得空空落落。厅中央停着一辆助残车，一个50岁的矮个男人仰靠在车上。他高度残疾，驼背鸡胸，脑袋缩在脖子里；五官十分丑陋，令人不敢直视；腿脚也是先天畸形，纤细羸弱，拖在轮椅上。领我进屋的仆人悄悄退出去，我想，这位残疾人就是洪先生了。

我走过去，向主人伸出手。他看着我，没有同我握手的意思，我只好尴尬地缩回手。他说：

"很抱歉，我是个残疾人，行走不便，只好麻烦你来了。"

话说得十分客气，但语气仍十分冷硬，面如石板，没有一丝笑容。在他面前，在这个晦暗的建筑里，我有类似窒息的感觉。不过我仍热情地说：

"哪里，这是我该做的。请问洪先生，关于水星放生那件事，你还想了解什么情况？"

"不必了，"他干脆地说，"我已经全部了解。你只用告诉我，办这件事需要多少资金。"

我略为沉吟："我请几位专家做过初步估算，大约为200亿元。当然，这是个粗略的估算。"

他平淡地说："资金问题我来解决吧。"

我吃了一惊，心想他一定是把200亿错听为200万了。当然，即使是200万，他已是相当慷慨。为了不伤他的自尊心，我委婉地说：

"太谢谢你了！谢谢你的无比慷慨。当然，我不奢望资金问题一下子全部解决，200亿的天文数字呵，可不是200万的小数。"

他不动声色地说："我没听错，200亿，不是200万。我的家产不太够，但我想，这些资金不必一步到位吧。如果在10年内逐步到位，那么，加上10年的增值，我的家产已经够了。"

我恍然悟到此人的身份：亿万富翁洪其炎！这是个很神秘的人物，早就听说他高度残疾，丑陋过人，所以从不在任何媒体上露面，能够见到他的只有七八个亲信。他的口碑不是太好，听说他极有商业头脑，有胆略，有魄力，把他的商业帝国经营得欣欣向荣，但手段狠辣无情，常常把对手置于死地。又说他由于相貌丑陋，年轻时没有得到女人的爱情，滋生了报复心理。几年前他曾登过征婚启事，应征女方必须夜里到他家见面，第二天早上再离开，这种奇特的规定难免会使人产生暧昧的猜想。后来，听说凡是应征过的女子都得到一笔数目不菲的赠款，这更使那些暧昧的猜想有了根据。不过这些猜想很可能是冤枉了他。应征女子中有一位年轻漂亮的女律师，大概是姓尹吧，她是倾慕洪其炎的才华而非他的财产。据说她去了后，主人与她终夜相对，不发一言，也没有身体上的侵犯。天明时他交给她一笔赠款，请她回家，尹律师痛痛快快地把钱摔到他脸上。不过，这个举动倒促成了二人的友谊，虽说未成夫妻，但成了一对形迹不拘的密友。

虽说他是亿万富翁，但这种倾家相赠的慷慨也令我心生疑窦，关于他的负面传说更增加了疑虑的分量。也许他有什么个人打算？也许他因不公平的命运而迁怒于整个人类，想借水星放生实行他的报复？虽然一笔200亿的资金是万年难求的机缘，但我仍决定，先问清他有没有什么附加条件。

洪先生的锐利目光看透我的思虑——在他面前，我总有赤身裸体的感觉，这使我十分恼火——他平淡地说：

"我的赠款有一个条件。"

我想，果然来了，便谨慎地问："请问是什么条件？"

"我要成为放生飞船的船员。"

原来如此！原来就这么一个简单的要求！我不由看看他的腿，心中刹那间产生强烈的同情，过去对他的种种不快一扫而光。一个高度残疾者用200亿去购买飞出地球的自由，这个代价太高昂了！这也从反面说明，这具残躯对他的桎梏是多么残酷。我柔声说：

"当然可以，只要你的身体能经受住宇航旅行。"

"请放心，我这架破机器还是很耐用的。请问，实现水星放生需多长时间？"

"很快的，我已经咨询过不少专家，他们都说，水星旅行在技术上没有太大的难点，只要资金充裕，15~20年就能实现。"

他淡淡地说："资金到位不成问题，你尽量加快进度吧，争取在15年之内实现。这艘飞船要起个什么名字？"

"请你命名吧。你这样慷慨地资助这件事，你有这个权利。"

洪先生没推辞："那就叫姑妈号吧。很俗气的一个名字，对不？"

我略为思索，明白了这个名字的深意：它说明人类只是水星生命的长辈而非父母，同时也暗含着纪念沙姑姑的意思。我说："好！就用这个名字！"

他从助残车的袋里取出一本支票簿，填上5000万，背书后交给我："这是第一笔启动资金，尽快成立一个基金会，开始工作吧！对了，请记住一点，飞船上为我预留一辆汽车的位置，就按加长林肯车的尺寸。我将另外找人，为我研制一辆适合水星路面的汽车。"他微带凄苦地说，"没办法，我无法在水星上步行。"

我柔声说："好的，我会办到。不过，"我迟疑着，"可以冒昧地问一句吗？我想问：你倾尽家财以放养水星生命，是为了什么？只是为了到水星一游吗？"

他平淡地说："我认为这是件很有趣味的事，我平生只干自己感兴趣的事。"他欠欠身，表示结束谈话。

从此，洪先生的资金源源不断地送来。激情之火浇上金钱之油，产生了惊人的工作效率。当年年底，已经有15000人在为"姑妈号"飞船工作。对"水星放生"这件事，社会上在伦理意义上的反对一直没有停止，但它始终没有对我们形成阻力。

洪先生从不过问我们的工作。不过，每月我都要抽时间向他汇报工作进度，飞船方案搞好后，我也请他过目。洪先生常常一言不发地听完，简短地问：

"很好。资金上有什么要求？"

按洪先生要求，他对我的资助严格保密，只有我妻子和何律师知道资助人的姓名。当然，实际上是无法保密的，姑妈号飞船需要的是数百亿元资金，能拿得出这笔资金的个人屈指可数，再加上洪先生不断拍卖其名下的产业，所以，这件事不久就成了公开的秘密。

姑妈号飞船有条不紊地建造着，到第二年，当我去洪先生家时，总是与一位漂亮的女人相遇。她有一种恬淡的美貌，就像薄雾笼罩着的一枝水仙，眉眼中带着柔情。她就是那位尹律师，她与洪先生的关系显然十分亲近，一言一行都显出两人很深的相知。不过，毫无疑问，两人之间是纯洁的友情，这从尹律师坦荡的目光可以确认。

尹律师已经结婚，有一个3岁的儿子。

在我向洪先生汇报进度时，他没有让尹律师回避。显然，尹律师有资格分享这个秘密。谈话中，尹女士常常嘴角含着微笑，静静地听着，偶尔插问一句，多是关于飞船建造的技术细节。我很快知道了这种安排的目的——是她负责建造洪先生将要乘坐的水星车。

那天尹律师单独到我办公室，这是我第一次单独与她会面。我请她坐下，喊秘书斟上咖啡，一边忖度着她的来意。尹律师细声细语地说：

"我想找你商量一下飞船建造的有关技术接口。你当然已经知道，我在领导着一项秘密研究，研制洪先生在水星上使用的生命维持系统。"

我点点头，她把水星车称作"生命维持系统"没有使我意外。要想在没有大气、温度高达450℃、又有强烈高能辐射的水星上活动，那辆车当然也可称作生命维持系统。但尹律师下面的话无疑是一道晴天霹雳，她说：

"准确地说，其主要部分是人体速冻和解冻装置。"

我从沙发上跳起来,震惊地看着她。洪先生要人体速冻装置干什么?在此之前,我一直把洪先生的计划看成一次异想天开的、挑战式的旅行,不过毫无疑问是一次短期旅行。但——人体速冻和解冻装置!

在我震骇的目光中,尹女士点点头继续道:"对,洪先生打算永远留在水星上,看守这种生命。他准备把自己冷冻在水星的极冰中,每1000万年醒一次,每次醒一个月,乘车巡查这种生命的进化情况,一直到几亿年后水星进化出'人类'文明。"

我们久久地用目光交换着悲凉,我喃喃地说:"你为什么不劝他?让他在水星上独居几亿年,不是太残忍吗?"

她轻轻摇头:"劝不动的,如果他能被别人劝动,他就不是洪其炎了。再说,这样的人生设计对他未尝不是好事。"

"为什么?"

尹女士叹息一声:"恐怕没有人比我了解他了。命运对他太不公平,给了他一个无比丑陋残缺的身体,偏偏又给他一个聪明过人的大脑。畸形的身体造就了畸形的性格,他心理阴暗,对所有正常人怀着愤懑;但他的本质又是善良的,天生具有仁者之心。他是一个畸形的统一体,仁爱的茧壳箍着报复的欲望。他在商战中的砍伐,他在征婚时对应征者的戏弄,都是这种矛盾心态的反映。不过这些报复都是低度的,是被仁爱之心冲淡过的。但是,也许有一天,报复欲望会冲破仁爱的封锁,那时……他本人深知这一点,也一直怀着对自身的恐惧。"

"对自身的恐惧?"我不解地看看她。她点点头,肯定地说:"没错,他对自身阴暗的一面怀着恐惧,连我都能触摸到它。他对水星放生的慷慨资助,多少是这种矛盾心态的反映。一方面,他参与创造了一种新的生命,满足了他的仁者之心;另一方面,对人类也是个小小的报复吧。想想看,当他精心呵护的水星生命进化出文明之后,水星人肯定会把洪其炎的残疾作为标准形象,而把正常地球人看成畸形,对不?"

虽然心地沉重,我还是被这种情景逗得破颜一笑。尹律师也漾出一波笑纹,接着说：

"其实，想开了，他对后半生的设计也是蛮不错的嘛——居住在太阳近邻，与天地齐寿，独自漫步在水星荒原上，放牧着奇异的生命。每次从长达1000万年的大梦中醒来，水星上的生命都会有你预想不到的变化，彻底摒弃地球上的陈规戒律、庸俗琐碎、浑浑噩噩。有时我真想抛弃一切，抛弃丈夫和孩子，陪伴他到地老天荒——可是我做不到，所以我永远是个庸人。"她自嘲地说，语气中透着凄凉。

这件事让我心头十分沉重，甚至有说不清道不明的愤懑，只是不知道愤懑该指向谁，但我知道多说无益。我回想到，洪先生是在看过那次电视辩论仅仅两小时内就做出了倾家相赠的决定。这种性格果决的人，谁能劝得动呢，我闷声说："好吧，就成全他的心愿吧。现在咱们谈谈技术接口。"

第二天我和尹律师共同去见他，我们平静地谈着生命维持系统的细节，就像它是我们早已商定的计划。临告辞时，我忍不住说：

"洪先生，我很钦佩你。在我决定接受沙姑姑的遗产时，不少人说我是疯子。不过依我看，你比我疯得更彻底。"

洪先生难得地微微一笑："谢谢，这是最好的夸奖。"

众人走了，圣府大厅中只留下图拉拉。没有了恼人的喧嚣，他可以静下心来同化身沙巫交谈了，心灵上的交谈。他久久地瞻望着化身沙巫奇特的面容，心中充满敬畏。圣府找到了，化身沙巫的圣体找到了。牧师及信徒们喜极欲狂。不过，他们错了。化身沙巫的确存在，他也的确是索拉生命的创造者。但他不是神，而是来自异星的一个科学家。图拉拉为之思考多年，早就得出了这个结论。在他对化身沙巫的敬畏中，含着深深的亲近感。科学家的思维总是相通的，不管他们生活在宇宙的哪个星系，都使用同样的数字语言、同样的物理定律、同样的逻辑规则。所以他觉得，在他和化身沙巫之间，有着深深的相契。

他已经捋出化身沙巫的来历及经历：他来自父星系第三星（蓝星），是20

个 4152 万年前来的。（为什么是有零有整的 4152 万年？他悟到，4152 万个索拉星年恰恰等于 1000 万个蓝星年，沙巫是按母星的纪年方式换算过来）。那时他创造了一种新型的、与蓝星生命完全不同的生命——并不是创造了索拉人，而是一种微生命——将它撒播在索拉星上，然后把进化的权杖交还给大自然。为了呵护自己创造的生命，化身沙巫离开母星和母族，在索拉星的极冰中住了 20 个 4152 万年。不可思议的漫长啊。当他独自面对蛮荒时，他孤独吗？当他看着微生命缓慢地进化时，他焦急吗？当他终于看到索拉星生命进化出文明生物时，他感到欣喜吗？

从他神车中有 3000 年前的圣书来看，他大约在 3000 年前醒来过，那时他肯定发现索拉人有了二进制语言，有了文字。但那时的索拉人还很愚昧，被宗教麻木心灵。他无法以科学来启发他们的灵智，只好把一些有用的信息藏在圣书里，以宗教的形式去传播科学。

圣书说，只要看懂圣书，就能找到圣府，那时，化身沙巫就会醒来，带索拉人去蒙受父星大的恩宠——什么"大的恩宠"？一定是一个浩瀚璀璨的科学宝库，索拉人将在一夕间跃升几万年、几十万年，与神（化身沙巫）们平起平坐。

这个前景使图拉拉非常激动，开始着手寻找化身沙巫留下的交代。化身沙巫既然在圣书中邀请索拉人前来圣府，既然答应届时醒来，那他肯定留下了唤醒他的办法。图拉拉寻找着，揣摩着，忽然发现了一个秘密的冰室。门被冰封闭着，但冰层很薄，他用尾巴打破冰门，小心地走进去。冰室里堆着数目众多的圆盘，薄薄的，有一面发着金属的光泽。这是什么？他凭直觉猜到，这一定是化身沙巫为索拉人预备的知识，但究竟如何才能取出这些知识，他不知道，绞尽脑汁也想不出来。这不奇怪，高度发展的技术常常比魔术更神秘。

但墙上的一幅画他是懂得的，这是幅相当粗糙的画，估计是化身沙巫用手画成。画的是一个索拉人，用手指着胸前的两个闪孔。画旁有一个按钮，另有一根手指指着它。图拉拉对这幅画的含义猜度了一会儿，下决心按下这个按钮。

他的猜测是正确的，墙上的闪孔立即开始闪烁，明明暗暗。图拉拉认真揣摩着，很快断定，这正是二进制的索拉人语言。闪烁的节奏滞涩生硬，而且，其编码不是索拉人现代的语言，而是3000年前的古语言，但不管怎样，图拉拉还是尽力串出它所包含的意义。

"欢迎你，索拉人，既然你能来到无光的北极并找到圣府，相信你已经超越蒙昧。那么，我们可以进行理智的交谈了。"

巨大的喜悦像日冕的爆发，席卷他的全身，他终生探求的宝库终于开启了。那边，闪孔的闪烁越来越熟练，一个10亿岁的睿智老人在同他娓娓而谈，他激动地读下去。

"我就是圣书中所说的化身沙巫，来自父星系的蓝星。20个4152年前，蓝星系的科学家创造了一种全新的生命，我把它撒到水星上，并留下来照看它们的成长。我看着它们由单胞微生物变成多胞生物，看着它们离开金属湖泊而登陆，看着它们从无性生物进化出性活动（爆灭前的配对），看着它们进化出有智慧的索拉人。这时我觉得，10亿年的孤独是值得的。"

"我的孩子们啊，索拉人类的进步要靠你们自己。所以，这些年来我基本没干涉你们的进化，只是在必要时稍加点拨。现在，你们已超越蒙昧，我可以教你们一些东西了。你们如果愿意，就请唤醒我吧。"

下面他介绍唤醒自己的方法。他的苏醒必须按照严格的程序，稍有违犯，就会造成不可逆的死亡。图拉拉这才知道，神圣的沙巫种族其实是一种极为脆弱的生命，他们须臾离不开空气，否则会憋死。他们还会热死、冻死、淹死、饿死、渴死、病死、毒死……可是，就是这么脆弱的生命，竟然延续数十亿年，并且创造出如此先进的科技！图拉拉感慨着，认真地读下去。他真想马上唤醒这位10亿岁的老人，对于索拉人来说，他可以被称作神灵了。

他忽然感到一阵晕眩，知道是能量盒快耗尽了。他爬过去找自己的背囊，那里应该有四个能量盒。但是背囊是空的！图拉拉的感情场一阵战栗，恐慌向他袭来。面前这个背囊是奇卡卡的，肯定是奇卡卡把自己的背囊带走了。他当然不是有意害自己，只是，在刚才的宗教狂热中，奇卡卡失去了应有的谨慎。

该怎么办？大厅中有灯光，但光量太弱，缺少紫外光以上的高能波段，无法维持他的生命。看来，他要在沙亚的圣府里横死了。

圣书中有严厉的圣诫：索拉人在死亡前必须找到死亡配偶，用最后的能量进行爆灭，生育出两个以上新的个体。不进行爆灭的，尤其是死后又复苏的，将为万人唾弃。其实，早在圣书之前，原始索拉人就建立了这条伦理准则。这当然是对的，索拉人的躯体不能自然降解，如果都不进行爆灭，那索拉星上就没有后来者的立足之地了。

横死的索拉人很容易复生（只需让他接受光照），但图拉拉从没想过自己会干这种乱伦的丑事。不过，今天他不能死！他还有重要的事去办，还要按沙亚的交代去唤醒沙亚，为索拉人赢得"大的恩宠"，他怎么能在这时死去呢？头脑中的晕眩越来越重，已经不能进行有效的思考了，他必须赶紧想出办法。

他在衰弱脑力许可的范围内，为自己找到一个办法。他拖着身躯，艰难地爬到厅内最亮的灯光之下。低能光不能维持他的生存，但大概能维持一种半生半死的状态。他无力地倒下去，但他用顽强的毅力保持着意识不致沉落。闪孔里喃喃地念诵着：

"我不能死，我还有未了之事。"

2046年6月1日，在我接受沙午姑姑遗产的第14年后，"姑妈号"飞船飞临水星上空，向下喷着火焰，缓缓地落在水星的地面上。

巨大的太阳斜挂天边，向水星倾倒着强烈的光热。这儿能清楚地看到日冕，它们向外延伸至数倍于太阳的外径。在太阳两极处的日冕呈羽状，赤道处呈条状，颜色淡雅，白中透蓝，舞姿轻盈，美丽惊人。水星的天空没有大气，没有散射光，没有风和云，没有灰尘，显得透明澄澈。极目之中，到处是暗绿色的岩石，扇状悬崖延伸数百公里，就像风干杏子上的褶皱。悬崖上散布着一片片金属液湖泊，在阳光下反射着强烈的光芒。回头看，天边挂着的地球清晰可见，它蓝得晶莹，美丽如一个童话。

这个荒芜而美丽的星球将是金属变形虫们世世代代的生息之地。

我捧着沙姑姑的遗像，第一个踏上水星的土地。遗像是用白金蚀刻的，它将留在水星上，陪伴她创造的生命，直到千秋万代。舱内起重机缓缓放着绳索，把洪先生的水星车放在地面上。强烈的阳光射到暗黑色的光能板上，很快为水星车充足能量。洪先生掌着方向盘，把车辆停靠在飞船侧面。他的头发已经花白，脸色仍如往常一样冷漠，但我能看出他内心的激动。

洪其炎是飞船上的秘密乘客，起飞前他已经"因心脏病突发，抢救无效而去世，享年64岁"。我们发了讣告，举行了隆重的葬礼，社会各界都一致表示哀悼。虽然他是个怪人，虽然他支持的"水星放生"行动并没得到全人类的认可，但毕竟他的慷慨和献身令人钦服。现在，他倾力支持的"姑妈号"飞船即将起飞，而他却在这个时刻不幸去世，这是何等的悲剧！而其时，洪先生连同他的水星车已秘密运到飞船上。洪先生说：

"这样很好，让地球社会把我彻底忘却，我可以心无旁骛地留在水星上干我的事了。"

飞船船长柳明少将指挥着，两名船员抬着一个绿色的冷藏箱走下舷梯。里面是20块冷凝金属棒，那是从沙午姑姑的生命熔炉中取出的，其中藏着生命的种子。飞船降落在卡路里盆地，温度计显示，此刻舱外温度是720℃。宇航服里的太阳能空调器嗡嗡地响着，用太阳送来的光能抵抗着太阳送来的酷热。如果没有空调，别说宇航员了，连那20块金属棒也会在瞬间熔化。

5个船员都下来了，马上开始工作。我们打算在一个水星日完成所有的工作，然后留下洪先生，其余人返回地球。5个船员将在这儿建一些小型太阳能电站，通过两根细细的超导电缆送往北极。电缆是比较廉价的钇钡铜氧化物，只能在–170℃以下的低温保持超导性，不过这在水星上已足以胜任了。白天，太阳能电站转换的电量将就近储存在蓄电瓶内；晚上，当气温降到–170℃时，电源便经超导电缆送到遥远的极地。在那儿它为洪先生的速冻和解冻提供能源。至于每个复苏周期中那长达1000万年的冷藏过程，则可以由–60℃的极冰自动制冷，不必耗用能源，所以，一个小型的100千瓦发电站就足够了。不过为了绝对保险起见，我们用20个结构不同的发电站并成一个电网。要知道，洪先生的一觉将睡上1000万年。1000万年中的变化谁能预想得到呢？

我和柳船长乘上洪先生的跑车，三人共同去寻找合适的放生地。这辆生命之舟设计得十分紧凑，车身覆盖着太阳能极板，十分高效，即使在极夜微弱的阳光中，也能维持它的行驶。车后是小型食物再生装置和制氧装置，能提供足够一人用的人造食品和空气。下面是强大的蓄电瓶，能提供10万千瓦时的电量，其寿命（在不断充放电的条件下）可以达到无限长。洪先生周围是快速冷凝装置，只要一按电钮，便能在2秒钟内对他进行深度冷冻。1000万年后，该装置会自动启动，使他复苏。他身下的驾驶椅实际是两只灵巧的机械腿，可以带他离开车辆，短时间出去步行，因为，放养生命的金属湖泊常常是车辆开不到的地方。

洪先生聚精会神地开着车，在崎岖不平的荒漠上寻找着道路，我和柳船长坐在后排。为了方便工作，我们在车内也穿着宇航服。老柳以军人的姿态端坐着，默默凝视着洪先生的白发，凝望着他高高突起的驼背和鸡胸，以及瘦弱畸形的腿脚，目光中充满怜悯。我很想同洪先生多谈几句，因为，在此后的亿万年中，他不会再遇上一位可以交谈的故人了。不过在悲壮的气氛中，我难以打开话题，只是就道路情况简短地交谈几句。

洪先生扭过头说："小陈，我临'死'前清查了我的财产，还余几百万吧。我把它留给你和小尹了，你们为这件事牺牲太多。"

"不，牺牲最多的是你。洪先生，你是有仁者之爱的伟人。"

"伟人是沙女士。她，还有你，让我的晚年有了全新的生活，谢谢。"

我低声说："不，是我该向你表示谢意。"

车子经过一个金属湖，金属液发出白热的光芒。用光度测温计量量，这儿有620℃，对于那些小生命来说高了一些。我们继续前行，又找到一处金属湖，它半掩在悬崖之下，太阳光只能斜照它，所以温度较低。我们把车停下，洪先生操纵着机械腿迈下车，我和柳船长揣上两块金属棒跟在后边。金属湖在下方

100 米处，地形陡峭，虽然他的机械腿十分灵巧，但行走仍相当艰难。在迈过一道深沟时，他的身子趔趄一下，我下意识地伸手去扶，老柳摇摇手止住我。是的，老柳是对的。洪先生必须能独力生存，在此后的亿万年中，不会有人帮助他。他一旦失手摔下，只能以他的残腿努力站起来，否则……我鼻梁发酸，赶快抛开这个念头。

我们终于到了湖边，暗红的金属液面十分平静。我们测量出温度是 423℃，溶液中含有锡、铅、钠、水银，也有部分固相的锰、钼、铬微粒，这是变形虫理想的繁殖之地。我们从怀中掏出金属棒交给洪先生，他把它们托在宇航服的手套里，等待着。斜照的阳光很快使它们融化，变成小圆球，滚落在湖中，与湖面融合在一起。少顷，洪先生把一枚探头插进金属液中，打开袖珍屏幕，上面显示着放大的图像。探头寻找到一个变形虫，它已经醒了，慵懒地扭曲着，变形着，移动着，动作十分舒缓，十分惬意，就像这是它久已住惯的老家。

三个人欣慰地相视而笑。

我们总共找到 10 处合适的金属湖，把 20 块"菌种"放进去。在这 10 个不相连的生命绿洲里，谁知道会发生什么事？也许它们会迅速夭折，当洪其炎从冷冻中复苏过来后，只能看到一片生命的荒漠；也许它们会活下来，并在水星的高温中迅速进化，脱离湖泊，登上陆地，最终进化出智慧生命。那时，洪先生也许会融入其中，不再孤独。

太阳缓缓地移动着，我们赶往天光暗淡的北极。那儿的工作已经做完。暗绿色的极冰中凿出一个大洞，布置了照明灯光，40 根超导电缆扯进洞内，汇聚在一个接头板上，再与水星车的接口相连。冰洞内堆放着足够洪先生食用 30 年的罐头食品，这是为了预防食物再生装置一旦失效。只是我们拿不准，放置数千万年的食物（虽然是在 -60℃ 的低温下）还能否食用。

我们把洪先生扶出来，在冰洞中开了一次聚餐会。这是"最后一次晚餐"，以后洪先生就得独自忍受亿万年的孤独了。吃饭时洪先生仍然沉默寡言，面色很平静，几个年轻的船员用敬畏的目光看他，就像在仰望上帝。这种目光拉远了他同大伙儿的距离，所以，尽管我和老柳做了最大的努力，也没能使气氛活跃起来。

我们在悲壮的氛围中吃完饭，洪先生脱下宇航服，赤身返回车内，沙女士的金像置放在前窗玻璃处。我俯下身问：

"洪先生，你还有什么话吗？"

"请接通地球，我和尹律师说话。"

通讯接通了，他对着车内话筒简短地说："小尹，谢谢你，我永远记住你陪我度过的日子。"

他的话语化作电波，离开水星，向一亿公里外的地球飞去。他不再说话，静静地等待着。10分钟后才传来回音，我们都在耳机中听到了，尹女士带着哭声喊道：

"其炎！永别了！我爱你！"

洪先生恬淡地一笑，向我们挥手告别。在这个刹那，他的笑容使丑陋的面孔变得光彩照人。他按下一个电钮，立时冷雾包围了他的裸体，凝固了他的笑容。2秒钟后他已进入深度冷冻。我们对生命维持系统做了最后一次检查，依次向他鞠躬，然后默默退出冰洞，向飞船返回。

5个地球日后，"姑妈号"飞船离开水星，开始长达1年的返程。不过，大家都觉得我们已经把自身生命的一部分留在这颗星球上了。

不知过了多长时间，图拉拉隐约感到人群回来了，圣府大厅里一片闹腾。他努力喊奇卡卡，喊胡巴巴，没人理他，也许他并没喊出声，他只是在心灵中呼喊罢了。闹腾的人群逐渐离开，大厅里的振动平息了。他悲怆地模模糊糊地想，我真的要在圣府中横死吗？

能量渐渐流入体内，思维清晰了，有人给他换了能量盒。睁开眼，看见奇卡卡正怜悯地看着他。他虚弱地闪道：

"谢谢。"

奇卡卡转过目光，不愿与他对视，微弱地闪道："你一直在低声唤我的名字，你说你有未了之事。我不忍心让你横死，偷偷给你换了能量盒。现在——你好自为之吧。"

奇卡卡像躲避魔鬼一样急急跑了，不愿意和一位丑恶的"横死复生者"待在一起。图拉拉感叹着，立起身子，看见奇卡卡为他留下四个能量盒，足够他返回到有光地带了。化身沙巫呢？他急迫地四处查看。没有了，连同他的神车都没有了。他想起胡巴巴临走说：要禀报教皇，迎回化身沙巫的圣体，在父星的光辉下唤他醒来。一阵焦灼的电波把图拉拉淹没，他已知道沙巫的身体实际上是很脆弱的，那些愚昧的信徒们很可能把他害死。他可是索拉人的恩人啊。

他要赶快去制止！这时他悲伤地发现，在经历了长期的半死状态后，他身上的金属光泽已经暗淡了。这是横死者的标志，是不可豁免的天罚。如果他不赶紧爆灭，他就只能活在人们的鄙夷和仇恨中。

但此刻他顾不了这些，他带上能量盒，立即赶回夏杜里盆地。那是索拉星上最热的地方，所有隆重的圣礼都在那儿举行。

他爬出无光地带，无数横死者还横亘在沿途。他歉然地想，恐怕自己已没有能力实现来时的承诺，无力收敛他们了。进入有光地带后，他看到索拉人成群结队向前赶，他们的闪孔兴奋地闪烁着：化身沙巫的复生大典马上要举行了！图拉拉想去问个详细，但人群立即发现他的耻辱印，怒冲冲地诅咒他，用尾巴打他。图拉拉只好悲哀地远远避开。

一个索拉星日过去了，他中午时赶到夏杜里盆地的中央。眼前的景象令他瞠目，成千上万的索拉人密密麻麻地聚在圣坛旁，群聚的感情场互相激励，形成正反馈，其强度使每个人都陷于癫狂。连图拉拉也几乎被同化了，他用顽强的毅力压下自己的宗教冲动。

好在癫狂的人群不大注意他的耻辱印，他夹在人群中向圣坛近处挤去。神车停在那里，车门关闭着，化身沙巫的圣体就在其中，仍紧闭着双眼。人群向他跪拜，脑袋和尾巴猛烈地撞击地面。这种撞击原先是杂乱的，逐渐变成统一的节奏，竟使地面在一波波撞击中微微起伏。

教皇出来了，在圣坛边跪下，信徒的跪拜和祈祷又掀起一个高潮。这时，一个高级执事走上前，让大家肃静。这是奇卡卡！看来教皇对这位背叛科学投身宗教的人宠爱有加，他的地位如今已在胡巴巴之上了。奇卡卡待大家静下来，朗朗地宣布：

"我奉教皇敕令，去北极找到极冰中的圣府，迎来化身沙巫的圣体。此刻，沙巫神将在父星的光辉下醒来，赐给我们大的恩宠！教皇陛下今天亲临圣坛，跪迎沙巫大神复生！"

教皇再次叩拜后，奇卡卡拉开车门，僧侣上前，想要抬出化身沙巫的圣体。图拉拉此刻顾不得个人安危，闪孔里射出两道强光，烙在一名僧侣的背上，暂时制止住他。图拉拉发出强烈的信息：

"不能把他抬出来，那会害死他的！"他急中生智，又加了一句有威慑力的话，"是沙巫神亲口告诉我的，你们不能做渎神的事！"

人们愣住了，连教皇也一时无语。奇卡卡愤怒地转过身，大声说："不要听他的，他是一个横死者，不许他亵渎神灵！"

人们这才发现他的耻辱印，立刻有一条尾巴甩过来，重重地击在他的背上。他眼前发黑，但仍坚持着发出下面的信息：

"不能让化身沙巫受父星的照射，你们会害死他的！"

又是狂怒的几击，他身体不支，瘫倒在地，仍有人狠狠地抽击他。奇卡卡恶狠狠地瞪图拉拉一眼，举手让众人静下来。迎圣体的仪式开始了。四个僧侣小心地把化身沙巫抬出车，众人的感情场猛烈地迸射、激励、加强，千万双闪孔同时歌颂着沙巫神的大德和大能。

这种感情场是极端排外的，现场中只有图拉拉的感情是异端，他头疼欲裂，像是被千万根针刺着神经。他挣扎着立起上身，从人缝中向里看。化身沙巫的圣体已摆放在一个高高的圣台上，教皇领着奇卡卡、胡巴巴在伏地跪拜。图拉拉的神经抽紧了，他想可怕的事马上就要发生了。化身沙巫坐在圣台上，眼睛仍然紧闭着。在父星强烈的照射下，在720℃的高温中，他的身躯很快开始发黑，水分从体内猛烈蒸发，向上方升腾，在他附近造成了一个畸变的透明区域。随之他的身体开始冒烟，淡淡的灰烟。然后，焦透的身体一块块迸脱，剩下一副焦黑的骨架。

教皇和信徒们都目瞪口呆，这是怎么回事？索拉人的金属身体从不怕父星的曝晒，那些未经爆灭的遗体能千万年保存下来。但化身沙亚的圣体为什么被父星毁坏？人们想到刚才图拉拉的话："不能让他受父星的照射，你们会害死他的。"他们开始感到恐惧。千万人的恐惧场汇聚在一起，缓缓加强，缓缓蓄势，寻找着泄洪的口子。

教皇和奇卡卡的恐惧也不在众人之下——谁敢承担毁坏圣体的罪名？如果有人振臂一呼，信徒们会把罪人撕碎，即使贵为教皇也不能逃脱。时间在恐惧中静止，恐惧和郁怒的感情场在继续加强……忽然奇卡卡如奉神谕，立起身来指着那副骨架宣布：

"是父星惩罚了他！他曾逃到极冰中躲避父星，但父星并没有饶恕他！"

恐惧场瞬时间无影无踪，信徒们的神经一下子放松了。是啊，圣书中确实说过，化身沙亚失去父星的宠爱，藏到极冰中逃避父星的惩罚。现在大家也亲眼看见是父星的光芒把他毁坏了。奇卡卡抓住了这个时机，恶狠狠地宣布：

"杀死他！"

他的闪孔中闪出两道杀戮强光，射向沙亚的骨架。信徒们立即仿效，无数强光聚焦在骨架上，使骨架轰然坍塌。教皇显然仍处在慌乱中，他没有在这儿多停，起身摩挲着奇卡卡的头顶表示赞赏，随后匆匆离去。

信徒们也很快散去。虽然他们用暴烈的行动驱走恐惧，但把暴力加在化身沙亚的圣体上，这事总让他们忐忑不安。片刻之后，万头攒动的场景不见了，只留下圣坛上一副破碎的骨架，一辆砸扁了的神车，一副白金雕像，还有地上一个虚弱的图拉拉。

图拉拉忍着头部的剧疼，挣扎着走到骨架边。灰黑色的骨架散落一地，头颅孤零零地滚在一旁，两只眼睛变成两个黑洞，悲愤地瞪着天边。片刻之前，他还是人人敬仰的化身沙巫，是一个丰满坚硬的圣体，转瞬之间被毁坏了，永远不可挽救了。图拉拉感到深深的自责。如果他事先能见到教皇，相信凭自己的声望，能说服他采用正确的方法唤醒沙巫——毕竟教皇也不愿圣体遭到毁坏呀。可惜晚了，来不及了，这一切都是由于缺少一个备用能量盒，是由于自己该死的疏忽。

他深深地俯伏在地，悲伤地向化身沙巫认罪。

他立起身，小心地搜集化身沙巫的骨架。为什么这样做？他也不知道，他没有什么目的，只是想以这种下意识的动作来驱散心中的悲伤和悔恨。只是到了2000年后，当科学家根据基因技术（在沙巫留下的大批光盘里有详细的解说）从幸存的骨架中提取了化身沙巫的基因并使他复活之后，索拉人才由衷地赞叹图拉拉的远见。

此后1000年是索拉星的黑暗时期，狂热的教徒砸碎了和科学有关的一切东西，连索拉人曾广泛使用的能量盒，也被当作渎神的奇技淫巧被全部砸坏。羽翼未丰的科学遭到迎头痛击，一蹶不振，直到1000年后才慢慢恢复元气。

沙巫教则达到极盛。他们仍信奉沙巫，但化身沙巫不再被说成沙巫大神的使者，他成了一尊伪神，一个罪神。信徒的祈祷词中加了一句：

"我奉沙巫大神为天地间唯一的至尊，
我唾弃伪神，他不是大神的化身。"

不过，沙巫教中悄悄地兴起一个小派别，叫赎罪派。据说传教者是一个横死后复生的贱民。他们仍信奉化身沙巫是大神的使臣和索拉人的创造者，他们精心保存着两件圣物，一件是焦黑的头骨，一件是白金制的塑像。赎罪派的教义中，关于沙巫之死的是非是这样说的：化身沙巫确实是沙巫的化身，原打算给索拉星带来无上的幸福。但他被索拉人错杀了，幸福也与索拉人交臂而过。

尽管新教皇奇卡卡颁布了严厉的镇压法令，但赎罪派的信徒日渐增多。因为赎罪派的教义唤醒了人们的良知，唤醒了潜藏内心深处的负罪感。对教庭的镇压，赎罪派从不做公开的反抗，他们默默地蔓延着，到处搜集与科学有关的一切东西：砸碎的能量盒，神车的碎片，残缺不全的图纸和文字，等等。在那位180岁的赎罪派传教者去世后，再没人能懂得这些东西，但他们仍执着地收藏着，因为——传教者说过，等化身沙巫在下一个千禧年复活时，它们就有用了。

赎罪派只尊奉圣书的旧约篇而扬弃新约篇，他们在旧约篇上加了一段祷文：

"化身沙巫越权创造了索拉人，父星惩罚了他。

索拉人杀死了化身沙巫，你们得到父星的授权了吗？

索拉人啊，

你们杀死了自己的生父，你们有罪了；

你们要世世代代背负着原罪，直到化身沙巫复生。"

王晋康：生于1948年，中国作协会员，知名科幻作家，"中国科幻界三驾马车"之一。迄今已发表短篇小说87篇，长篇小说10余篇，计500余万字。曾获1997国际科幻大会颁发的银河奖、全球华语科幻星云奖终生成就奖。王晋康作品风格苍凉沉郁，冷峻峭拔，富有浓厚的哲理意蕴，语言典雅流畅，结构精致，构思奇巧，善于设置悬念，作品具有较强的可读性，是严肃文学和通俗文学很好的结合。

鼠　年

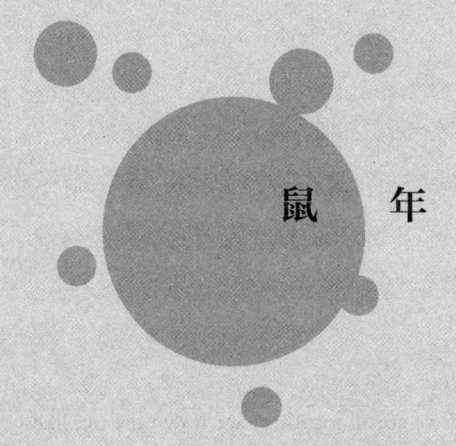

I am he as you are he as you are me and we are all together. See how they run like pigs from a gun, see how they fly. I'm crying.

——The Beatles，I Am the Walrus

天又开始黑了。我们已经在这鬼地方转了两天，连根耗子毛都没见着，可探测器的红灯一直闪着。我的袜子湿了，像块抹布一样裹在脚上，难受得想打人，胃饿得抽筋，可双脚还是不停地迈着，树叶像一个个巴掌刮在脸上，火辣辣的疼。

我想把背包里的那本生物学教程还给豌豆，告诉他，这本书足足有872页，我还想把眼镜还给他，尽管那个不沉，一点都不沉。

他死了。

教官说，保险公司会依合同赔付的，至于赔多少，他没说。

我猜豌豆父母总会想留点什么做纪念的，可血染透了他全身。如果是我儿子死了，我也不想要一件带血的T-shirt做纪念品，于是我从衣兜里摸出他的眼镜，又从防水背包里掏出那本死厚的书。我想这样的话，他父母就能想起儿子的那副书生模样，他跟这儿完全不是一国的。

我的袜子就是那时候弄湿的。

豌豆姓孟，大名孟翔，之所以被起了个这样的外号，一来因为他身形瘦小，活像棵豌豆苗；二来他老是厚颜无耻地把做豌豆实验的孟德尔当本家祖宗。他是生物系的研究生，也是这队伍里唯一一个我原来就认识的。

我不得不说，他死于对科学的热爱，这跟老鼠一点屁关系都没有。

据他们描述，当时的情形是这样的：队伍穿越废旧水库堤坝时，豌豆看到路边堤面的水泥里钻出一棵罕见的植物，于是，他没打招呼，就去采集标本。也许是深度近视让他踏空了，也许是厚达872页的生物学教程让他失去平衡，总之，我所看到的最后一幕，豌豆真的像一颗豌豆，轻飘飘地滚下百来米的弧形堤面，一头扎进垒满乱石和枯枝的水道里，身体被几根细长的树枝刺穿了。

教官指挥我们把尸体抬出来，用袋子装好。他嘴角动了动，我知道他想说那句口头禅，但忍住了，其实我挺想听他说的。

他说，你们这群大学生，连活命都学不会。

他说得很对。

有人拍拍我的肩膀，我取下音量开到最大的耳机，是黑炮，他歉意地笑笑，说生火吃饭。黑炮难得地友善了一把，这点让我很吃惊，或许是因为豌豆死时他就在旁边，却没能及时伸手拉上一把。我关掉了MP3里的披头士，我是个怀旧的人，这点显得很不合时宜。

在篝火旁，我烤着袜子，饭很难吃，尤其就着烤袜子的味道。但这让我觉得温暖，如释重负。

我真哭了。

❖ ❖

第一次跟豌豆说话是在去年年底，学校的动员大会上。大讲堂里挂着大红横幅，上面写着"爱国拥军伟大，灭鼠卫民光荣"，然后是校领导轮番上台讲话，最后还有舞蹈团的文艺演出。

当时，我跟他挨着坐，至今我都没明白这座位是怎么安排的，我是中文系，他是生物系，我是本科生，他是研究生，八竿子打不着。唯一的共同点是，我们都没找到工作，档案还需要在学校寄放一年，甚至更长的时间。对此，我们心照不宣。

由于古文补考故意没过，我延期一年毕业。我烦透了找工作、租房子、朝九晚五、公司政治这些个破事，我觉得在学校待着挺好，每天有免费下载的各种音乐电影，食堂便宜，十块钱管饱，下午睡到自然醒还能去打会儿球，到处都是如花似玉的姑娘，也是免费的，当然，只能过过眼瘾。说实话，就这两年的就业形势，就我这水平，申请延期那属于有自知之明，这话自然不能让爹妈听到。

至于豌豆，由于跟西盟爆发贸易战，导致他数次签证被拒。学生物的如果出不了国，那只有烂在国内了，何况他一看就是读书把脑子读坏掉的那种。

那时我压根儿就没想参加什么灭鼠队，就随口咕哝了一句"干吗不派军队去"，没想到豌豆义正词严地驳斥我："难道你不知道现在边境局势很紧张吗，军队是打敌人的，不是打老鼠的！"

这话挑起了我的兴致，我决定逗逗他："那为什么不让当地农民去呢？"

"难道你不知道现在粮食资源紧缺吗，农民是种地的，不是打老鼠的！"

"那为什么不用毒鼠强？不更省时省力。"

"那不是一般的老鼠，是新鼠，一般的鼠药没用。"

"那用基因武器呗，让它们几代之后就死光光的那种。"

"难道你不知道基因武器很贵吗，那是对付敌人的，不是打老鼠的！"

我看出来了，这小子就像个电话自动应答机，来来回回就那么几句，根本不是对手。

"难道大学生就是用来打老鼠的？"我微笑着祭出撒手锏。

豌豆那张小嘴一下子噎住了，憋红了脸，半天也没说出一句完整话来，翻来覆去地咕哝着什么"国家兴亡，匹夫有责"之类的车轱辘话。其实他还是说了一些实在话，比如"灭鼠管吃管住，完了还包分配工作"，当然，这些是我之后才了解到的。我没想到学校会做得这么绝，居然连块落脚的地方都不给留。

当时的我，注意力完完全全被台上吸引住了，因为校舞蹈团的长腿美眉们上场了，其中，有我们班的李小夏。

❖ ❖

  队伍回到镇上补充给养，由于怕有逃兵，学生都被分配到远离家乡的区域，不仅没有亲戚，连语言都不通，这时就显示出普通话的优势来，可即便如此，在一些偏远的乡村，手语还是第一选择。

  我把豌豆的遗物寄还他家里，那本书还真花了我不少邮费，本想写一封情真意切的慰问信，但提起笔，却又什么都写不出来，最后只好草就两字："节哀"。倒是在给李小夏的明信片上密密麻麻写满了字，这已经是第二十三封了吧。

  找了个小店给 MP3 和手机充电，顺便给家里发条短信报平安。行军中多数情况下是没有信号的，别信那些狗屁广告，什么"地上地下全覆盖"，最要命的是，你不知道下一次什么时候才能找到交电话费的地方，所以要省着点花。

  淳朴的镇民收了我一块钱，咧着嘴笑，他们肯定没看到过这么多灰头土脸的大学生，也确实有些老头老太朝我们竖起大拇指，或许只是因为我们带来一笔额外的生意，但一想到豌豆，我只想竖起中指。

  教官办妥了豌豆的后事，带着我们下馆子。说是下馆子，其实也就是吃点热乎的，多几个荤菜，管饱。

  教官说，我们距离完成这个季度的任务还差 24%，现在时间很紧迫，上面压力很大。

  没人说话，大家只顾着往嘴里扒拉饭菜。

  教官补了一句，大家要争取拿下金猫奖啊。

  还是没人说话。

  所谓金猫奖，是每个片区为完成灭鼠任务的优秀队伍设置的奖项，据说本来想叫金鼠奖，后来一想不对，怎么能把老鼠颁给灭鼠英雄呢，就改了过来。这个奖是跟教官奖金挂钩的，要是我我也急。

  教官一拍桌子，怒斥一声，你们还打算怂一辈子了？

  我把碗端起来，挪开椅子，等着他掀桌子。

可他没有，又坐下，开始吃饭。

有人怯怯地说了句，探测器坏了吧。这一石激起千层浪，大家纷纷附和，说不知打哪来的消息，有队伍用探测器找到了稀土矿、油气田什么的，马上当地生产，解决就业了。

教官也被逗乐了，说净瞎扯淡，探测器跟踪的是新鼠血液内的示踪元素，怎么可能找到油田。他又加上一句，不过也可能这些鬼机灵忽悠咱们，但只要跟着水源走，我就不信找不到。

我问，那到底是跟着探测器走，还是跟着水源走。

教官看了我一眼，意味深长地说，跟着我走。

❖ ❖

教官是那种你看一眼就想抽他的人。

在新兵训练营上，他铁青着脸，一上来就问，谁能告诉我，你们为什么要来这里。

半晌没人答话，豌豆怯生生地举了手，说保家卫国，引来哄堂大笑。

教官依然没有半点表情，说了句，很好，奖励你做十个俯卧撑。豌豆的眼镜差点没被众人的狂笑震碎，但这笑声只维持了三秒。

"其余的人，做一百个，马上！"

他在吭哧作响的人堆里巡逻，用教鞭戳着姿势不够标准的倒霉蛋，中气十足地训话。

"你们为什么会来这里？因为你们是怂人，说得文明点，失败者！你们耗费了国家社会那么多的粮食和资源，花了父母养老的棺材本，到头来连份工作都找不到，连自己都养不活，你们只配抓老鼠，跟老鼠做伴！说句心里话，我觉得你们连老鼠都不如，老鼠还可以出口创汇，你们呢？瞧瞧一个个那副德性，说说看，你们能干吗？泡妞吗？作弊吗？玩游戏吗？接着做，做不完不许吃饭！"

我咬牙切齿地做着俯卧撑，心想，要是有人挑个头，一起拼了，就不信摆不平这王八蛋。可惜大家心有灵犀，都想到一块儿去了。

吃饭的时候，我不断听见敲碗的声音，所有人的手都抖得拿不稳筷子。一个黑不溜秋的哥们儿把肉掉在了桌子上，被教官看见了。

"捡起来吃掉。"

那小黑哥也是个性情中人，他死死地瞪着教官，就是不动。

"你以为你们吃的从哪儿来，告诉你，你们不属于军队正式编制，你们吃的每一粒米，每一块肉，都是从正规军的牙缝里抠出来的，给我捡起来吃了！"

小黑哥也从牙缝里迸出一句："谁稀罕！"

哗啦一声，我面前的桌子飞了，汤啊菜啊饭啊洒了我一身。

"那就都别吃。"教官掀完桌子，甩甩手走了。小黑哥由此一战成名，得名"黑炮"。

第二天来了个唱红脸的，片区里的主管领导。他先给我们上了一堂政治课，从"硕鼠硕鼠，无食我黍"讲起，纵横几千年，总结了鼠灾对人民群众生活生产的危害性，同时，又审时度势，结合当前国内外经济政治形势，透彻分析了本次鼠患的特殊性与整治的必要性，最后高屋建瓴地提出期望，还是十二个字，"爱国拥军伟大，灭鼠卫民光荣"。

我们吃了顿好饭，听说了昨天发生的事后，领导对教官进行了严肃批评，指出"大学生是天之骄子，祖国未来的栋梁"，要"平等、文明、友好"地交流，要讲究"技巧性"，不能"简单粗暴，一棒打倒"。

随后，领导和我们亲切合影留念。其中有一张我记得最清楚，大家排成一行踢正步，领导牵着一根绳子，从我们脚尖上横过，为了表示队伍步伐齐整，每个人的脚尖都必须刚刚好点在绳子上。

那是我有生以来拍得最累的一张照片。

❖ ❖

我们沿着水流的方向前进，教官是对的，万物生长靠水源，途中我们发现了一些粪便和脚印，还有新鲜的血迹。这或许可以解释探测器的问题，但又似乎没那么简单。

天气渐渐冷了，到处都是枯黄的落叶，风吹过会起一身鸡皮。幸好我们被分在南方，不敢想象在零度以下露营是什么滋味。每日战报上形势一片大好，有几个片区的队伍已经光荣退役了，他们被分配到一些国营企事业单位，干着看起来还不错的工作，至少给人有个盼头。我没发现熟人，队友们也没有。

教官举起右拳，示意大家停下，又迅速地张开五指，这是放射性搜索的手势。我选择了一个方向突前。教官肯定"嗅"到了什么，他总是说，战场上灵敏的嗅觉比其他感官更重要，前面的几场战役也证明了这一点。

战役，我突然觉得很滑稽，如果这种毫无悬念猫抓老鼠式的屠杀也能称为战役的话，那像我这样胸无大志、蝇营狗苟的怂人是否也能成为英雄？

前方有情况。

一团灰绿色的影子在树丛中笨拙地挪动着。由于基因设计时突出了直立行走的特点，新鼠的奔跑能力远低于它的亲戚们，勉强与人类持平，我们曾经打趣幸好没有把《猫和老鼠》里的"杰瑞"作为蓝本。

但这一只新鼠是四肢着地的，腹部鼓胀得很厉害，这更限制了它的行动。莫非是……那个念头在我脑子里一闪而过，但随即我看到了它身下的雄性性征。

五点方向。我报告教官。

这大半年来，我的废话少了很多，甚至在需要说话的场合，我都觉得没什么可说的。

有队友也发现了，拿着短矛就想上，我打了个手势制止他。

它似乎想去什么地方。

情形变得有点戏剧化，一群手持利器的男人，跟着一头大腹便便的雄鼠，在沉默中缓慢移动。那雄鼠突然一个前扑，从斜坡上滚落，扬起一堆落叶，不见了。

干！我们几乎同时脱口而出，朝它消失的方向奔去。最快追上的哥们一个急刹车，高高地举起双手示意我们停住。当我看到他身前那一幕时，不由倒吸了一口冷气。

一个被落叶掩藏得很好的土坑，躺满了数十只腹部鼓胀的雄性新鼠，看上去大部分已经死亡，带着来源不明的血迹，那只刚刚归队的还喘着粗气，腹部急促地起伏着。

是传染病吗？教官问，没人回答。我又想起了豌豆，如果他在就好了。

噗！一把短矛不由分说扎进那只苟延残喘的新鼠腹部。是黑炮，他咧嘴笑着，把矛轻轻一拉，新鼠整个肚子就像西瓜般一分为二。

所有人都惊呆了。那只雄鼠的腹腔里，竟然蜷缩着十几只未成型的幼鼠胚胎，粉粉嫩嫩像刚出笼的虾饺般排列在肠子周围，心理承受能力差的兄弟开始干呕起来。黑炮笑着举起矛还想往里捣。

住手！教官喝止了他，黑炮笑咧咧地舞着矛退下来。

教官的脸色很难看，大家心里都明白，事情已经超出了我们所能控制的范围。按照原先的信息，由于严格控制性别比例及性成熟周期，新鼠的繁殖速度是可以计算的，按照雌雄比例1：9，两个月的性成熟期，每胎十八只，每年两胎，成活率为1的最大值统计，每只雌性新鼠一年所能产生的所有后代不会超过12276只。实际上在野外环境存活下来的将远低于这个数目，约为十分之一。当初为了控制市场价格而设置的生殖阈值，便成了我们抱怨"杀鸡焉用牛刀"的最大理由。

我们错了，我们不是牛刀，我们杀的也不是鸡。

这些雄鼠都是由于肠壁不堪胚胎重负破裂而死，我想不出它们是怎么办到的，但很明显，它们在找活路。我想到了另外一个解释，那是许久之前从李小夏口里听来的。它们的活路会否就是我们的死路？我不敢确定。

黑炮，留下打扫战场！教官下令，黑炮乐颠颠地应了声是。

这看似惩罚的命令，却是对黑炮最大的奖赏。我明白其中的妙处，但却无能为力，教官是对的，必须保证清理干净，他找对了人。

在黑炮举起利矛之时，我狠狠朝地上唾了一口，快步离开。我能想象到他充满笑意的目送，以及手起矛落时那溢于言表的快感，这让我作呕。

我做不到，我会把它们想象成人。

❖ ❖

直到离校前一个月，我才第一次拨通了李小夏的电话，尽管这个号码已经在我手机里存了四年。记不清有多少次掏出手机，翻到"李小夏"的号码，只要按下"呼叫"键，便可完成的简单动作，对于我来说，却比登天还难。

我想，我确实是一个眼高手低的怂人。

那天收拾东西，我听见从十分遥远的地方传来李小夏的声音，还以为是自己思念过度产生幻觉，回头一看，原来是我坐在手机键盘上不小心拨了出去。我慌乱地拿起电话，心脏早搏了。

在我即将挂断的瞬间，李小夏叫出了我的名字。原来她有我的号。

"听说你要去灭鼠了。"我从来没想到，电话里她的声音是这样的。

"是……找不到工作，没办法……"我衡量了延期毕业和失业之间哪一个更无能之后，撒了个无关紧要的谎。

"别灰心，咱们同学这么久，都没怎么说过话，不如一起吃个饭，也算为你送行。"

他们说经常有各种好车在楼下等着接李小夏，他们说李小夏身边的男人走马灯似的换，我不信。但当那天她不施粉黛地坐在我面前，吃着那份黑椒牛柳饭时，我信了。我信的不是他们口中的事实，而是李小夏的确有这种摄人魂魄的能力。

我们像刚进校的新生般游历着校园，如果不是那一次，我永远不可能知道，在这座两万人的学校里，我和李小夏，喂过同一只猫，坐过同一个座位，走同样的路线上课，讨厌同一道菜，甚至，在同一块地方摔倒过。这所学校突然如此让人恋恋不舍，却是因为两份从未产生过交集的记忆。

她说，真有意思，我爸爸养鼠，你却灭鼠，鼠年灭鼠，有创意。

我问，那你毕业后回家帮忙？

她撇了撇嘴，说我才不当廉价劳工。

在李小夏看来，这个产业跟以前的贴牌代工电子产品和服装服饰没什么区别，不掌握核心技术，源胚胎全靠进口，培养到一定阶段后进行极其苛刻的产品检验，符合标准的新鼠出口，在国外接受植入一套定制化行为反应程式，然后成为富人的专属高档宠物。据说，现在的订单已经排到三年后，因此，把最花时间精力同时技术含量最低的培养阶段，放在了广袤的劳动力低廉的世界工厂，实在是再合适不过。

"如果是这样，我实在想不出灭鼠的理由。"

"第一，你灭的不是出口的合格新鼠；第二，逃逸新鼠的基因可能已经被调制过。"

李小夏解释，就像以前代工的 iPhone 会遭到破解，然后被加上一些乱七八糟的程序变成山寨机一样，有些代养新鼠的农场主会雇用技术人员进行基因调制，主要目的在于提高雌性幼鼠比例及成活率，不然很多时候都是赔钱买卖。

"我听说，这次大规模的逃逸事件，是代养行业为争取自身利益，向国家有关方面施压的一种手段？"

李小夏不以为然："我还听说，这只是西盟跟我国博弈的砝码，谁说得清呢。"

我看着眼前这个才貌双全的女人，思绪飘忽，无论在新鼠世界或者人类世界，雌性都成了掌控世界未来的关键角色。她们不用担心失业，持续走低的出生率给企业带来了雇用女性的优惠退税政策，这样女性就拥有了更加宽松的育儿环境。她们也不用担心找不到对象，新生儿男女比例一直在原因不明地走高，或许很快，男人们必须学会去分享一个女人，而女人，却可以独占许多个男人。

"给我寄明信片吧。"她的笑把我揪回现实世界。

"啊？"

"让我知道你还平安，不要小看它们，我见过……"她垂下眼帘，长长的睫毛带着曼妙的弧度。

能拥有她的 N 分之一，对我来说，已经是种遥不可及的奢望。

❖ ❖

他们在河畔发现了一些东西，巢，他们这么叫它。

自雄鼠事件后，那场景一直像梦魇般在我眼前挥之不去，我时常感觉到许多闪烁的眼睛躲在暗处，观察我们，研究我们，无论是白天，还是黑夜。我想我有点神经过敏了。

那是一些用树枝和泥巴搭成的直径约 2 米的圆形盖子，不是建筑，不是房屋，只是些盖子，我坚持这点。几个物理系的学生蹲在地上，讨论着树枝交叉形成的受力结构，盖子顶上糊着一层厚厚的叶子，似乎利用了植物蜡质表皮来防水，我注意到那些泥土的颜色和质地，并不同于河畔的泥沙。

这并不像鼠科动物的行为方式，也不同于他们的远房亲戚河狸。我能想象豌豆的口气。

我在 Discovery 里见过类似的房屋，东非的一些原始部落。一个哥们儿抬起头，肯定地说。所有人都朝他投去异样的眼光。

巢有十七八个，分散在河岸周围，排列格局看不出有特别的规律。教官问，能从这些估算出鼠群数量吗？黑炮很快地报出一个数。教官点点头，我摇摇头。

有意见吗？黑炮挑衅地瞪着我。

这没有道理。我蹲下，琢磨那些细小的足迹，从每个巢的出口，弯弯曲曲地伸向河水，又蔓延到其他的巢，像一幅含义不明的画。我的意思是，它们没有农业，不过家庭生活，完全没有必要花力气造这样一个东西，然后又舍弃掉。

哼。黑炮冷笑了一声。你太把它们当人看了。

我突然一怔，仿佛无数对目光猛地掠过我。黑炮说得没错，它们不是人，甚至不是老鼠，它们只是被精心设计、制造出来的产品，而且是残次品。

那些足迹有点怪异，其中有一行无论是深度或者步距都有别于其他，中间还带着一道拖痕，更奇怪的是，这痕迹只出现了一次，也就是说，它进去了，却没出来。我又观察了其他几个巢，也有相同的情形。

这不是它们的营房。我努力控制住颤抖的声线。这是它们的产房。

教官！那边有情况！一名队员打着趔趄跑进来报告。

我记得大学里有个体重250斤的女外教，有一节课讲"Culture Shock"，也就是所谓的文化冲击。她说，发展中国家的孩子，第一次看迪士尼动画片，第一次吃麦当劳肯德基，第一次听摇滚乐，都可以算是文化冲击。我回忆了一下，发现人生充满了太多的文化冲击，以至于完全不知道到底什么被冲垮击毁了。

这次，我似乎有点明白了。

我看见一棵树，树下垒着许多石头，形状和颜色似乎经过挑选，显示出一种形式感，一种眼睛可以觉察出来的美感。树上，挂着18只雄性新鼠的尸体，从枝杈上长长短短地垂落，像一颗颗成熟饱满的果实。

怎么死的？教官问，两名队员正尝试着把其中一具尸体挑下来。

看地上。我指了指脚下，铺着一层均匀的白色细沙，无数细密的足迹围绕着大树，排列成同心圆的形状，向外一圈圈蔓延开去。我想象着那个场面，一定壮观得有如国庆日的升旗礼。

报告教官，尸体没有外伤，需要解剖才能确定死因。

教官摆摆手，他抬头看着那棵树，神情迷惘，眉头紧蹙。我知道他和我想到了同一个词。

去你的母系氏族。黑炮一脚踹在树干上，那些尸体像熟透的果子，簌簌掉落在地，砸出沉闷的声响。

我猜他也被冲击得不轻。

❖ ❖

"现在都21世纪了好不好，我们都登月了好不好，让我们用这些破铜烂铁？"理了光头的豌豆脑袋抹了油，更像一颗豌豆了，他第一个站起来抗议。

"对啊对啊，不是说国防现代化嘛，整点高科技的嘛。"我在一旁帮腔，营房里赞同声四起，闹哄哄的像个课堂。

"立正！稍息！"每次应付这样的场面，教官都会出动这一招，也确实管用，"谁告诉我去年一年的军费预算是多少？"

有人报出一个数，教官点点头："谁能告诉我咱们军队共有多少人？"

还是那个哥们，教官又点点头："大学生们，你们谁能算算人均能摊上多少钱？你们每年上学又要花掉多少钱？"

那哥们不说话了。

"高科技？"教官突然拔高了嗓门，震得我耳膜嗡嗡直响，"就你们？筷子都捏不住，给你把枪不得把自己给崩了？高科技？你们也配？"

"收拾好自己家伙，五分钟后集合，行军拉练，二十公里，解散。"

一把伸缩式军用矛，顶部可拆为匕首，一把锯齿军刀，一根行军带，一个指南针，还有防水火柴、压缩干粮、军用水壶等其他有的没的，这就是我们所有的装备。当然，教官有调用其他装备物资的权力，但似乎，他对我们并没有十足的信心。

也许是为了印证他的话，一场拉练下来，就有三名队员受伤，其中一个哥们，因为一屁股坐到军刀柄上，成为第一名因伤退役的队员。我相信他不是故意的，那难度实在太大了。

六周的高强度训练之后，我们迎来了第一场战役。

从大多数人的眼神里，我看到的是惴惴不安，豌豆失眠了，每天晚上在床上辗转反侧，把木板床压得咿呀怪响。我逐渐习惯了这种没有电视，没有网络，也没有7-11的生活，但每当想到要把手中这杆碳纤维的利矛，送进一具有血有肉的温热身体，哪怕只是一只老鼠，我都不免心生怯意。

但也有例外。

每天但凡路过拼刺场，就能看见挥汗如雨的黑炮，他自动自觉地给自己加量，还随身带着块小磨石，逮着工夫就霍霍地磨起军刀。听认识他的人说，学校里的黑炮，是个特别内向老实的孩子，还常被同学欺负，可现在的他，完全变了一个人，眼睛里射出的光，活像个嗜血好战的屠夫。

或许真的有人是为战场而生。

第一场战役从开始到结束总共耗时6分14秒。

教官带领我们包围了一个小树林，然后做了个冲锋的手势。黑炮挥着长矛，率一群人杀了进去。我和豌豆对视一眼，默契地跟在队伍的最后，缓慢前行。等我们到达交战地点时，剩下的只有一堆残缺的肢体和血迹。据说黑炮一个人就捅死八只，可从他脸上却看不到一丝兴奋或喜悦，反而有一种类似惭愧的神情罩在眉间。他挑走了一只还算完整的尸体。

教官开了战后总结大会，表扬了黑炮，也批评了一小撮消极怠战的同学，末了，他说，好日子到头了，大家做好心理准备。我们要开始行军作战了。

黑炮剥下了新鼠的皮作为战利品，可是没有鞣制，也没有防腐，那张皮很快变得又硬又臭，还长了蛆。终于有一天，他的室友趁他不在时，把皮给烧了。

❖❖

士气低落到极点。

说不上哪方面造成的打击更大些。是新鼠的生殖能力突破了阈值，子子孙孙千秋万代，队伍凯旋荣归遥遥无期呢，还是这些啮齿类竟然表现出智力的迹象，也懂得社会分工，甚至，宗教崇拜？

像人一样，所有的人都这么想，但所有的人都小心翼翼地避开这个说法。

我看到教官眼中的失望，我猜在他心里，肯定有那么一段时间，把我们看作真正的、新生的热血战士，而不是刚入伍时那群吊儿郎当愚蠢无知的小屁孩。但只在一夜间，我们又回到了过去。

黑炮努力煽动志同道合的人组成一支急行军，快速切入鼠穴，杀它个措手不及，潜台词是：有人拖了队伍的后腿。我的疑心病愈发严重，每天晚上睡不踏实，总感觉有眼睛从密林深处盯着我，一有风吹草动，都仿佛窃窃私语，闹得我心烦意躁。

终于有一晚，我放弃了徒劳的努力，爬出营篷。

初冬的星空，在树梢的勾勒下显得格外透彻，仿佛可以一眼望穿无限远的宇宙深处，虫嘶叶寂，在这他乡的战场，一阵莫名的忧伤猛地攫住我的胸口，让我艰于呼吸，这或许就是所谓的孤独感。

唰。这种感觉瞬间被打碎了，我几乎直觉般地转过身，一只新鼠双腿直立，在五米开外的树丛边盯着我，仿佛另一个思乡而失眠的战士。

我猫下腰，它居然也俯下身子，我眼睛一动不动地盯着它，手悄悄地从靴边掏出军刀，就在这一刹那，它的眼神变了，扭过身，不紧不慢地消失在树丛里。我紧握军刀，跟了上去。

按照对新鼠运动能力的了解，我完全可以在三十秒内追上并手刃了它，但今晚似乎有点奇怪。那只新鼠总在咫尺之遥，但却怎么也追不上，它还不时回头，似乎在看我赶上没有，这更加激怒了我。

空气里飘着一丝若有似无的甜气，像是落叶腐烂的味道，我喘着粗气，在一块林中空地停下。我怀疑多日失眠拉低了耐力水平，不仅如此，眼帘沉得像块湿抹布，四周的树木摇晃着旋转着，在星空下反射着奇异的眩光。

豌豆走了出来，戴着他那副本应该在千里之外的黑框眼镜，身上好好的，没有树枝穿过的洞。

我猛力想抓住他，却双膝一软，跪倒在松软的落叶堆里，那种被人盯住的感觉又出现了。

我转过身，是爸妈，爸爸穿着那套旧西服，妈妈仍然是一身素装，两人微笑着，似乎年轻了许多，鬓角的头发还是黑的。

我的泪水夺眶而出，无声抽泣，不需要逻辑，也不需要理性，在这寒冷的他乡的冬夜，我的防线在这个温暖的梦境中全面崩溃。我不敢再次抬起头，我怕看见心底最渴望的那个人，我知道我一定会看见。

教官在我冻僵之前找到了我，他说，你的眼泪鼻涕足足流了一军壶。

❖ ❖

豌豆终于说了一句有水平的话，他说："活着真 TM 的……"

真 TM 的什么，他没说，真 TM 的累，真 TM 的爽，真 TM 的没意思，等等，你可以随便填上想要的字眼，所以我说有水平。比起他以前那些辞藻华丽滥用排比的长句来，这个句子简短有力，带给人无限的想象空间，好吧，我承认文学评论课还是教了些东西的。

对于我来说，活着真 TM 的不可思议。我的意思是，半年前的我，绝对想象不到每礼拜洗一次澡，和臭虫一起睡在泥地里，为了抢发馊的窝窝头大打出手，一天爬一座山第二天再爬一座山，还有，看到血竟然兴奋得直打哆嗦。

人的适应力永远比想象中更强大。

如果没有参加灭鼠队，我又会在哪里？在宿舍里上网看片无聊混日子，还是回老家守着爹娘每天大眼瞪小眼互相没有好脸色，甚至去勾搭一些闲杂人等，搞出反社会反人类的祸害也不一定。

可如今，我会在教官手势落下的瞬间冲出去，挥舞着长矛，像个真正的猎人追逐着那些毛色各异的耗子。它们总是蠢笨地迈开并不是为奔跑而设计的后腿，惊慌地发出尖利的叫声。我听说，出口的新鼠会被装上语言程式，它们的咽颚结构被设计成可以发出简单的音节，于是，我想象它们高喊着"No"或者"Don't"，然后看着长矛穿过自己的腹部。

队伍里慢慢发展出一套规则，尽管没有白纸黑字地写下来，但每个人都心知肚明。每次战役结束，队员们会把自己割下的新鼠尾巴交给教官，教官会进行记录，并在战后总结会上对先进个人进行表彰。据说，教官还有一张总表，将关系到退役后的就业推荐，所以每个人都很卖力。

不知为何，这让我想起了中学时的大红榜和期末成绩单。

黑炮总是得到表扬，大家暗传他在总表上战绩已经达到了三位数，毫无悬念的状元，拥戴者众。我自己估摸着排名中下，跟大学里的成绩差不多，反正面上过得去就行。豌豆的排名也是毫无悬念，垫底，要不是我时不时甩给他几根尾巴，说不定还是个零蛋。

教官找到我，说："你跟豌豆关系铁，做做思想工作，这可关系到他以后的档案。"

我在一堆稻草垛子后面找到了豌豆，我远远地嚷了一声，好让他有时间藏起爹娘的照片，以及抹干净脸上的鼻涕眼泪。

"想家了？"我明知故问，他垂着脑袋，点点头，不让我看见哭肿的眼睛。我从内兜掏出照片，说："我也想。"

他戴上眼镜，要过照片看了半天，憋出一句："你爸妈真年轻。"

"那都是好多年前照的了。"我看着爸爸的旧西服和妈妈的素色套装，他们那时还没那么多皱纹，头发还黑。"想想自己也挺操蛋，这么多年，净让爹娘操心了，连照片都没帮他们拍一张。"我的鼻子蓦然一阵发酸。

"你知道有一种恒河猴吗？"你永远赶不上豌豆的思路，我曾经怀疑他的脑子是筛子型的，所以信息遇到窟窿时都得跳着走。"科学家在它脑子里发现了镜像神经元，原来以为是人类独有的，有了这个，它就能理解其他猴子的行为和感受，像有了一面心里的镜子，感同身受，你的明白？"

我的表情一定很茫然。

"同理心啊哥们儿，你的话总能说到别人心里去，所以我猜你的镜像神经元肯定很发达。"

我给了他一拳："说了半天你丫把我当猴耍啊。"

他没笑，像下了什么决心，沉声道："我要回家。我要退役。"

"你疯了，教官不会批的，而且，你的档案会很难看，你会找不到工作，你想过吗？"

"我想得很清楚。我没法再待下去了。"豌豆认真地看着我，一字一句地说，"我总觉得，那些老鼠没有错，它们跟咱们一样，都是被逼的，只不过，我们的角色是追，它们的角色是逃，换一下位置也没什么不一样。我实在下不去手。"

我张了张嘴，却找不到什么话来反驳他，只好拍拍他的肩膀。

回营地的路上撞见了黑炮，他一脸不怀好意地笑着："听说你去给那娘娘腔做思想工作了？"

"关你屁事！"我头也不转地大步走开。

"扶不上墙的烂泥，小心把自己一起拖下水了。"他在我背后喊着。

我尝试着开动镜像神经元，去揣测这话里的用意，我失败了。

◆ ◆

教官犹豫了，他看着地图和探测器，陷入了沉思。

根据探测器显示，鼠群正在向片区交界处移动，按照我们的行军速度，应该可以在12小时内拦截并消灭它们，更重要的是，本年度的任务就可以顺利完成，也就是说，我们可以光荣退役了，可以工作了，可以回家过年了。

问题在于，那属于两个片区的交界地带，按照规定，队伍不允许跨区作战，用术语说，这叫"抢战功"。搞得不好容易得罪上面，领导责怪下来不好交代，有时候，前途荣辱就在这一线之间。

教官脚下已经丢了一堆烟屁股，他看看地图，又不时抬头看看我们。每个人都用充满渴望的眼神死死盯住他，像要把他看化了。

黑炮。他并不理会其他人的目光，转向了黑炮，用极少从他口中出现的不确定语气询问道，真的能把战场控制在片区内吗。

他的担心是正常的，在实际战场上，根本不存在地图上那样泾渭分明的分隔线，一不小心便会造成事实上的越界行为。

黑炮拍拍胸脯，用我的尾巴做担保，如果越界，全分给弟兄们。

大家都明白他的意思，可还是笑了。

好。稍事修整，下午六点整出发。教官大手一挥，又想起什么，嘱咐道，注意保密。

我在一家小卖部找到公用电话，先给家里打，妈妈听到我要回家的消息，高兴得说不出话来，我安慰了她几句，挂下电话，我怕她哭出来。我又按下了另一个号码，那么不假思索，以至于接通了几秒后，我才想起这是谁的号码。

李小夏。

她对于我的来电似乎毫无准备，以至于提醒了好几次才想起我的名字。她在一家外企上班，薪资丰厚，朝九晚五，明年还打算出国读一个公费进修课程。她似乎有点心不在焉，我问她明信片收到没，她说收到了，又补充收到了前面几张，后来换地址了。我说哦，我很快就要退役了，也要开始找工作了，她说好啊，常联系。

我尝试着把她带回那个遥远而愉快的语境，我说你还记得吗，上次你提醒我要小心那些新鼠,你说你见过,我一直很好奇,你见过什么。

电话那头沉默了许久,时间长得让人窒息,她终于开口了。她说,我忘了,没什么要紧的。

我真后悔打了这通电话。

我怅然若失地看着小卖部那台雪花飞舞的电视,里面正播着新闻。"灭鼠工作取得阶段性成果,鼠灾治理初见成效","我国就对外贸易政策与西盟展开新一轮谈判","大学生就业新趋势"……我木然地读着新闻标题,是的,新鼠突破繁殖瓶颈,数量大爆发,但这并没有影响我们的任务指标,完全不合逻辑,但大家都松了一口气,工作有着落了,出口也会好转,这些似乎跟我们的努力没有丝毫关系,我想起李小夏当时的话,是的,听说,都是听说,谁又知道背后到底是怎么一回事呢。

每一个因素单独抽离出来都是没有意义的,它需要被放置在一个语境里,太多的潜在关系,太多的利益平衡,这是一盘太大太复杂的棋。

而我却只看到自己那颗小小的破碎的心。

❖ ❖

豌豆最近几天如厕次数频繁得不正常,我便偷偷跟在后面,他从背包里掏出一个扎了眼的小铁罐,小心翼翼地打开一条缝,朝里面丢了些干粮,还喃喃地对罐子说着什么。

我跳出来,伸出手,尽管已经猜到七八分,但还是想逼他自己招供。

"它真的很可爱,瞧瞧那双眼睛!"他知道什么都瞒不过我,因为我有镜像神经元。

"你疯了吗,学校里玩大白鼠还没玩够,这可是违反军纪!"我吓唬他,事实上除了可能有寄生虫和传染病之外,我也觉得没什么大不了。

"就玩几天,然后我就把它给放了。"他央求道,眼睛就像那只未成年的新鼠,闪闪发亮。

对于朝夕相对的士兵们来说,要保守哪怕最微小的秘密,也是极其困难的,尤其是对豌豆这种神经粗大、办事不利落的马大哈。当看到教官和黑炮一同站在我们面前时,我知道麻烦大了。

"你们这是私藏战俘!"黑炮首先开炮,他的用词让我忍不住想笑,而豌豆已然笑出了声。

"不许笑!"教官板起面孔,我们连忙立正。"如果你们不能给我一个合理的解释,我就给你们一个合理的处置!但不包括提前退役。"很明显,后面这句教官是说给豌豆听的。

我突然萌生出一个大胆的想法,于是,一五一十地把我的"解释"告诉教官,据豌豆说,当时黑炮的鼻子都气歪了。

豌豆和我干了一个下午,在土坡上挖了一道梯形剖面的壕沟,大概有2米深,然后用塑料布抹上油,铺在壕沟的四壁。豌豆心里没底,不停地嘀咕着,我安慰他说,这事如果不成,不是你死,就是我活,对了,还得搭上你那可爱的小朋友。

"它真的很可爱,还会模仿我的动作。"豌豆向我演示了几招,的确,令人印象深刻。我尝试着摆出几个动作让它模仿,可它却视而不见。

"很好,看来它的智商已经达到了你的水平。"我揶揄道。

"你也这么想吗,我努力把它看成一件设计高超的基因产品,但情感上却接受不了。"

我摊开手,耸耸肩,表示持保留意见。

我们躲在壕沟附近的下风位置,豌豆手里攥着一根细绳,连在幼鼠腿上,幼鼠丢在沟里,一拽,小耗子就会发出凄厉的叫声。豌豆心软,总是我提醒他,才不情愿地拽一下,我恨不得把绳头抢过来,因为心里没底。

整个假设建立于某种确定社会结构的生物之上,如一夫一妻制,或者父代承担抚养有血缘关系子代的责任,但对于新鼠,这种人工干涉性别比例的畸形结构，我无法用常理来推测，它们会如何去判断亲子关系，又会对这种一雌多雄结构下繁衍出来的后代报以什么反应。

我所能做的只有下注。

一只雄鼠出现了，它在壕沟边不停地抽动鼻子，似乎在辨认什么，然后，它掉了下去。我能听见爪子在塑料布上打滑的摩擦声，我笑了，现在手里有两名人质。雄鼠叫得比幼鼠嗓门大得多，如果它的智商有我估计的那么高，那么它应该是在向同伴发出警报。

我错了。第二只雄鼠出现了，与第一只不同的是，它在壕沟边对话了几声后才掉下去。

接着第三只，第四只，第五只……事情的发展完全超乎我的预料。当掉下去十七只后，我开始担心壕沟挖得不够深，它们可能会逃掉，我举起手，举着长矛的战士瞬间便包围了壕沟。

那些雄鼠正以惊人的协作性搭起金字塔，最下面是七只直立的雄鼠，前后爪各抵住一面泥壁，形成支撑，第二层是五只，第三层是三只，还有两只衔着幼鼠正在往上爬。如果不是智力因素，那还有另一个解释，一个我不愿承认的解释。

"等一下！"就在矛头即将落下的瞬间，豌豆喊了一声，他小心翼翼地收着绳子，把幼鼠从那两只雄鼠爪中扯开，在爪子松开的刹那，雄鼠发出一声凄厉的惨叫，这座鼠肉金字塔顿时土崩瓦解。利矛无情地落下，溅起的血液顺着抹了油的塑料布，缓缓滴落。

这是一群超越了本能的社会性生物，它们拥有极强的集体观念，甚至可以为了拯救并不存在遗传关系的子代，无私地牺牲自我。而我却利用这一点，来了个一锅端，这让我不寒而栗。

幼鼠终于着了地，在它即将结束这场惊心动魄的旅程，回到安全的小铁罐之时，一只从天而降的军靴把它踏成了肉酱，它甚至没来得及叫一声。是黑炮。

"操！"豌豆怒吼一声，挥拳朝黑炮脸上死命揍去，"你还我的老鼠！"

黑炮丝毫没有料到豌豆会出手，生生吃了一拳，脚下打了个趔趄，他扭过脸，嘴角淌着血，突然狰狞地笑了。他一把抓起瘦小的豌豆，举到血肉模糊的壕沟边，作势往里扔。

"死娘娘腔，跟你的臭老鼠做伴去吧！"

豌豆抱紧黑炮的双手，两脚在半空胡乱踢着，眼泪鼻涕流了一脸，嘴里却还叫骂个不停。

"住手！"教官终于出面制止了这场闹剧。

我第一次受到了教官的表扬，他三次提到了"大学生"，而且没有加任何贬义的形容词，这让我受宠若惊。黑炮似乎也对我另眼相看，他私下表示，这次的尾巴全都算在我的头上。我接受了，又全给了豌豆。

我想我欠他的，多少根尾巴都补偿不了。

❖ ❖

我们趁着夜色未浓出发，告别灯火寥落的村镇，没人知道我们从哪里来，也没人知道我们往哪里去。我们像是过路的旅游团，帮衬了饭馆和小店的生意，给人们留下茶余饭后的谈资，我们什么也带不走，除了袋装垃圾。

农田、树林、山丘、池塘、高速公路……我们像影子在黑夜中行进，除了脚步和喘息，队伍出奇地沉默，每个人似乎都满怀心事。我莫名害怕，却不知道自己在害怕什么，去打赢一场最后的战役，还是面对完全未知的生活。

中途修整时，黑炮向教官提议，把队伍一分为二，由他率领一支精锐力量突前，其余人拖后。他环视一周，话中有话地说，否则，可能完不成任务。教官没有说话，似乎在等大家发表意见。

反对！我站了出来。

理由？教官好像早就预料到了，不紧不慢地点了一支烟。

从入伍第一天起，您一直反复教导我们，军队不是单打独斗、个人主义、孤胆英雄，军队的战斗力来自集体凝聚力，来自共同进退，永不放弃，没有任何一个人是多余的，也没有任何一个人比别人更重要！

我顿了一顿，毫无怯意地迎上黑炮怒火中烧的目光，一字一顿地说，否则，我们将比老鼠还不如。

好，就这么定了。教官把烟头在地上碾灭，站了起来。不分队，一起冲。

黑炮故意擦过我的身边，低低说了一句，他的声音如此之轻，除了贴近他的人之外，没人能够听见。

他说，早知道，该让你跟那娘娘腔一起滚下去。

我骤时僵住了。

黑炮没有停下脚步，只是转过脸笑了一笑。我见过那笑容，在他警告我不要把自己拖下水的时候，在他踩死幼鼠把豌豆往壕沟里扔的时候，在他手举长矛剖开怀孕雄鼠肚皮的时候，都露出过这种微笑，像某种非人的生物模仿着人的表情，让人从骨头里发毛。

是的，多么明显，我的思绪回到那天下午。列队时黑炮站在豌豆的右侧，也就是说豌豆要滚下堤坝必须先绕过黑炮，根据他们的证词，豌豆是看到路边的植物才离开队伍的，可当时他根本没戴眼镜，离开眼镜他完全是个睁眼瞎。为什么当时我没注意到这点，一味听信了他们的谎话。

没有任何证据表明是黑炮把豌豆推下去的，即使我愿意用命来作证。他们都是黑炮的人，而除了我，没有其他人知道这件事，没有人会信。

我彻底输了。即使我杀了他，也会一辈子活在自责和悔恨中，况且他了解我，我不可能杀他。

这是我这辈子最艰难的旅程，回忆不断涌现，叠加在黑炮的背影上，我做着各种假设，又一一推翻，直到教官提醒队伍进入作战状态，我才反应过来，自己已经连续行军超过十小时。

此刻，这个世界上，除了我和他之外，不存在其他战争。

天边露出一线微弱的曙光，我们勉强看清面前这块最后的战场，是夹在山坳里的一片密林，两面环着光秃秃的山壁，只有一条狭长的缝隙可以穿到山的另一面，呈瓮中捉鳖的格局，探测器显示，鼠群就在里面。

教官做了简单的分组，方针很明确，一队抢先截断穿山狭路，其他分队围剿，游戏结束。

我跟着其中一队进入密林，但随即混入黑炮所在的分队。我不知道我想干吗，也许仅仅是下意识地把他锁定在视野中，尽管他不会逃，也逃不掉。林子很茂密，能见度很低，氤氲着一层幽蓝的雾气，从特定的角度看去，能发现空气中一些细微的亮点，画着毫无规律的曲线。黑炮步速很快，带着队伍在树干间来回穿行，像一群迷途的幽灵。

他突然停下，顺着他手势的方向，我们看到几只新鼠在不远处踱着步，丝毫没有觉察近在咫尺的杀机。他手一挥，让大家散开包抄过去。奇怪的是收缩包围圈时，新鼠却都不见了，转眼间，它们又出现在另一个角落。

如是再三，队伍的阵型乱了，我们的心也乱了。

雾气似乎更浓烈了，带着一种说不清的怪味。我的额头汗涔涔的，刺得眼睛发疼，心脏却超乎寻常的亢奋，我紧紧攥着手中的长矛，想努力跟上前面的人，腿脚却使不上劲。那种感觉又出现了，暗处的偷窥者，空气中的低语，我想喊，舌头却像被打了麻药。

我落单了。四周全是一片混沌，我转着圈，似乎每个方向都充满了未知的恐惧，一种强烈的绝望侵蚀着我的头脑。

突然，从一个方向传出凄厉的惨叫，我冲上前去，却什么都看不见，似乎某种巨大的物体从我身后疾速穿过，然后是另一声惨叫。我听见金属碰撞的声音，我听见肉体破裂的声音，我听见沉重的喘息声，但只在一瞬间，所有的声响都消失了，留下的只是死寂。

它在我的背后，我能感受到那灼热的目光。

就在我转身的刹那，它破开浓雾，扑了上来。一只成年人大小的新鼠，挥舞着带血的利爪，疯狂地向我撕咬着，我用长矛死命抵住它的前爪，摔倒在地，它用整个身体压着我，牙齿不停开合着，那股恶臭几乎让我窒息。我想用腿把它踹开，却发现关节全被制住，动弹不得，那尖利的长爪闪着寒光，滴着鲜血，一寸寸地向我的胸前逼近，我拼尽全力地怒吼，听起来却像绝望的哀号。

那冰冷的硬物抵住了我的胸口，一阵撕裂的剧痛几乎让我丧失所有抵抗的意志，它还在往下，一毫米、一毫米地往下，直到穿透我的胸骨，刺破我的心脏。

我看着它，它笑了，嘴角裂开一道冷酷的弧线，一道我再熟悉不过的弧线。

一声巨响。那只新鼠身体猛地一颤，它竟然在唾手可得的胜利前停下了，有点恍惚地转过头，仿佛想寻找那声响的来源。我趁机用长矛抵开它的利爪，鼓起全身所有剩余的力气，朝它的头颅重重击去。

闷响之后，它应声倒地。

彻底失去知觉之前，我看到了最后一幕，那是一只更加高大壮硕的新鼠，正在向我走来。于是我决定闭上双眼。

❖ ❖

"是该好好庆祝一下，今天破例，可以喝酒！"教官大手一挥，转身却发现几箱啤酒已经摆在篝火旁。

"今天是什么好日子，靠，这么多好吃的。"豌豆喜出望外，直奔主题，抱起鸡爪就啃。

"教官不是常说，你们这群二百五嘛，今天正好是咱们入伍二百五十天整，你说是不是该庆祝一下。"我朝豌豆挤挤眉毛。

"靠，这什么破由头，你自己二百五别拖别人下水啊。"

"捎带着……今儿好像是某人生日吧。"

豌豆把嘴里的活儿停下了，没听明白似的愣了半天，然后，眼眶里开始有亮晶晶的东西在转悠。

"别！先别激动！不只你，我数了一下，咱队里有五个人这个月过生日，正好凑一块儿过了。"

豌豆又把泪珠子憋了回去，继续啃起鸡爪来。

已经很久没有听到这么多的笑声，大家都已经习惯了背起包赶路，放下枪就打呼的生活，没有欢乐，没有自由，有的只是杀不完的老鼠和完不成的任务。没有人记得自己是个大学生，甚至潜意识里，都觉得握着刀杆子比捏着笔杆子带劲，舒服。没有人知道这是为什么，也没有人想知道。

教官今儿个很高兴，打心眼里的那种高兴，他喝了很多酒，说了很多军队里的荤笑话。他拍着豌豆的脑袋说，你不是射手座吗，怎么射老鼠这么面呢，你说说你射什么最在行啊？我笑得胃都抽筋了，入伍这么久，头一回觉察出，原来教官也有可爱的一面。

寿星们吃了长寿面，许了愿，教官的脸在篝火的映衬下红彤彤的，他问，都许了什么愿啊，能说不能说。

豌豆也多喝了几杯，拍着胸膛说："这有什么不能说的，我就想早点退伍回家，找个好工作，孝敬爹妈。"

大家一下都不说话了，偷偷看着教官，怕他酒后发飙。没想到他拍了两下大手，哈哈两声，说有出息，爹娘没白养活你。

这下可热闹了，大伙儿七嘴八舌地吹起来，有说要出人头地的，有说要赚大钱买别墅跑车的，有说要泡尽各国美女的，最牛的一个说想当国家主席，大家嘘他，你都国家主席了，我们还不得整个银河系总司令当当。

"嘘。"我发现教官眼神有点不对，赶紧制止了这场牛皮大会，"你们猜猜教官最想干吗？"

大伙儿大眼瞪小眼，不知道的，不敢说的，说不好的，都摇摇头，看着教官。教官拿树枝拨弄着篝火，小火星乱窜，噼里啪啦地响，每个人脸上全是一片跳跃的红光。

"……我们那地方穷，人笨，不是读书的料，不像你们。我小时候老在想，以后长大了干点啥好呢，种地？打工？我不乐意，觉得没大出息。后来人家说，当兵吧，保家卫国，立了战功，当上英雄，就能光宗耀祖，衣锦还乡了。我爱看打仗的电影，特喜欢拿枪的感觉，觉得特帅，特带劲，那就当兵吧。我不怕吃苦，从小吃苦长大的，每天训练，我的时间最长，量最大，脏活累活抢着干，有什么危险的事情我第一个上，图个啥？啥也不图，就希望有一天能真真正正地上一回战场，当一回英雄，哪怕死了都值……"

教官停下来，轻轻叹了口气，继续拨弄他那烧焦了的树枝。过了好一会儿，他才像刚回过神来一样，看着不说话的我们，露出一口白牙。

"怎么不说话了，是不是我破坏了气氛啊？"他把树枝一折，站了起来。

"今天是个高兴的日子，不该说丧气的话，我道歉，我唱个歌。不过是个老歌，你们肯定都没听过，唱这歌的人都死了几十年了，我听这歌的时候，你们估计还没生出来呢……"

我带头使劲地鼓掌，掌声在空旷的野地里回荡着。虽然没找着调，但教官唱得很投入，眼角似乎有点湿润。我感到庆幸，没人问我想干吗，因为我他妈的都不知道自己想干吗。

"……今天只有残留的躯壳，迎接光辉岁月，风雨中抱紧自由；一生经过彷徨的挣扎，自信可改变未来，问谁又能做到……"唱到高潮处，教官几乎声嘶力竭了，他的身影在篝火的映衬下，显得格外高大，就像个真正的英雄。

"我说，"豌豆碰碰我，拿着酒瓶，"活着真像场梦。"

"说不定，"我把瓶里的酒一饮而尽，"就是一场梦。"

❖ ❖ ❖

我被轰鸣的引擎声吵醒。教官张着嘴，朝我大声吼着什么，但完全被噪音淹没了。我想起身，胸口一阵剧烈的扯痛，我只好躺下，大口喘着气。顶上是一块光秃秃的金属板，反射着刺眼的白光，整个世界开始摇晃起来，我感到眩晕，我想吐，这到底是什么地方。

四周突然暗了下来，轰鸣声也低了，一股力量压住我的身体，我突然明白过来，我在飞机上，我们在上升。

教官说，别动，现在送你去……的医院，他说了个我没听说过的地名。

混乱的记忆碎片一下子全扑了上来，谜一样的战役，噩梦般的决斗，我问，他们呢。

伤势重的已经送走一批，你命大，只是皮肉伤。

我闭上眼，千头万绪交缠在一起，可此刻我的脑子却是一团糨糊。终于，我找到了突破口，试探地问，最后那一枪……是你开的？

麻醉枪。教官不置可否。

我点点头，似乎有点明白了。那……黑炮怎么样？

教官沉默了许久，说，他颅脑受损严重，很可能会变成植物人。

我释然，想起那个失眠的夜晚，豌豆、父母，还有……我急切地问教官，那天你到底看见了什么？

我不知道，你最好也不知道。他的回答既出乎意料，又似乎理所当然。

我想，也许根本没有人知道。如果说，新鼠能够通过操纵幻觉来诱使我们自相残杀，那么这场战役就变得前途叵测了，那些惨叫和肉体破裂声在我脑中响起，我不敢再想下去。

看！教官突然激动了，他扶起我，透过直升机的舷窗，我看到了一幕最不可思议的景象。

是新鼠，数以百万计的新鼠，从田野、山丘、树林、村庄走出，对，是走出，它们直立着，不紧不慢，步态悠然，像一场盛大的郊游而不是落魄的逃亡，由涓涓细流汇聚成一股浩大的浪潮，它们颜色各异的皮毛编织着暗涌的纹路，一种形式感，一种眼睛可以觉察的美感，流淌过这冬色萧瑟的枯槁大地，黯淡雷同的人类建筑，竟像是一股崭新的生命力，缓缓流注。

我们输了。我赞叹着。

不，我们赢了，你会看见的。教官看着窗外，嘴角挂着自信。

飞机降落在一座临海的军区医院天台，下机时，鲜花和轮椅都已经各就各位。笑容甜美的小护士推着我下楼，先检查了伤口，然后是一次彻底的大洗，我用掉了半瓶沐浴露，连搓出的泡沫都是泥巴色的。我换上洁白的病人服，到餐厅吃饭，由于吃得太快噎住了，又咳了一地，护士轻轻拍打我的后背，笑容里全是同理心。

"我国与西盟达成贸易共识，开启多赢新局面……"餐厅里的电视播着新闻，我漫不经意地瞄了一眼，呆住了。屏幕出现的，正是我从飞机上看到的情景，大规模的鼠群迁徙，解说员声情并茂地解释，在全国人民齐心协力的奋战下，历时十三个月的灭鼠战役获得全面胜利。镜头一转，变成海上航拍，一张花色驳杂的毛毯由陆地向海岸徐徐铺开，在触及堤岸线的瞬间，解体成无数细小的颗粒，跌入海中，激起密密麻麻的水花。镜头拉近，那些新鼠就像是纪律严明的士兵，步伐统一地向着死亡迈进，没有迟疑，没有眷恋，甚至在跌落海面的过程中，也依然保持着气定神闲的姿态。

教官早就知悉了这场胜利，这场与我们无关的胜利。

李小夏是对的，豌豆是对的，教官也是对的。我们跟新鼠一样，都是这伟大博弈中的一枚小小棋子，我们所能看到的，只是画好铺在眼前的棋盘，我们所能做到的，也不过是按着规定的步法，炮八平五，马二平三，至于这背后的深意，那高悬在头顶的大手何时落下，我们无从知晓。

我问护士，鼠群也会进入这座城市吗，她回答，新闻说半个小时之后。我问，从医院这能看到海岸吗，她笑着答，医院前面有一片坡地公园，从上面能看到整座城市的海岸线。我说，那好，带我去看看。

我只有一个想法，去告别，向从不存在的敌人。

❖ ❖

许多年后，我依然会不时想起那一个鼠年的黄昏。

夕阳的余晖倾洒在海天之间，从粉蒸霞蔚的云端，到波光潋滟的海面，再到高楼林立的城市，两道绵延无际的弧线，把世界分成了三块，但这并不能阻碍什么，那金色的光芒毫不畏惧地将一切拥入怀中，似乎在那个瞬间，有一股力量拽住了时间的车轮，把世间万物凝固在此刻。

我坐在轮椅中，从高坡上望着这宁静的一幕，什么都想到了，又似乎什么都没想。

一种低沉的震响由远而近，仔细听，又像是许多细碎的鼓点，有板有眼地敲打着大地。然后，那毛茸茸的军队便从街头、路口、高楼大厦间，涌入了戒严的海滨大道，没来得及开走的停靠车辆，顿时成了一座座小小的孤岛。

那条金色的毛毯铺满了海岸，然后破碎、融化，倾入金色的海面，水花次第绽放，像是给海岸线镶上一条金色的花边。

海上的船只拉响了汽笛，久久回荡，本应是胜利的号角，此时却更像是悠长的挽歌。

真美。护士姑娘赞叹道，几年后，当我掀开她的红盖头时，也说了同样的话。

我们曾以为，只有生命才是美的，却不曾想到，结束生命也可以是美的。

我感到一阵空虚，努力不去探究这背后的意义。在这漫长的一年里，有些人的想法被改变了，有些人的命运被改变了，永远。

我去探望过黑炮，那冷漠的微笑将永远凝固在他脸上，直到这个二等功战斗英雄生命消失的那一天。

教官后来私下告诉我们，隔壁片区的部队，也在那一天探测到了鼠群的异动，同样也是引到那个山坳，但他们权衡再三，怕被我们抢了战功，于是就没有出动。据说报告上写的是，由于军纪严明，避免了出现重大伤亡的可能性。我不知道那件事最后怎么处理，只知道教官退了伍，当了个拓展训练基地的辅导员。

我们都上了电视，出席各种报告会，反复讲述一些连自己都会感动落泪的故事，那故事里，没有新鼠的宗教，没有黑炮的嗜好，也没有豌豆的死。那是另一段历史，一段可以写进书本、报纸、电视甚至载入史册的历史。而我们的历史呢，我不知道，也许那根本算不上历史，那段岁月只存在于我们每个人的记忆之中，伴随我们衰老，直到死去。

一年后，我被分配到当地机关，当上一名公务员，过起了我曾经厌恶的朝九晚五。我总觉得自己生命中的一部分已经随着那些老鼠一起，消失在平静的海面下。我辗转收到了原先寄给李小夏的退信，一共二十封，我没看，直接拿铁盒封了，埋在院子里。

培育新鼠的自主知识产权研发获得成功，在对外贸易中增加了议价砝码，国产新鼠上市，尽管在语音模式及功能模块上仍有欠缺，但却以低价策略成功占领了国内市场。我时常在专卖店的橱窗前驻足，观察那些可爱造物的一举一动，每当这个时候，我总会想起豌豆和他的问题。

那些复杂、微妙、超乎人性的举动，仅仅是基因调制和程式设计的结果呢，还是说，在那张毛皮底下，的确存在着某种智能、情感、道德，乃至于——"灵魂"？

如果可以的话，我会选择前者，那会让我好过一些。

但我持保留意见。

陈楸帆：科幻作家、影视编剧、剧本顾问、专栏作家，为中国更新代代表科幻作家之一，以现实主义和新浪潮风格而著称，被视为"中国的威廉·吉布森"。他的作品曾被翻译为多国文字，屡获国内外奖项，代表作品《荒潮》《薄码》《未来病史》等。曾服务过谷歌、百度等企业近十年，深耕于互联网广告及市场营销领域，目前担任诺亦腾科技有限公司副总裁，专注于动作捕捉技术及虚拟现实领域。

桃源惊梦

我是一个警察。秘密警察。

我们这一行在外人看起来有些神秘，甚至可怕，然而在我来说，这只是一份工作，薪水微薄，聊以糊口。这工作的好处是一旦亮明身份，人们就会怕你，当然，也有人恨你，痛恨入骨，以至于只有死掉的秘密警察才是好人。

只有死掉的秘密警察才是好人。眼前就有一个女人这样向我号叫着。

她是我所见的最美的女人，没有之一。一袭白色的长裙，拖曳在地板上，仿佛盛装的新娘，嘴唇红艳，牙齿雪白，细腻的肌肤宛若凝脂。哪怕她在号叫，也是美的。

然而我还是抬起枪来，轻吻枪口，然后指着她，毫不犹豫地扣动扳机。子弹命中她的额头，留下一个小小的血窟窿。她倒了下去，就像一个沉重的麻袋，落在地板上，发出一声沉闷的响。灰尘在她的尸体周围扬起，斜照的阳光下，她像是浸没在一层轻飘的纱帐中。浓厚的血从她的脑后涌出来，像是一朵血红的玫瑰。

肉体就像一个麻袋，里边装着奇奇怪怪的灵魂，包括我这一个。看见这样一个美丽的女人在面前死去，我忽然有一种彻底解脱的感觉，就像灵魂飘扬而去，只留下空空的躯壳。

美女的躯壳在我面前分解，化作缕缕绿色的青烟，最后消散在空气中。她被我的子弹击中，隐藏的身份破除，控制中心正将她的躯体回收。

我站在那里，很久很久，直到一个信号直入脑海深处：十八号，回家吃饭。

我纵身一跃，眼前的楼板瞬间变成了黑不见底的深渊，我在其中不断地下落，下落。刹那间，仿佛一阵剧烈的白光闪耀，世界变成一片苍茫。

我回到了床上。

所谓的床，并不是那种柔软舒适，能带给人温柔梦乡的东西。它是一张光溜溜的铁板，外加一个玻璃般的外罩，罩子上带着浅淡的蓝色光源。一切都被染成这种冷色调，对于一个冰冷的职业，这再合适不过。

我躺着，回想起那死在我眼前的女人。她倒下的时候，长发飘起，露出闪闪发亮的耳环，那个小小的银色饰物，看上去如此熟悉。

我甚至看清了耳环上浅浅的字：莹。

那和曾经属于我的一个耳环如此相像。是她吗？似乎没有可能。她该在大洋彼岸的蓝天白云下，过着欢快自由的生活。

我怔怔地盯着天花板，忘了起身。

"十八号。"有人喊我。

是二十七号。

"你还好吧？"二十七号问我。我躺着的时间有点久，他有些疑虑。

我很快起身："没什么，只是黑障。"

黑障是我们这一行的专业术语，指的是从桃源界回到现实，短暂的意识障碍。在那段时间里，大脑失去了一切信号，于是世界变得光怪陆离。那短短的一瞬，却漫长得像人的一生。

黑障容易让人产生无力感，每一个秘密警察都受过训练，懂得如何克服黑障。然而，那种无力感终究无法完全抹去，于是每个人都需要额外的几分钟恢复元气。

二十七号向我点头，说："这段时间，大家的黑障好像都变长了。"

我不置可否，很快离开了出勤局。

回到家我便蒙头大睡，然而睡梦中尽是那号叫的女人和淌血的尸体，直到把我从梦魇中惊醒。

再也无法入睡，我起身走到窗前。拉开窗帘，明亮的各色光线一下充满了屋子，连灯都不用打开，我看见了玻璃窗里自己的脸。

窗外是霓虹闪烁的城市，流淌着无数的欲望和金钱。隐约的幻觉中，我仿佛回到桃源世界里，面对着那美丽的女人。

那真的是她吗？

无论是还是不是，她已经不在了。如果真的是她，在桃源世界流窜犯罪，那还不如死掉。

我到卫生间里洗了一把冷水脸。然后回到卧室，对着窗户，坐着发呆。

一天之后，一个紧急任务再次把我送进了桃源世界。

这是一个最高权限的警告：一大波僵尸正在袭来，昆仑山。僵尸是不明身份者。在桃源界，每个人都要有个身份，生老病死，是逃不掉的宿命。当然，有些人可以不死，他们被尊为神仙，在昆仑山上逍遥快活。如果有人没有钱又想永生不死，唯一的办法就是成为僵尸。

僵尸并不是青面獠牙的怪物，他们长得和常人无二，甚至更加美貌。那昨天被我杀掉的女人，就是一个僵尸。他们是麻烦制造者，因为他们总是想占有一个神仙的躯壳，摆脱僵尸的身份。

六点三十分收到警告，六点三十五我和二十七号已经躺在介入床上。当我和二十七号十万火急地赶到现场，昆仑山下已经乱作一团。这是一场浩大的群殴，人和人用各种匪夷所思的方式相互扭打，根本分辨不出谁是神仙，谁是僵尸。我不可能冲上去要求验证对方身份，以至于傻傻地站了五分钟，不知道该干什么。成为秘密警察以来，这是第一次遇到这样的情形。

"该怎么办？"二十七号问我。他也完全乱了方寸。

"让他们先打一会儿。"我鬼使神差地说了这么一句。

"什么？"二十七号难以置信地看着我。

"神仙还是僵尸，我们说了不算，还是等等吧！"

面对这无能为力的情势不如干脆彻底松弛下来。我和二十七号坐在一旁的高台上，悠然地点上了烟。烟雾缭绕中，我们看着这灿烂的大戏。

忽然间警笛响亮，数十辆警车从天而降，穿着黑衣，头戴黑套的特警从车里鱼贯而出，飞快地将正在群殴的人们团团包围。

他们是正式的警察，而我们是秘密警察，于是此刻我们彻底成了看客。

二十七号掏出一支雪茄，大口地吸了一口。雪茄在他手中化作一把闪亮的匕首，他缓缓地拭着刀锋，眼睛盯着人群，像是猛兽在寻找猎物。

二十七号总是这么锋芒毕露，迫不及待。我略带不满地瞥了他一眼。然而除此之外，他是一个很好的搭档，勇敢，机敏，讲义气。在这个城市里，也许他是我唯一的朋友。

"等他们收拾完了再说。"我提醒他。

他点了点头，却没有把匕首收起来。

警车上升起探照灯，一种特殊的光线照着人群，人群分作两帮，一帮没有变化，另一帮变成了骷髅。变成骷髅的是原本居住在昆仑山上的神仙，没变化的就是僵尸。警察们一拥而上，用枪托，用甩棍，用皮鞭，或者干脆用子弹教训那些没有变作骷髅的人。

局势就这样稳定下来。僵尸一个个倒下，当最后一个僵尸倒下，骷髅们纷纷鼓掌，亲热地拍着警察的肩膀。探照灯熄灭，神仙恢复了原本英俊飘逸雍容华贵的模样，向山上走，警察也开始打扫战场，把倒地的僵尸的尸体一具具抬上警车。

最后，神仙走了，警察撤了，昆仑山脚下恢复了平静，除了我和二十七号，再也见不到一个活物。

然而，有秘密警察的地方就有秘密。上山的神仙少了一个，地上并没有尸体，唯一的可能，他被一个僵尸附身，合而为一，并且隐身躲藏，等待最后的身份确认。

我默默地看着眼前的空气，酷酷地说了一声："出来吧！"

僵尸彻底占据神仙的身份需要二十四个小时，我和二十七号要做的事，就是在二十四小时内暴露他们，让他们不能获得合法的身份，然后继续消灭他们，把他们从桃源界驱逐出去。

僵尸并没有现身，然而我并不着急。秘密警察的特权已经把这地方变成了白地。和外界隔绝之后，无论什么隐身手段也坚持不了太久。

我平静地看着眼前的白地,默默点数。

还没数到五,一个人影蓦然出现在空地上。是一个女人!

她在阳光下露出不适的表情,闭着眼,眉头紧蹙。隐身的人看不见外部,就像外部看不到他们,哪怕一点阳光也让她感觉不适。

女人身穿一袭拖地的白色长裙,就像一个盛装的新娘。她的脸异常美丽,居然和我刚杀死的那个女人一模一样。我不由愣住。二十七号正要上前,被我一把拉住:"等等!"

就在此刻,她睁开了眼睛,见到我也是一愣,那眼神仿佛在说,怎么又是你!

一瞬间她恢复了常态,脸上尽是鄙夷的神色,说:"想抓我就来吧!"

我并没有上前,也没有放开抓着二十七号的手,问道:"你留在这里,想干什么?"昨天她被我的子弹击中,我眼见着她化作了青烟,被数据中心回收,此刻却又活生生地站在我眼前。而且她认得我,一定不是另一个长得一模一样的人。

她大笑起来:"干什么?当然是上昆仑山,如果不是你们两个,我已经成功了!"

她的眼神陡然间变得怨毒:"你们这些秘密警察,都不得好死。"

说话间,她的容貌发生了一些变化。她正在变成她杀死的那个神仙。

当着两个秘密警察面干非法的勾当,这是公然的挑衅。

一个声音侵入我的脑海:"异常数据侵入,执行枪决。"

我没有动作,这件事我已经做过一次。如果一次并没有效果,第二次同样不会有效。

二十七号双手一伸,一把匕首分作两把,分持在两手里。几乎就在同时,他扑了上去,匕首寒光一闪,正正地扎在那女人的胸口。

我心中一凛,有一丝不祥的预感,然而没有等我发声提醒,二十七号发出一声惨叫。他的右手掉了下来,鲜血喷射而出,溅了那个女人一身一脸。

二十七号抛掉左手的匕首,捂着断手退后两步,脸色惨白。

我立即掏枪，向着眼前的美女射击，子弹准确地打断了她的双腿。

我刻意没有射击她的头部，那已经被证明并不奏效。然而，能保护她让她免于死亡的力量并不能让她免于痛苦。事实证明我是对的。她哀号着，抱着断腿在地上挣扎。

"怎么不杀了我？"她呻吟着问。

"我杀不了你。"我平静地说。这是一句实话，这个女人的身上有某种力量保护着她。

我和她对视着，似乎都在考虑下一步。

"你很漂亮。"我又说。

这句也是实话，然而有些不合时宜，说完之后，让我自己也觉得莫名其妙。

我扭头看了二十七号一眼。他浑身发抖，也许是因为失血过多，脸色白得像一张纸。

"十八号，我不行了。"他艰难地吐出这句话。

我看见了他断掉的手腕，鲜血仍旧不断地从创面涌出来，渗过指缝，滴滴答答地落在地上。手不是被那女人砍掉的，而是他自己砍断了手腕。

他断掉的手仍旧握着匕首，刺在那女人身上。

我急切地看了女人一眼，匕首连着断手已然不见。女人的身体微微有些发亮，就像一个渐渐膨大的气球。她是一个木马炸弹！

她正盯着我，一双眼睛仍旧明亮，眼光中似乎带着某种期许。

这是一个陷阱！

"你什么都不懂，傻瓜！"女人讥诮的话语传入我的耳中。

我们掉到了陷阱里。他们的目标不是成为神仙，而是摧毁秘密警察。我大喊一声，将所有的限制性武器都扔了出去，只希望能抓住她，将她控制住。

然而一切都晚了。

二十七号眨眼间分解成了一段段的肢体，一个个内脏，还有淋漓的血浆和体液，像一堆烂泥般纷纷落地。一双眼睛望着我，眼神已然凝固，然后掉落在地和那堆身体的血肉混在一起。死的时候，他来不及发出一声叫喊。

我丢出去的武器碰撞在变成气球一般的女人身上，生生地没入其中，不见了踪影。

一团光刺痛我的眼睛。然后我听见一声撕心裂肺的女人的哀号。女人爆炸了，她的身体裂作无数细小的碎片，最后化作了数据洪流，透过二十七号死亡后留下的数据通道进入中央控制机。他们是疯了吗？攻击桃源界的保护者，只能让这个世界彻底毁灭。

然而我再也看不见任何东西。爆炸的强光直接将我逼出了桃源界，陷入黑障。

在这极度黑暗的深渊之中，我仿佛被囚禁了千年万年，和往常大不一样。这黑障的时间有些太久了。但既然我醒着，世界一定还在。我强迫自己耐心等待。

又仿佛过了千年万年，仍旧是黑障。

我的心变得格外焦灼。到底出了什么问题，桃源界是不是还在？

没有任何途径缓解焦虑，然而，无穷尽的黑障像是一块巨大的海绵，吸收一切，夺走一切，包括焦虑。我就像一个被关押了一辈子的囚徒，慢慢地失去了一切的情感，麻木不仁，只是还活着而已。

我就像一块肉，在无尽的黑色深渊中不停坠落，无始无终。

终于有一刻，光照亮了我的眼睛。脱离黑障的时刻到了。

"十八号。"呼唤来自脑海深处。

是中央控制机，桃源世界还存在！

我睁开眼睛，发现自己正躺在床上，护罩敞开着，我看见了时间。六点五十分。不过短短十五分钟，我仿佛已经耗尽了所有的岁月，躺在那儿，再也不想起身。

"十八号，到底发生了什么？"有人对着我说话。

我扭过头去，看见局长，出勤局最大的官正站在我的床前，焦虑地看着我。

我很想说点什么，然而仿佛有什么东西堵住了我的口，愣是一个音节也发不出来。那一刻，我突然明白，我是一个病人。

我被送进了病房。

宽敞的病房里很冷清，除了偶尔出现的护士，只有灯光闪烁的机器。他们给我下了诊断，强迫性自闭症。我心里却很清楚，并不是自闭，只是完全说不出话。好像我的语言能力完全丢失在桃源界，再也找不回来。那最后的时刻不断在我的头脑中浮现，美丽的长裙，喷溅的鲜血，糜烂的躯体，一切终止于一团爆炸的闪光，然后又来一遍。这是我在桃源界所经历的最离奇的死亡。

他们允许我去看望二十七号。

二十七号成了植物人，他的大脑几乎不再活动，只是躺在病床上，靠管子维持生命。

成为秘密警察的时候，我们的合同上有一条提示：鉴于职业特点，执行任务中可能导致非致命伤害，出勤局将根据伤害程度依劳工法予以补偿。依据劳工法，二十七号将获得终身医疗照顾，然而第二天，他们判决了脑死亡，依法终结了他的生命。

在桃源世界我见惯了生死，包括各种各样离奇的死法。然而这是我第一次在现实中看着一个人死去。

他的离去很平静，医生给他注射了药水，然后心跳的波动开始逐渐下降，最后成了一条直线。

这一点也不酷，也谈不上光彩，我只觉得心里堵得慌。二十七号是我的伙伴，也许是我在这个庞然的城市里唯一的朋友，我却连他的名字也不知道。

后来我知道，就在我们被陷害之后，中央控制机短暂失去了对桃源世界的监控。僵尸立即卷土重来，它们攻陷了昆仑山，杀掉了全部神仙，夺取了他们不死的身份。获得了神仙身份的僵尸们躲藏在桃源界，再也没有人能奈何他们。

这一场袭击让桃源世界名声扫地，索赔高达十五亿人民币。出勤局内部，这同样是一场灾难——共有十三个同事因为高强度数据流攻击导致脑死亡，他们就像被熔断的保险丝，不仅隔断了对中央控制机的攻击，也隔断了对桃源界的救援。他们死了，仅仅因为他们是秘密警察，正在执行任务。

这是一件多么不公平的事。然而我深深地知道，世界上本没有公平，追求的人多了，就有了公平的幻影。但是人如果不相信这幻影，那活着还有什么可期盼？

我是当日出勤的人当中唯一一个幸存者。

如果有任何机会，我要复仇。十三个警察都是我的同事，二十七号更是我搭档，我的朋友，我应该为他们复仇。

我还要找到她，那个被当作炸弹的女人。凄厉的号叫在我耳边萦绕，无论那是多么完美的一个陷阱，极度痛苦的死亡却不像一个冷酷的杀手。她不过是一个马前卒，背后一定有更强大的力量，让她死而复生，让她用自己的生命来做诱饵。

我还不能说话，却一直没有停止计划，冷清的病房让我可以仔细地考虑全盘的计划。

十五天后，我出现在局长办公室。

局长知道我已经康复，他已经听过了我的全部报告。

一个女人心甘情愿做木马炸弹，他不认为这有多少可能性。

然而，如果这是事实，那就有讨论的必要。

"她怎么能躲开监控？她的身上都是病毒。"局长问。

"我不知道。我曾经杀死了她，她又复活了。既然她能复活，她也会有办法躲开监控。她故意吸引我们去杀死她，可以借机感染我们，感染中央控制机。"

"他们只是想抢劫昆仑山，得到神仙的身份。"局长强调，"这些人不过是想活得好些。毁掉中央控制机就毁掉了桃源界，他们的行动也就失去了价值。"

"但是你不能排除这个世界上有疯子。"我回了一句。

局长陷入沉默，最后他耸了耸肩，看着我："要回去把他们干掉吗？"

我的确很想这么做，然而却清楚地知道，这办不到，于是就沉默着。

最后，局长说："好吧，你是个聪明人，这不过是个游戏。你的合同可以终结，拿两百万走人。原本要十年，但你只用两年就可以了结合同，你是个幸运儿。"

"我要复仇。"我冷冷地说。

局长比我更冷淡，说："好好活，别犯傻。你已经不是秘密警察了。"

"难道你不想给那些人一个警告吗？有了第一次，就会有第二次，这样的事再发生一次，桃源界就直接关闭算了。那时候，恐怕董事局的人都要上街要饭去。"

我盯着局长，继续说："你的处境不会比董事局好。"

局长盯着我道："现在走，我不追究你的无礼冒犯。"

我一动不动。我本该听局长的，然而一个连死亡都经历过的人，怎么会怕一个所谓的官衔。

"我要复仇。"我重复道。

局长足足盯了我一分钟，最后终于开口："你想怎么办？"

我把计划和盘托出。局长陷入沉思，半晌之后说："我需要上报董事局决定。"

我知道计划成功了一半。

还有一个原因我并没有说，我还想见到那个在我面前死去了两次的女人。

三天后，我如愿以偿，成了桃源界的一个僵尸，没有来历，没有身份。

我过上了和从前截然相反的生活，每一天最重要的事，就是清除痕迹，不让秘密警察发现。日子久了，我发现自己真的成了一个僵尸——我憎恨秘密警察，就像这事是真的一样。

慢慢地我有了许多僵尸朋友，他们原来有各种各样的身份，他们来到桃源界就再也不想离开。虽然此间的生活并不令人满意，然而相比外边的世界，桃源世界就像是天堂。他们想留下来，这本来不是一个问题，因为桃源世界可以免费进入。然而如果想成功，想享受，想呼风唤雨，就得交钱。真金白银的钱，交给桃源世界的运营者。他们想成为这个世界的人上人却不想交钱，于是只能成为僵尸。

同样，如果想变得非同一般的美丽，也得交钱。

我得到了一张名单，列着六百多个花钱买下顶级美女套餐的人。局长给了我这张名单，这是开启数据大门之前，出勤局能够给我的唯一帮助。按照名单挨个寻找这些人是不是变成了僵尸，这是一项艰巨的工作，然而比单纯的大海捞针要好些。

我的僵尸朋友们提供了帮助，一个曾经付钱购买了顶级美女套餐的人，这在僵尸中间并不多见。他们对美女深感兴趣，虽然绝大多数连女人的手都没碰过。他们听说过这事，围攻昆仑山，血洗神仙府，这是僵尸界的传奇，被人津津乐道，一双双似乎要喷火的眼睛里透着掩饰不住的渴望，恨不得自己就在那里，干掉几个神仙。我还听到了一个带着几分神秘色彩的名字——灰影。一个面目不清、来历可疑的人物，据说他就是昆仑山血案的策划者。僵尸们崇拜他，就像信徒崇拜图腾。冰山的一角在我眼前浮现出来。

至于那个自爆的女人，他们知道她的名字——白雪夫人。

白雪夫人，那拖曳的长裙仿佛就在我眼前晃动，听起来就是我想找的那个人。

我继续寻找，经历了许多波折后终于见到了她。

那是在一个高档的地下会所，她被许多殷勤的男人众星捧月般围着，时不时咯咯地娇笑，流露出万种风情。

后来她看见了我。我冷冷地看着她，仿佛是一个讨债的。她撇下那群男人们向我走来。

"他们在等你呢！"开口第一句话，我就是这么说的。

她毫不在意地瞥了那群男人一眼，随即在身边拉起一个屏风，把那群男人和他们的眼光隔绝在外。世界格外安静，只剩下我和她。

"他们只是想和我上床。"她的第一句话是这样说的。

"你呢？"她用一种迷离的眼神看着我，"你有不一样的心思，是什么呢？"

"你试过最刺激的游戏是什么？"

她咯咯地笑起来："看不出来你这么坏！"

"我见过一个女人，她是我见过最美的女人，但是突然间她膨胀得像一个气球，然后爆炸了。你知道这是怎么回事吗？"

她的表情瞬间阴沉下来："你是秘密警察？你居然是秘密警察？！"

"我已经不是了。我只想知道，到底发生了什么。"

她仿佛突然间变成了气质高贵的女王，带着凛然不可侵犯的气场："你从我这儿什么都得不到。"

"你可以得到我……"我镇定地说，故意一顿。

女王一挑眉毛，正想说话，我抢在她前面补上了吞掉的半句："得到我的赞美和欣赏。"

她咯咯笑了起来。

是的，就是如此。哪怕我杀死了她一次，打伤她一次，她知道我真诚地欣赏她的美丽。

真诚很稀缺，无论在桃源界还是在人世间。

于是我们开始交谈。

后来我们经常见面。

后来我们熟识起来。

无数次的偶然，我看见了她的耳环。她会穿上各种各样华丽的衣服，配上最奢华最昂贵的首饰，三百六十五天，天天不重样。然而这小小的，银色的耳环却从来没有被换掉过。有无数次的机会，我仔细端详那耳环，终于确定它和我曾经定制的那件一模一样。那只耳环，我曾经在一个夏日的黄昏送给了一个女孩。

这不是什么特别的奢侈品，不会属于任何套餐，它只能是白雪夫人在桃源世界定制的耳环。

我猜想我知道了她是谁。这非同寻常，在桃源世界里，知道一个人在外面世界里到底是哪一个，是一个禁忌。

此间和彼间，只有截然分开，才能让人在桃源世界拥有一个全新的人生。

我们继续见面，继续交谈，逐渐变得更加亲密。

她知道我就是那个曾经的秘密警察，正绞尽脑汁想成为不朽的僵尸，然后成为像她一样的神仙。对此她淡然一笑，说："这么说你是一个探子。"

我不置可否，对她这样的聪明人，辩解是没有用的，只道："我的确很想了解不死的秘密。按理说，桃源界不该有这样的存在，除了神仙。"

她又笑了笑，"别太好奇了！"说完就不再提这个。

我也没有再提，耐心是一个好猎手的必要条件。

后来她问我："这里所有的男人都希望占有我，为什么你不想？"

问这件事的时候，她穿着一件朴素的长裙，既不性感，也不高贵，只像一朵荷花般亭亭玉立。清水出芙蓉，天然去雕饰。

这是一个好机会。

我看着她的眼睛，足足凝视了十秒钟。她对我异样的神情感到困惑，俊秀的眉毛一挑，问："你怎么了？"

我回答："我有一个故事。"

这果然引起了她的兴趣，"秘密警察总有些好故事，特别是一个同性恋的秘密警察。"她笑了笑，笑容灿烂如花，"说吧，我喜欢你的故事。"

"十年前，我从大学毕业。我喜欢一个女孩，她也喜欢我。我们在一起总喜欢做梦，说了很多不着边际的话。她说，想要去珠穆朗玛山顶上看星星，那儿离星星最近，我说，我们要在珠穆朗玛的山顶造一个小屋，只有我们两个，屋顶是透明的，可以躺在床上看见星星。晚上的时候，星斗就可以做灯。"

白雪夫人脸上的笑容凝固起来。

"说完这话第二天，我就再也没有见到她。"我继续说，"我得到一条信息，是她留给我的，她说自己要去 A 国，在那里继续读书，让我不用等她。这和说好的不一样，我发疯一样到处找她，然而再也找不到，她就像从人间蒸发。我知道 A 国是个好地方，天是蓝的，云是白的，像她一样富有人家的女儿，应该在那儿享受生活。她去了 A 国，我可能永远再也见不到她。"

白雪夫人捂住了自己的嘴，似乎正极力控制着情绪。

我一边走上前去，一边说："你还记得，对吗？我看见了你的耳环……"我伸手想抚摸她的头发。

她奋力一摆头,"不要碰我!"随着一声喊叫,她消失在空气中,无影无踪。

我无法跟着她。在这个世界里,她就像是能力无限的神仙,而我只是一个一无所有的僵尸。十年前,我和她之间,也许只有财富的鸿沟;而此刻,我和她,就像蝼蚁和雄鹰。

蝼蚁是没有资格和雄鹰对谈的。

我盯着她消失的地方,意识到一切很快都会结束。她会回来找我。

我在无人的角落里找到一张干净的桌子,点了一杯咖啡,悠闲地喝了起来。

白雪夫人果然回来了。她换了一身装束,仿佛一个风姿绰约的贵妇。

她穿过热闹的大堂向我走来,把所有的喧闹都压了下去。

她端庄得体地在我对面坐下,双手优雅地交叉放在膝头,一双妙目眨也不眨地看着我。

屏障在四周升起,将一切隔绝在外。

"没想到居然还能见到你。"她开口说,"你怎么会到桃源世界?你最痛恨这些不劳而获,躺着享受的人。"

我微微一笑:"人总是会长大的,总得吃饭活下去。"

她莞尔一笑,眼睛里依稀闪光。

"我有一些原因,但是我不想说。"她低着头,"如果你到这里来,就是为了找我,那就回去吧。"

"我也回不去,所以我想像你一样,做一个神仙。"我这样回答。

她眉头微蹙,"神仙也不过是笼子里的鸟,没有什么可羡慕的。"她抬头看着我,"那个世界的一切,对我来说都是梦了。"她笑了笑,"我好像每天都在做梦,也不知道到底是做梦,还是真实。但是我习惯了,那就这样吧。"

我站起身来,绕到她的身前,伸手抚着她的脖子。她并不躲闪,只是微笑着看着我,她的脖子白皙而滑嫩,唤起我的回忆。

"你终于想了。"她微笑着说。

我缓缓摇头:"如果可能,我宁愿杀死你。"

"为什么？"

"桃源界只是一个游戏，我不想入戏太深。"

她的脸色变得黯淡："你不用这么直白地提醒我。"

"入戏太深，这个世界里的流血，会变成真正的杀人。你攻击昆仑山的那一次，有十三个同事死了。"

"十三个秘密警察？"

"没错！"

"他们死得活该！只有死掉的秘密警察才是好警察！"

虽然我不再是秘密警察，几年来的僵尸生涯让我也痛恨他们，我还是不同意她的说法："他们不是在桃源界死亡，而是躺在病床上，由法医执行注射。他们都是脑死亡，然后被执行安乐死。"

我看着她："他们都只是普通人而已，普通到没有名字。所以，不用这样恶毒地诅咒他们，这只是一个饭碗。这不是游戏，还可以重来。"

桃源界的死亡不过是一个游戏，真实世界里死亡意味着终结。白雪夫人当然明白这个，只是她早已迷失其中，惘然不知。

这世界里的人们有多少惘然不知！

白雪夫人咬了咬嘴唇，像是下定决心，她抬眼看着我，眸子里仿佛在闪光："是的，开始的时候，这不过是个游戏，但是一旦真正投入，它就成了生活，成了真正的生命。它就是你的一部分，缺少它，人生就不再完整。"

"你入戏太深。"我拿出冷漠的态度刺激她。

"你什么都不懂，冰人！你什么都不懂！"她大叫起来。

最后她结束了谈话，"你不是想成为神仙吗？我会让你知道什么叫生命的真谛，你要想知道不死的秘密，今晚三更，在昆仑山下见。"说完她化作一缕青烟，消散在空气中。

空气中依稀残留着她的气息，一丝清淡的幽香。她在这个世界里似乎无所不能，然而她终究是个女人。

我深吸一口气，提起十二万分的精神。我能感觉到身体里的那股力量，汹涌的浪潮在体内激荡，随时可以席卷而出。

机会终于来了，就等今晚了。

三更时分，我见到了想见的人。

那是一个面目模糊的影子，但我毫不怀疑它能变成任何模样。

"你想得永生？"影子问。

"没错。"我向前走了一步。

"停住，就站在那儿。"影子这样说。

我顺从地站住。

"想永生就要付出代价。"

"什么代价？我一无所有。"

"你有你自己。"影子说，"我需要你。"

"我？"我困惑地看着这团灰蒙蒙的东西，它的话就像它自身一样模糊不清。

"你可以在这个世界里永远不死，但你不再是你自己，有必要的时候，你会成为另一个人。但你永远不死，可以享尽人间乐趣。"

我忽然有些明白过来。虽然寻找不死只是一个借口，我还是突然有了更多的兴趣。

"包括成为木马炸弹？"我单刀直入。

"任何事都有可能，未来有多少种可能性，你就有多少种可能。"

"那就是说我失去了全部的自由。"

影子笑了起来："只有交出全部，才能得到所有，明白吗？"

我摇头。

"别测试我的耐心。"影子不紧不慢地说，"这是你唯一的机会，公平起见，我也告诉你缘由。一旦你加入我，你就存在于这世界的每一个角落，任何地方，毁灭掉一个实体，立即就可以复活。如果你不完全交出自己，这怎么可能做到？"

影子飘动着，就像浮在空中的一缕烟，它的声音充满蛊惑，比塞壬还要动听。

"我需要你这样充满渴望的人来充实，而你可以拥有最美妙的人生。英俊，富有，充满智慧，爱情，权力，所有人世间的渴望，你都可以百倍地拥有。而你所付出的，只是偶尔重生。就像做了一个梦，醒过来一切仍旧那么美满。"

"这不过是个游戏。"我大声地说，心中油然而生一股彷徨，哪怕它的语调没有那种诱惑力，它所说的一切也在影响着我。照她说的做！一个声音在我内心呼唤，那是本能的欲望，无可阻挡。照她所说的做，这也未必不是一个好的选择。然而另一个选择让我坚持着没有投降。"让我看看你的真面目，否则我怎么能相信你？"

影子再次发出轻笑："你什么都不懂。"说话间，它化作了白雪夫人的模样，"还不明白吗？我就是每个人，每个人都是我。你喜欢看到我的这个模样，我就给你看。"

我看着白雪夫人，她也正望着我。忽然间，我有一种强烈的感觉，仿佛正看见一个囚徒，被困在囚笼中，透过栅栏的间隙看着我。

只有一次机会，一次就是永远。她被永远地困在那里了。

我明白了白雪夫人为什么把自己称作笼子里的鸟儿。这比喻并不恰当，她是蜂群中的一只蜜蜂，无限网格中的一个节点。她仿佛是自由的，然而自我只有在不被需要时才会出现。

"你决定了吗？"白雪夫人开口问。

我不知道眼前的人到底是灰影还是白雪，或者根本就是一个幻觉。

我做了决定。

"你知道你杀死我的十三个伙伴吗？"

"你说过很多次了。要向前看，过去的谁也无法改变。"

"没错，过去的谁也无法改变。如果我决定加入，该怎么做？"

"很简单，什么也不用做。"白雪夫人的脸上荡漾着笑意，声音也格外妩媚。她向我飘来，就像毫无分量的影子。我却感觉到了莫大的力量紧紧攫住了我的身体，身子无比沉重，灵魂却飘飘欲仙。她正侵入我的身体——灰影正在侵入我的身体。它正试图分解我的一切，从肉体到灵魂，然后储存在无形的空间。

"别等我。"我仿佛听见白雪夫人在我耳边轻悄耳语。

我正经历着从未有过的体验，极速地失去意志，极速地奔向死亡，同时又经历着无与伦比的快感，全身都浸没在激烈的颤动中。

然而我没有放弃。

在灰影拥抱我的一瞬，在我的躯体瓦解的一瞬，在我和无数个他者融为一体的一瞬，我引爆了自己。

带着特殊标记的数据洪流在我被吞没的同时涌向白雪，正如她用木马攻击了中央控制机，我用同样的手法攻击灰影。我不能永生，无法在另一个地方复活，然而可以逃离。

我落入黑障。按照和局长的约定，中央控制机将我强制拉入黑障，一切羁绊都被生生切断，这不亚于一次剧烈的爆炸，将我撕裂成万千碎片。

我又成了一团肉，在无尽的黑暗深渊中下坠。

这一次，黑障似乎更为长久，然而我还是醒了。

局长就守在我身边。

"恭喜你！"他满脸笑容。

我只是静静地躺着。黑障造成的无力感因为那一瞬的强烈冲击而格外沉重。

"不过，你要签订另一份合约，你不能就此透露一个字。"局长继续说，"你要承诺保密。另外，有一个人要接见你。"

我缓缓眨了眨眼，扭头看着局长。局长的身边还有一个人。

"我们的首席架构师，陈大维博士。"局长介绍。

我看了看这个有着惊人头衔的年轻人，他看上去不像一个沉浸在自己的世界里不问世事的疯狂科学家，而是一个时髦青年，头发染成鲜艳的黄色，耳朵上赫然吊着一只银色的耳环。

陈大维点点头，开始说话："你让我们发现了一种全新的数字存在，它把所有加入者链在一起，成为一个整体。这是我们从前没有考虑到的情况。它利用了基本模块的漏洞，如果要维持桃源界的存在，就很难用算法来根除。"他看了看我，"这些原本和你无关，但如果不是你勇敢的行为，我们可能还百思不得其解。所以你该享有发现者的荣誉。剩下的就交给我们吧！"他伸手拍了拍我的肩膀，并不等待我的回应，转身就走。

局长在我耳边悄声低语："你赚到了，陈总决定给你一千万的额外奖金。"

我忽然感到一阵心悸。陈总的话里分明有话。

急切间我抬起头，语气坚定得让我自己感到惊讶："那个白雪夫人是我的，你们不准碰她！"

陈总停下脚步，转过身，眼里掠过一丝惊讶，也许他从未听过有人这样和他说话。他眨了眨眼，似乎正在盘算，片刻之后他点点头，"你可以有二十四个小时。"说完他就走了。

二十四个小时，应该够了。

白雪夫人就在本市，现实中，她叫张洁莹。

借助木马，中央控制机找到了她的本体，最初的那一个。桃源界在现实中也有着强大的力量，他们用了不到一个小时，就将现实和桃源界的身份关联起来。

阿里巴巴路2084号308室。他们锁定了这个地址。

他们还锁定了其他七十六个地址，遍布全国。一场生死角逐从桃源界蔓延到现实。那一定惊心动魄，然而我并不关心，因为陈大维会全力捍卫他的世界。

我只关心这一个。我抬头看了看门牌，用万能卡刷开了门禁。

屋子里一片昏暗。

当眼睛适应了环境，我看见了想找的东西。

一个棺材般的玻璃箱横在屋子里。

我走上前去。

她躺在那儿，睡得格外深沉。她的模样仍旧和十年前一样，俊秀清丽，虽然并不如白雪夫人那样超凡绝伦，在我的心头，她就是最美的。哪怕过了十年，还是如此。

她为自己制造了一个小小的巢穴，三根塑料管从她的手腕接入身体，还有两根管子连接着下身，所有的管子最后都没入墙面。这是全套的生命维持装备，价值不菲，有了它，再也不用醒过来，可以在虚拟的世界里长久流连。

白雪夫人，她给自己取了这个名字。第一次的名字，是父母的愿望，第二次的名字，就是自己的愿望。在那个被各色欲望充满的游戏中，她并没有堕落，只是沉浸得太久，迷失其中。

她需要一个拯救者，一个爱人。

我轻轻地抚摸她的脸颊，伸手关闭了连接在她的额头的接入头盔。她会醒过来，而我要带她走。

所有的梦都是要醒的。

然而她却没有醒过来。

"她永远不会再醒了。"一个冷冷的声音传来。

我条件反射般回过头去，门口不知道什么时候多了一个人，穿着黑色的西装制服，戴着墨镜。然而我还是将他辨认出来。

"陈总，你怎么会在这里？我不是有二十四个小时吗？"

来人摘下墨镜，说："看来你的确有点非凡的天赋，居然能认出我来。"

他的确是陈总。

"我只是来告诉你，她永远醒不来了。"

"怎么会呢？你们已经切断了他们的输入端。"

"没错。我已经扫荡了一切，所有的代码都已经被清理完毕，所有的垃圾都被打包。但是，我还是错过了一点。"他看着我，似乎在询问我是否还有兴趣听下去。

"说下去。"我机械地说道。虽然他是桃源世界的主人，身价亿万的富翁，我的态度仍旧生硬无礼。

"还记得你的黑障时间吗？昨天中断的那一次？"

"当然，虽然稍久一些。我还是醒了。"

"人的脑电波和系统内的虚拟信号纠结在一起，没有办法即刻分离，黑障的保护就是隔绝大脑，让渗入了太多虚拟信号的脑电波自然消散，不至于回到现实世界后产生不适感。你的黑障停留时间越久，证明脑内受到的冲击越大。昨天那一次，你足足躺了四十分钟才醒。"

四十分钟，那是很久的时间。在我长达十年的秘密警察生涯里，从来没有过。然而我还是活过来了，这有什么重要？

"这和她又有什么关系？"

"你纠结得太深，可能会对你的心智产生一定影响。我们锁定了七十七个地址，每个地址都有一个侵入者。理论上讲，只要隔绝了侵入者，他们在桃源世界里的替身就自然死亡，或者被冻结。然而现实却超越了理论，这些侵入者的替身仍旧活着，并且躲藏了起来。简单地说，他们抛弃了自己的躯体，成了纯粹的虚拟体，就像我们在桃源世界里创造的无数个虚拟个体一样。这并不是一件容易选择的事，因为他们想要继续在桃源世界里存在，他们的存在能量值不能高于我们的虚拟人物，不然就会被系统辨认出来，所以，其实他们选择了一种卑微的生活。至于他们的躯体……"陈总看了看躺在玻璃棺中的女人，"理论上讲，他们已经是死人。"

我感到一阵头晕目眩，不自觉地伸手扶着玻璃棺，让自己不至于倒下。

"我来这里，只是告知你这件事。很抱歉，我也是在见到第一个活死人之后才知道。她属于你，你可以带走她，但是她永远都不会再醒了，她已经不在这个躯壳内。你也可以选择把她交给我，我会走正常的法律程序来处理。"陈总说完礼貌地点了点头，并不等待我的回答，径直走出门去。

我俯身看着玻璃棺中的女人。

我想拯救她，她却并不愿意被拯救。或者，她身不由己。

她的面孔上带着甜甜的微笑，仿佛熟睡的婴儿般安详。

眼泪不争气地涌了上来，一滴滴落在棺盖上。

泪眼婆娑之际，我忽然间注意到她的耳垂。耳垂上有一道血痕，似乎凝固并不长久，而耳环却不见踪迹。

我心中一惊。

急切中，我挪开棺盖，开始寻找耳环。

很快我找到了它，它就在女人的手里，紧紧地握着。当我抬起她的手，看见了手掌边几个歪歪扭扭的细小字痕——别等我！

那是不久前划上去的痕迹！她用耳环上的小钉划下了字迹。

我抓着她的手，看着这几个字，愣住许久。

别等我！我仿佛听见了她在我耳边轻声呼唤。

是的，陈总说的是对的，他们选择了自己的生存方式，至少对白雪夫人来说，应该就是如此。

她还爱我吗？女人的心思我琢磨不定。

我还爱她吗？我问了自己一千遍，最后的答案是肯定。

如果还可以爱，那就努力去追。

不论这是陈总的邀请，还是我的自愿，总之我回到了桃源世界。

我不再是秘密警察，也不是僵尸，不是神仙，不是苦力，我和从前在桃源世界存在过的任何生物都不一样。

我是一个试验品。

一个脱离了躯体的人。

作为自愿成为试验品的代价，我拥有在桃源世界里开辟新世界的权利，然而我的野心没有那么大，所以只是开了一家小小的客栈。

这家叫作喜马拉雅星空的客栈就在昆仑山边上，它有无数的房间，数量超过喜马拉雅山上的雪花，彼此间完全隔绝，任何人都可以进来住。然而，有一个房间，我让它一直空着。那个房间在珠穆朗玛峰的顶端，房间的顶棚是透明的玻璃，可以看见地球上最璀璨的星空。

女孩落在这茫茫的世界里，甚至她可能已经忘记了我，然而我有足够的时间去等待。

　　终有一天，我会看见那个戴着耳环的女孩踏入客栈，我会挽起她的手，带她到那世界之巅的屋子，在灿烂的星光下，给她讲关于那个世界的故事。

　　天与地，我和你。

　　这像是一个梦。

　　所有的梦都是要醒的，但这一个，我会守护它，直到时间的尽头。

　　江波：男，生于20世纪70年代末，自2003年起登上科幻文坛，笔耕不辍，发表中短篇科幻小说三十余篇，六十余万字，屡获银河奖和华语科幻星云奖。2016年，其长篇代表作《银河之心》三部曲完结，百万字太空歌剧，在年轻一代科幻作家中独树一帜。其作品题材广泛，风格硬朗，大部分属于核心科幻的范畴。

海的女儿

1

法蒂玛打开飞船的舱门，艰难地爬出来，感到炽热的气浪扑向她的面颊，电子角膜上显现出当下的温度：487℃。当她站起身后，发现自己站在一片怪异的橙黄色天空之下，面前是一片望不到边的平坦荒原，身后的翼式飞船斜斜歪向一边，船体冒着滚烫的青烟。她脚下的大地一片焦黄，寸草不生，地表上沟壑纵横，干裂成无数巴掌大小的碎块，像被利剑砍斫过千万次。

法蒂玛望着这异星般的景象，许久之后才打开了中微子通讯仪："欧罗巴，我已经着陆。'曙光三号'隔热层熔毁，未到达预定地点，只能紧急着陆。我目前的方位是在西太平洋，北纬9度28分51秒，东经143度41分32秒，距离目的地203公里，海拔……"她停顿了片刻，露出一个苦笑，"……已经没有意义。"

法蒂玛抬头向黄色的天空望去，异常火红的太阳仍在喷射着毒焰。欧罗巴正随着看不见的木星运行在太阳的另一边，六个天文单位之外。刚刚发出的中微子通讯波束正飞驰在茫茫太空中，大约两个小时后，她才可能接到回复。

她呆呆站了很久，内心被无法平复的惊骇所充满，然后她伏下身体，弯下腰，用双手撑住地面。她的大脑下达了指令，通过光子通路传到四肢，组成她身体的亿兆个纳米体高速运转起来，改变成不同的形态，自下而上，一级级建立新的组织，组成新的结构。她双手开始变长，用前趾立起，长出了灵活的肉垫和强有力的肌腱，腿部也发生了相应的变化。

几分钟后，她像豹子一样狂奔起来，风驰电掣，向着西北方的地平线跑去。同时，无数回忆涌上心头。

II

三年前。

法蒂玛站在埃菲尔铁塔最高一层观光台上，朝阳将巴黎城笼罩在一层金辉中。洁白的圣心教堂矗立在北面的蒙马特高地，南面是醒目高耸的蒙帕纳斯大厦，塞纳河的玉带蜿蜒着从南面经过铁塔，又东流向东边的巴厘岛，霞光之下遥遥可以看到圣母院的古老钟楼。一群鸽子在罗浮宫上空自由回翔。

塔上除了她，没有其他人，只有她一个站在城市的最高处。法蒂玛望着这一切，心醉神迷。

一条丑陋的深海蠕虫打破了她的遐想，它悠然在朝霞中露出身影，摇摆着几十只桨足，优哉游哉地移动着笨拙的身体从空气中游来，视若无睹地穿过交叉的钢条和铆钉，对下面这座美丽的都市毫无察觉。

法蒂玛在心里叹了一口气，关掉了电子角膜上的三维画面。光影都消失了，周围又沉入亘古以来的黑暗深渊中。蠕虫悠然游走。她抱膝缩成一团，让自己被水托起，漂浮在无尽黑暗里。

法蒂玛喜欢世界的高处，各种各样的高处，她的储存芯片中收藏了珠穆朗玛峰、艾尔斯巨岩、上海未来大厦，乃至彩虹空间站的三维视景，许多都是日出或艳阳高照的景象。但每当这些美景消失，黑沉沉的现实又压在她头顶。这里不是什么高处，而是地球上最深的地方，整个太平洋，不，整个人类世界都在自己上面……

"法蒂玛！法蒂玛！"正当她胡思乱想时，内嵌耳机中传来站长莫妮卡·库伦的呼叫。

"怎么了，嬷嬷？"她懒洋洋地问，她喜欢把莫妮卡叫作嬷嬷。

"深海电梯坏了，大概又是机械故障。在海拔以下 7300 米的位置，维弗利先生和一名访客在电梯里，已经发出求救信号。"

法蒂玛怒气勃生："这部电梯用了快 20 年了，说了多少次了，上头一直不换，每次都指望我去修！难道你们养我就是为了让我修电梯？"

"法蒂玛！"

"对不起。"她控制住了自己，"我这就过去。"

法蒂玛舒展开身体，她长长的鱼尾轻盈地摆动着，让她从海谷中最幽深的地方浮出来，袅袅游向远处那条垂直的光带。

III

法蒂玛心急如焚地奔跑着，半小时后已经驰过了五十公里。她毫不感到疲累，在她胸口的冷聚变能源可以让她这样跑一百年以上。

一片醒目的黑色焦痕出现在远处的荒原上，上面还有一些细小的突起。等她走近，才看到那是几根还没有化尽的黑色骨头暴露在空气中，向她提示出这片痕迹本来的形体。

法蒂玛目测了一下，那东西长将近四十米，或许是一头蓝鲸，但一般的蓝鲸体型也没有那么巨大，或许是某个新的亚种，它躲藏在大洋深处，从来不为人所知晓，如果早几年被发现的话，必将令世界震惊。但如今，这一切已经没有意义，这个物种尚未被发现就已经从世界上消失，正如其他所有物种一样。在这个温度高达五百摄氏度，已经没有一滴液态水的星球上，没有任何生命可以存活。

法蒂玛又望向太阳，万物之主仍在肆虐着阳光。当然，肆虐的不只是阳光，从太阳表面喷射出的高温等离子气团，已经弥散到了地球轨道上。两个月前，疯狂的带电粒子流和上千度的高温在几小时内就吹散了地球大气层，并让海洋蒸发殆尽。现在，这个星球是一个金星般的炽热火狱。

这场大毁灭在人类文明的鼎盛期发生，人类自认为已经掌握了改天换地的力量，却并没有相当的防护措施，甚至没有这样的意识。计算机模拟中的一个小数点几位后的微小误差,导致了一连串的蝴蝶效应:一枚核弹撞击彗星时爆炸的效果和预计差异很大,彗星未能像预期的那样被送到围绕水星的轨道上,给殖民地的人们带来改造水星需要的水源,反而在水星引力影响下改变轨道,掠过水星,坠向太阳表面。人们虽然懊恼,却以为这不过是损失了一颗彗星的资源,所以没有再管它。但事情却沿着墨菲定律的方向发展:这时正是太阳活动的极大期,彗星坠落的方位更是太阳黑子活动的核心区域。冲击破坏了太阳内部结构,效应被千万倍地放大,在太阳光球层上造成了一道七十万公里长,数千公里宽的伤口,释放出了太阳内部的高能辐射,导致比平常大上千倍的耀斑爆发,当然这个伤口本身存在的时间并不长,只有百十个地球日而已,很快就会愈合。在太阳长达五十亿年的漫长生命中,只是一场不足道的小伤风。

但是人类的整个世界,却在毫无防备的情况下,毁于万物之父的一声喷嚏。就像歌谣中所唱的那样,一根铁钉钉错了,导致了一个帝国的灭亡。而今灭亡的不仅是帝国,而是全人类,包括她所爱的那些人。

哦,嬷嬷,法蒂玛痛苦地想,脑海中浮现出嬷嬷慈爱的面容。或许我不该离开您的,更不该最后对您说那些话……

她继续加快了脚步。

IV

法蒂玛到达了深海电梯被困之处。电梯本身是球形的耐压舱,被悬挂在上不着天下不着地的渊薮之中。透过舷窗,她看到电梯里有两个人正在焦急地张望着,一个是副站长维弗利,另一个是一个陌生的年轻人,又高又瘦,脸色苍白,但看上去很英俊。

法蒂玛把脸贴在了窗口上。年轻人看到黑暗的海水中,现出一个鱼尾少女的身影，惊奇得差点让下巴掉下来。法蒂玛早已见怪不怪，她伏在窗口，和维弗利打了个招呼，做了个"放心"的手势，就绕到电梯背后，打开舱盖，钻进动力舱，这里也充满了海水，以便和外界的压力平衡。她找到线路板，对着仪表，开始进行检修。手指变成千百条灵活的纤维，钻进冷聚变反应器的深处。

借着舱体本身的传振，法蒂玛听到了电梯中的两个人在说话："别着急，米诺先生，这只是小故障，电梯很快会重新启动的。"

"维弗利先生，那个女孩是谁？怎么好像……好像美人鱼一样？"是那个年轻人的声音。

"她叫法蒂玛，是个纳米机械人。"维弗利说，声音很轻，显然是不想传到法蒂玛耳里，但法蒂玛灵敏的耳朵仍然能听到。

"机械人？可是我以为机械人在地球上早就被禁止了。"年轻人问。

"当然是禁止的，但事情总有例外。"维弗利低声说，"你从欧罗巴来，大概不太清楚。你记得二十年前的亚特兰大核爆吗？法蒂玛就是在那时候出生的，还在娘胎里就受了辐射，先天畸形，没有四肢，内脏功能也不全，根本活不过几天。她父母又是贫民，没钱进行克隆或者基因修补，把她扔给福利机构就不管了。那时候是新太平洋战争时期，军方在实验一种纳米体组合成的机器人，但是人工智能不够聪明，需要人脑的指挥，所以他们就把那孩子要来，把她的大脑移植了过去……"

"这……太残忍了吧？"

"可如果不这样，法蒂玛也根本活不下来。本来这是一个大工程，有上百个残疾儿的大脑被移植，可惜除了法蒂玛都没成功。后来战争结束，这个计划也被废止了，法蒂玛被库伦博士带到了深极站，二十年来一直生活在这里，现在她负责深极站的许多外部作业，她的机器身体不怕水底的压强，可以在站外灵活工作，对我们很有用。"

"不可思议，她竟然能在海底不借助任何设备自由活动。"

"因为她的身体本质上只是一部可以变形的机器嘛，不过嵌入了一个人类的大脑……"

听到这样不尊重她的议论，法蒂玛非常生气，将手底的拉杆狠狠一扳——

冷聚变装置重新启动，下方的水体向两边分开，电梯如同一块空中的石头那样坠了下去。里面正说得高兴的两个人瞬时失重，几乎飘了起来。

"法蒂玛！怎么回事？"维弗利惊惶地叫了出来。

"抱歉。"从通话器中传来法蒂玛顽皮的声音，"加速度调得太快了，不过我只是一部机器，可没那么灵活！"

她的头出现在窗口上方，一头金发在水中向上飘扬着，向他们露出胜利的笑容。那个米诺用炽热的目光望着她。看着他深澈的蓝眼睛，法蒂玛忽然感到了心中的莫名悸动。

V

洋底的坡度平缓而稳定地下降着，法蒂玛跑了一百公里左右，大约下降了两公里，目前她已经在原来的海平面下六公里处，但还是看不到一滴水。这时候她隐隐看到了地平线上的群山，事实上，对面的高度和这里差不多，但却因为板块挤压而陡峭地挺出在上万米深的马里亚纳海沟上。法蒂玛极目望去，似乎看到了一抹蓝色的痕迹，也许那里还有一片剩下的海水？

但她很快明白，那只是自己一厢情愿的幻觉。在现在的温度和压强下不可能有液态水存在，刚才在近地轨道上的目测也证实了这一点。虽然她的眼睛是一部精密的电子仪器，但她仍然有着人类软弱的大脑。

来自欧罗巴的回复到了，一个熟悉的声音："法蒂玛？我是米诺。"

法蒂玛猛然站住了，在离开欧罗巴后，她还是第一次听到米诺的声音，她忽然想哭。

米诺继续说下去:"法蒂玛,从你传回来的资料看,西太平洋区域已经彻底毁灭,有人幸存的概率微乎其微。但我们曾经收到过亚洲东部的求救信号,也许在地下深处的矿井中,找到幸存者的概率更大。紧急理事会希望你尽快去那边进行搜索。"

法蒂玛很怀疑这一点,当太阳爆发时,虽然强烈的辐射光在八分钟内就抵达地球,但真正导致大毁灭的太阳暴风在三天后才袭来。应该说人类有一定的时间防御,但是面对这样恐怖的灾难,有没有防御区别不大。地球在等离子气团的桑拿浴中穿行了一个多月,最初欧罗巴的确收到过来自地球一些角落的中微子波束,但几天后就归于沉寂。可能是通讯仪器被毁坏了,但法蒂玛知道,那些仪器虽说脆弱,总还比人体结实一点。

在地球之外,更接近太阳的水星和金星两大殖民地毁灭得自然比地球还要彻底。月球和地球一样无法幸免。火星平均单位表面积接收到的热量大约是地球的一半,受创比地球小,但封闭的生态循环系统却远比地球脆弱,火星上几个主要殖民地遭到毁灭性打击,二十万居民大部分在酷热中死去,剩下的几千人也奄奄一息。在火星轨道之外,除了一些小太空站和探测飞船,只有欧罗巴一个大殖民地。欧罗巴由于远离太阳,除了部分冰层融化外,较少受到太阳表面喷发的影响,但致命问题是无法自足,必须依赖地球或火星的补给,但如今的情况下,这一切都异常艰难。

"当然,"米诺继续说,"最重要的是你的安全,法蒂玛,我们不能再失去你了。"

法蒂玛有许多话想告诉米诺,但又不知说什么,最后只有说:"如果可能的话,我会去的。但现在我缺乏交通工具,除了走没有别的办法登上大陆。深极站是我的家,我无论如何要先回来看看,何况即使没有人……或许……'原母'还能活下来,你知道的。"

是的,原母,她想,毕竟它们已经活了三十七亿年以上,有什么样的灾难没有见过呢?她心底又升腾起了新的希望。

VI

法蒂玛第一次听说"原母"的时候,是和米诺一起在海底漫步,当然,她像人鱼一样自在地飘行着,而米诺身穿笨拙的深海潜水服,依靠背后的喷射推进器前进,还不时走歪了方向。

他们走了大约五百米,然后到了深极点,那是一段深海峭壁下崎岖不平的一小块地方,还不到一百平方米,米诺用探照灯照亮,看到硅藻泥海底中立着一块方尖形石碑,上面刻着"世界最深点:-11034米"的字样。

"这就是地球上最深的地方。"法蒂玛说,"你看到了,所谓挑战者海渊,就是海底下一个大坑,其实一点意思也没有。嬷嬷说,刚开发海底旅游的时候,有些游客万里迢迢赶来,都会大失所望,待不上半个小时就想走了,现在大家都去外星旅游,基本没人来了。"

米诺摊开手脚,让自己缓缓沉到海底,陶醉地闭上眼睛:"但这里给我一种奇妙的感觉,我好像感到地球在跟我说话。"

"地球跟你说话?在这里?"法蒂玛哑然失笑,"米诺先生,你不会得了深海幻觉症吧?"

"一点也没有,我非常清醒。"

"你说你是个生物学家,"法蒂玛笑,"可说话却像个多愁善感的诗人。"

米诺也笑了:"或许是我们外空间人对地球的那种乡愁吧,从小就觉得自己是在无根的漂泊中,想要找到根基所在……我来地球已经有些日子了,去过许多历史名城和风景区,不过只有在这里,我才真正感到自己是在故乡,自己的根基在这里。"

"可这里不是世界上最不像地球的地方吗?"法蒂玛忍不住大声抱怨,"没有城市和乡村,没有森林和草原,甚至没有海洋——我是说在海滩上看到的那种蔚蓝色的海洋。除了有水之外,这里看上去简直就像是月球的环形山!"

"不错。但是,你知道吗,地球生命就是从这里起源的,这也是我感到亲切的地方。"米诺说。一只没有眼睛的怪虾一拱一拱地从他眼前游过,米诺想去摸它,怪虾大概感到了水流的变动,迅速游走了。

"这里?在深极点?"法蒂玛闻所未闻。

"不一定,但肯定是在深海中。那是大概四十亿年前的事了,在地球形成后几亿年,整个世界被原始海洋覆盖,大气中几乎没有氧气,火山活动剧烈,气温远比现在高,来自初生太阳的辐射穿透海洋,催生了复杂的大分子结构。海洋就如同一锅炖了几亿年的肉汤,充满了丰富的原生质。终于,在某个时刻,因为不到亿亿分之一可能的巧合,在大海的深渊里,产生出了一个能够利用周围的原料复制自己的分子。猜猜这是什么?"

"第一个细胞?"

"唔,应该比细胞还早。"米诺谈兴大发,"最初应该还没有细胞膜,所以只是一个可复制的大分子。但这是生命的诞生,地球历史上最重大的事件,没有之一。自从第一个生命诞生后,我们可以想象,在相对很短的时间内,生命分子通过不断复制自己改造了整个地球,充塞了海洋的每个角落。这是第一个进化的奇点,不是吗?随后,因为遗传变异和环境的压力,生命开始缓慢地进化。"

"我知道,最后产生了人类嘛。"

"是的,不过还没那么简单。在地球历史早期,小行星的撞击远比现在频繁,生命在开始不久后就屡遭灭绝之厄。它们只有躲在海底才能获得安全,灾难过后又重新繁殖下去。这样的兴亡轮回可能在几亿年中发生过上百次,但生命挺了下来,在深海的沟壑里。后来又出现了新的变化,一部分原始生命进化出了光合作用,能够释放氧气,渐渐改变了整个地球大气的成分。原来的生命是不需要氧气的,氧气对它们来说是可怕的毒气。因此原始生命开始大批灭绝,幸存者进化为呼吸氧气的生命,它们就是人类和绝大多数现存生物的祖先。但是仍然有一部分最原始的生命在深海之下保存了下来。它们生活在海底火山的热泉附近,比细菌和真核生物更古老,被称为古菌,其中许多是嗜热菌类。"

"嗜热？"

"是的，它们的生存需要的温度高得难以置信，常常有120℃以上。"

法蒂玛听得入神了："它们在这里吗？在深极点？"

"很可能，它们需要高热，通常在海底的热泉喷口附近。而在板块边缘地带热泉尤其多。事实上，我来深极站就是寻找这一带的热泉的，如果能找到一种理论上最古老的古菌——我称之为'原母'——或许就可以解开生命起源问题中许多谜团。只是我们对海底的了解实在太少了。"

法蒂玛望向四周，微光中的海底峭壁巍然肃立，在她眼中，一切似乎变得不同了。这乏味的海渊变成了一个她从不知道的神秘渊薮，在亿万年的时光中，守护着生命原初的秘密。

"我知道附近的不少热泉，"她柔声说，"我会带你去的。"

VII

法蒂玛离开了平原区域，进入了崎岖的"山区"，一座座犬牙交错的岩石山峰高高低低地矗立起来，有的甚至高达数千米，这是太平洋板块和菲律宾板块亿万年的冲撞挤压造成的结果。虽然拥有超凡的身体，但法蒂玛也只能艰难地通行。在陌生的环境下，她渐渐认出了一些熟悉的地貌。以前她曾经在漆黑的海渊中畅游，仅凭超声波定位，就可以轻松游过这些海峰之间的空隙，如今她却不得不在上面翻山越岭。

在灾变中，许多海底山峰发生了形变，有的崩塌了，有的表面明显已经熔解。这里是地壳最薄的区域之一，法蒂玛不禁恐惧地想到，如果温度再高一点点，达到岩石的熔点，或许整个太平洋地壳都会融化，大地将被岩浆覆盖。

法蒂玛沿着一条深壑，向海沟的深处走去。有好几次，她都以为自己看到了深极站的蛋形外壳在反射阳光,但那只是她的错觉。

但最后她到了,首先是看到了落到大洋底部的海上移动平台以及深海电梯,大概是因为发生了爆炸的缘故,都已面目全非,变成了一堆奇形怪状的废铁。然后她看到了深极站,一颗小小的珍珠,几乎完好无损地矗立在群峰的包围中,银色的合金外壳熠熠发光,仿佛丝毫无损。法蒂玛的一颗心提了起来,她知道深极站有坚韧无与伦比的耐压金属外壁,将内部和周围隔绝开来,更有完善的温度调节设备,或许里面的人还活着。嬷嬷、老乔治、劳拉、中村……或许他们还在那里。

"嬷嬷,我回来了!"法蒂玛叫着,向着深极站俯冲下去。

但没有人答应,她也无法从往常的入口进入,控制气闸的电子元件肯定已经在高温中熔毁了。她围绕着深极站走着,发现面前有一摊亮晶晶的东西。她认出来那是观光厅的超强化玻璃,它们能抵御海底的巨大压强,但是熔点不高,在高温中都熔化了。整个观光厅只剩下一个东倒西歪的金属架。法蒂玛心里一沉,觉得自己几乎无法呼吸。她知道这意味着什么:炽热的高温气体早已侵袭了整个深极站,无人能够幸免。

她定了定神,跨过地下辨认不出的碎片,一步步走了进去,在光线照不到的地方打开手上的光源,照亮了四面的幽暗。在深极站的生活和科研区,大部分金属构架和器械都还一如旧貌,但塑料、玻璃和纸制物品已面目全非或荡然无存。她看不到任何人,在应该有人的位置,只有一些黑色灰烬和颗粒,她想起了那头鲸鱼烧剩的骨架,心一阵抽搐。

最后,法蒂玛推开了莫妮卡居室的门,外面的客厅保存得还相对完好,大理石的桌椅并无损坏,仿佛嬷嬷还坐在桌前一样。桌上放着几只陶瓷小猫,那是法蒂玛小时候的玩伴。童年的记忆涌上心头,她一步步走向里面的卧室。金属门从里面被锁死了,当法蒂玛终于设法推开门之后,厚厚的飞灰随着热风迎面扑来,洒得法蒂玛满身都是。

等法蒂玛终于有勇气望向房中时,她看到房间里散落着各种物品,但莫妮卡喜欢的木制家具和衣服都化为了灰烬，或许已和她本人的骨灰混在一起，无法分开，房间的金属壁上却仿佛多了一些东西。她慢慢走进房间，看到那是刻在墙壁上的一行行字迹。

VIII

"法蒂玛，这段日子你和那个外面来的米诺走得太近了。"那天，莫妮卡把她叫到卧室里，委婉地说。

法蒂玛顿时涨红了脸："嬷嬷，我十八岁了，我有交朋友的权利！"

"我不是想干涉你，不过……"莫妮卡叹了口气，"你和别的女孩不一样，你知道的。"

"以前你不是那么说的！每次我觉得自己和别人不一样的时候，你会说我是一个百分之百的女孩子！你给我买芭比娃娃，让我看《小妇人》和《安徒生童话》，现在你告诉我说，我是个怪胎？"

"我是希望你快乐，孩子，但你并不像其他人……你知道你的身体……"

"我恨透了这具可恶的机器，"法蒂玛抗议说，"这不是我的身体！将来我会有一个真正的身体的！我可以用脑细胞克隆一个，或者移植到其他的身体上去，到时候，我就可以变成一个真正的女孩子了！"

莫妮卡盯着她看了半天，然后叹了口气："那就等到时机成熟了再说，好吗？"后来，她们之间一直回避这个话题。

几天后的傍晚，法蒂玛和米诺驾着深潜艇，缓缓穿行在海沟北部的峰峦间，他们都一副倦容，今天他们毫无发现。米诺看到法蒂玛一副失望的样子，安慰她说："没关系，这段日子你已经带我找到了好几个热泉，让我发现了三种新的古菌，已经是很大的收获了。"

"但是你说过，里面没有你想找的那种——原母？"

"那是理论推演中最原始的一种古菌，足以填平几大进化分支之间的缺失环节。它们存活的条件应该也最为特殊，或许早已经从地球上消失了，又或许会在别的海域，比如东太平洋海隆或者大西洋中脊。"

法蒂玛觉得自己的心沉了下去："所以……你要离开这里吗？"

"不，不会那么快，毕竟这一带还有很多地方没有勘探到，我会再待个把月，再去西南面勘探一下，然后……不管怎么说，这段时间很感谢你帮我，法蒂玛。"

"你多好啊，可以想去哪里就去哪里。但是我只能待在这里。"法蒂玛幽幽地说。

"为什么？库伦博士不让你走？"

"不是嬷嬷，是这副身体，该死的纳米机械体。政府觉得我是个难以控制的怪物，怕我会危害他们，所以没有给我合法身份，不让我离开这里。当然，他们没有明说，找出了一些冠冕堂皇的理由，比如脑机接口还不稳定，可能出问题什么的。"

"也许有道理，上次你说过，参加实验的其他几十个婴儿都因为脑机间无法协调而夭折，只有你活下来了。"

"我不知道，我只知道再困在这里我就要疯了！但是军方不肯放过我。他们说，十八岁以前我都得待在这里，一切等我成年以后再说。我想到时候，他们也许还有什么别的借口呢。"法蒂玛说着就怒气冲冲。

米诺想了想："我对政治问题不太了解，不过，如果你愿意的话，我可以问问库伦博士，能不能让你跟我去海底别的地方继续勘探，这样的话，你也没有踏上陆地，应该不算违反了规定。"

法蒂玛的目光中放出惊喜的光彩："真的吗？我当然愿意了！可是不会给你添麻烦吧？"

"当然不会，我非常需要你这样有海底生活经验和工作能力的助手——咦？"

这时候，深潜艇中远红外线热成像仪上的绿灯闪烁了起来，表示探测到了一个出奇高热的目标，在一个深深的岩洞里。

他们又惊又喜，法蒂玛让米诺留在深潜艇中，自己从一条大裂缝里潜进去，不久就在岩洞深处看到了一根翻滚的黑色烟柱。那是夹带矿物质的海水喷泉，温度高达130℃。法蒂玛顺利采集了一些样本到携带的高热釜中，半个小时后，他们就在显微镜下看到一群见所未见的半月形微生物在充满硫化物颗粒的金属汤中蠕动着，嬉游着，分裂着……

那就是米诺一直在寻找的"原母"，后来，他们把那个洞穴称为——生命之洞。

IX

"法蒂玛，库伦博士的事我很难过。"米诺在通讯仪里呼叫了她，"你还好吗？"

"我没事，"法蒂玛干涩地说，"我会再去附近看看的，也许会有什么发现。我想先去生命之洞，希望有所发现。"

她离开了只剩下一层灰烬的房间，离开了深极站。一小时后，她到达了生命之洞，洞穴在她头顶几十米的高处。以往海水从低处渗透进地层，被下面的地热加热后沿着岩石缝隙上升，带着各种矿物质从上面喷出，形成洞中的喷泉，但现在一滴海水也看不见，只有黑沉沉的石头山。

法蒂玛让自己的手掌变成吸盘状，吸附着岩石，攀了上去，爬进了山洞。她用光源照着四周，幽暗的岩洞深处散落着黑红色的硫化物，间以银色的金属颗粒，但是最里面的裂缝是一个空洞，热泉早已不复存在，法蒂玛随手抓起一把粉末，握紧了拳头，听到它们在自己手心吱吱作响，然后松手，任它们飘洒在地上。这里早已没有了生命的痕迹。没有水，什么也不可能存在。原母，那地球的生命之母，经历了亿万年的无数灾难，最终也无法熬过这场人类带来的浩劫。

法蒂玛黯然站了很久。自从发现原母后，这里她来勘探过十多次，每次都是和米诺一起，这里也留下了她和米诺之间一串串美好的回忆，至少对她而言是，但现在……

"法蒂玛。"这时候，米诺的回复来了，"你怎么样？有什么发现吗？"

"洞里也什么都没有。"她干巴巴地说，"原母肯定都灭绝了，这里没有，其他地方也没有。"

米诺没有回答，要半个小时之后他才可能听到她的信息，然后再过半小时，他的回复才能传到她耳中。但即使他知道了，又能说什么呢？

她神态恍惚地走到洞口，无意识地跨出去，让自己坠下悬崖，摔得完全变了形，然后她的身体又在自我保护的指令下慢慢恢复原状。法蒂玛躺在那里，懒得动弹，她在电子角膜中调出了各种虚拟画面，巴黎、雅典、北京、纽约……一个个伟大的人类都市都已陨灭，化为尘土。地球上已没有任何生灵存在，最后的人类残余在火星和欧罗巴上苟延残喘，看来也不可能撑多久。

一道泪水从她眼角淌过，落到地上。

不，法蒂玛知道自己不会流泪。她的大脑虽渴望哭泣，但机械身体没有这样的功能。

她迷茫地坐起身来，望着地下的水点，一时不知道是怎么了，最后，她才发现一滴滴水是从天穹上的云团中出现，又落在地上。

下雨了。

X

"原母"的基因序列被探明后，诸多特征无可辩驳地证明它是地球上现存最古老的生物。它在进化的阶梯上至少在三十七亿年前就和其他一切生物的共同祖先分道扬镳，此后极少变化。它不太可能一直单独生活在深极点附近，因为这里的形成也不过一亿多年。或许是从别的地方迁移来的，或许在广袤海洋的深处还有许多原母的同类有待被发现。

生命起源中缺失环节的发现引起了新闻界和民众很大的兴趣，作为原母的发现者之一，法蒂玛虽然并没有学历，却和米诺一同分享了这一荣誉。在舆论界的压力下，不顾军方的禁令和嬷嬷的挽留，法蒂玛和米诺一起离开了深极站，如愿以偿地到了巴黎，又去了纽约和东京，见识了她梦寐以求的外部世界。

最初，法蒂玛的美少女形象很受人们欢迎。但很快有消息灵通的记者传出消息，说她是一个深海探测机器人，并非人类。军方旧日的计划曝光，引起了民众的巨大恐慌，除了法蒂玛本身的超人力量和存活能力令人畏惧外，更是谣言纷起，有人说法蒂玛身上内置了一枚核聚变炸弹，可以毁灭一座城市。也有人说，组成她身体的纳米体将会失控，吞噬整个世界。这些谣言带来的恐慌远远盖过了先前的科学发现，铺天盖地的谩骂诅咒接踵而来，说她是"人形杀人机器"。法蒂玛的一点点荣誉，很快变成了无止休的污名。

法蒂玛毕竟只是一个十八岁的女孩。她精神崩溃，彻夜难眠，这时候她才明白嬷嬷不让她离开深极站的良苦用心。是米诺安慰和保护了她，让她免受了许多骚扰。在法蒂玛的强烈要求下，米诺为她安排了移植克隆身体的手术，现在法蒂玛把获取新生的全部希望都寄托在这上面。但当她兴奋地打电话告诉嬷嬷这件事时，嬷嬷却说：

"法蒂玛，你……不能去进行大脑移植。"

"为什么？"

"我……向你隐瞒了真相，"嬷嬷的声音低沉起来，"但现在必须告诉你了，当初你之所以能活下来，是因为我改变了人机连接方式，直接将纳米体深深植入你脑部深处，它们取代了神经胶质细胞，模拟了人类的脑结构，你的大脑至少有一半是由纳米体构成的，无法再移植到普通人类的身体里去。"

法蒂玛惊呆了，问："你为什么要这么做？"

"军方本来计划培养出人机结合的特种战士。但以往的尝试都失败了,我冒险一试,反而获得了意外的成功。你活下来了,虽然身体像人,却像婴儿一样无知无助。我女儿在战争中被炸死了,我照顾了你很长时间,越来越喜欢你,最后把你当成了自己的女儿。我知道他们如果得知我成功,肯定会拿你去做各种实验,甚至会切开你的大脑进行研究……所以在报告里隐瞒了真相,误导他们认为这是无法复制的偶然……后来,当计划被废止后,我带你离开了军队,去了深极站,你就在那里长大。"

"这么说,我根本就不是人类?连……连大脑都不是?"

"你当然是,孩子。"莫妮卡无力地说,"你是一个很好很好的女孩,只是具体来说——我是说——"

"你说谎!我恨你!为什么要让我活下来!我再也不想见到你!"法蒂玛尖叫着,将电话在手里捏成碎片。

她不得不取消了手术,不敢告诉米诺原委,米诺也没有问为什么,过了几天后,他对她说:"我要把一些原母的样本送回欧罗巴,你有没有兴趣一起去?那里只有一个很小的殖民地,但你可以看到木星升起时横亘半个天空样子,带着气势磅礴的条纹和大红斑,以及一连串珍珠般的卫星,美极了。任何去过的人都忘不了,我想你或许可以去散散心。"

"好啊。"她轻声说,心中一阵酸楚的甜蜜。她知道自己永远也不可能和米诺在一起了,因为她不可能变成真正的人类,但至少现在米诺还在她身边。

到欧罗巴的旅程是法蒂玛最开心的一个月,因为她每天都可以和米诺朝夕相处,无所不谈,但法蒂玛的喜悦在下飞船的那一刹那终结。飞船和基地对接后,她走出飞船,就看到在舷窗外木星的炫目光芒之下,一个热情如火的红发少女向米诺跑来,和他紧紧相拥在了一起。米诺拉着少女的手,说是他的未婚妻米莉亚,介绍给她认识,那时候,法蒂玛强笑着,忽然想起了一篇读过的安徒生童话。

他怎么会爱我呢?就算脱去了鱼尾,我也不是人呢,她苦笑着对自己说。

一个月后,法蒂玛不顾米诺的挽留,孑然返回地球。当她越过小行星带时,那颗彗星撞击了太阳。

XI

雨淅淅沥沥下了起来,很快从小雨转为瓢泼大雨,最后竟如瀑布般倾泻。水不仅从天上落下,也从四面八方的高地奔流下来,成为大地上最初的江河。法蒂玛站立着,看着脚下干涸的海谷再次被水所覆盖和充塞,看到浑浊的泥浆盖过自己的脚背和膝盖,沿着双腿,漫过膝盖,上升到自己的头顶。她心中被惊喜所充满,合拢双腿,让它们连在一起,长出鱼尾,在海水中舒展着身体,那种熟悉的感觉又回来了。

大雨下了整整六十个昼夜,四十亿年来最大的一场雨。

随着等离子气团的消散,温度降低,萦绕着地球的水蒸气再度凝结为液态水,返回地球表面。在太阳灾变中,已经有很大一部分水体在蒸发后被驱散到星际空间,法蒂玛不知道有多少,但是剩下的水仍然足以填平低洼的大洋盆地,古老的诸海洋开始复生。

但生命却没有随着海水一起回来。几天后,法蒂玛离开了海沟,在大洋深处游弋着,寻找着可能残留的生命。但却连一只磷虾,一片海藻都没有见到。即使那些躲藏在深海岩石底下的古菌,也都已无影无踪。

地球返回到了生命出现之前。被太阳过分加热的其他后果逐渐显现出来:火山活动比以前剧烈了百倍,天空中布满了火山灰的黑云,水汽和火山喷发出的二氧化碳等气体逐渐形成了新的大气层,但是几乎没有氧气。即使有什么高等生命能够在太阳灾变中幸存下来,也无法熬过以后的时光。

法蒂玛和米诺一直保持着联系。米诺告诉她:"现在太阳系剩下的人类已经不多,大概不到一千人,大部分人没有可循环生态系统的支持,只能消耗现有资源，他们撑不了几个月的，而地球也不再适合人类生存。即使像欧罗巴这样有自己生态系统的殖民地，许多必需的设备也需要地球的工业配件，无法自己生产，而这些配件中一些重要部分必然已经在高温中融化了，因此……"

他顿了一下，法蒂玛明白他的言下之意：人类的灭绝只是时间问题。

"欧罗巴还能撑两三年，在这段时间里，我们欧罗巴上的人类只有一件事情可以做：在欧罗巴的冰下海洋中，也有类似海底热泉一样的地质构造，或许在那里我们可以让原母重新繁衍。也许亿万年之后，生命的花朵会再次从这块移植的根茎上长出来的。

"你的飞船还在吗？回欧罗巴吧，我们几个最后的人类应该在一起，至少彼此不再孤单。再说，我和米莉亚也很牵挂你。"

法蒂玛静静地躺在深极点的石碑下，聆听着宇宙深处那个人传来的声音。她不知道怎么回答，答案已经在她心里写下，却难以说出口。

最后她听到自己的声音说："不，米诺，我不会再离开地球，这里才是我的家，我会在地球上继续搜索幸存者。祝你和米莉亚……能够幸福。"

尾声

法蒂玛在茫茫大海上仰望着天空。天上仍然阴云密布，大海上波涛起伏，却没有一点生命的迹象。

在过去的两年中，法蒂玛走遍亚洲和美洲，遍访那些昔日大都市的废墟，以一种从未想过的方式实现了环球旅行的夙愿，但她一无所获。在地下数千米的矿井中，她发现了几具保存相对完好，还没有变成焦炭的尸体，仅此而已。那些人或许熬过了头几天的酷热，但无法熬过大气层的消失。

法蒂玛自己的大脑供氧是皮肤电解水得到的，使用的是冷聚变能。一系列复杂的纳米聚合体在她体内将皮肤摄入的元素合成各种有机物，作为滋养她大脑的养分。在满目疮痍的地球上，她仍然保持健康，长命百岁毫无问题，也许能活两百岁，如果她的大脑能允许的话。法蒂玛禁不住想，如果人类都拥有她的身体，那么完全可以熬过这次灾劫。但人类却出于对机械人的恐惧，立法拒斥这项技术，几十年来只有她这样一个怪胎出现。

愚蠢而自大的人类，无时无刻不在犯着可笑的错误，却总能获得上帝的原谅。只是到了最后，上帝的耐心用完了。

法蒂玛最后望了一眼天空，她告别了海面，摇曳着鱼尾，向海底深处潜了下去。

七天前，她收到了久违的米诺的信息，最近几个月，她和欧罗巴之间的通讯几乎中断了。她很想念米诺，不知道他在欧罗巴发生了什么，但米诺的信息也只有断断续续的几句话，听得出他已经相当虚弱：

"坏消息……播种的原母全部死亡了……欧罗巴的海水成分……它们无法存活……生态崩溃……食品供应中断……米莉亚昨天已经死了……我也……"

"米诺，你怎么样？米诺？米诺！"

她焦急地呼叫着，但几个小时过去了，然后是十几个小时，然后是几十个小时，她始终没有收到回复。

两个星球之间的联系永久中断了，再度被深不可测的空间分开，正如过去的几十亿年和未来的无数岁月一样。

法蒂玛越潜越深，已经能够看到海底的深谷了。海水包围着她，虽然没有了生物，但还是地球的大海，如此温暖、舒适，充满熟悉的气息，如同母亲的子宫。而欧罗巴的海水是潮汐作用形成的，寒冷粗粝，如同流动的冰，完全没有这种美好的质感，法蒂玛一点也不奇怪，原母没有办法在那里存活下去。她记得自己在欧罗巴上最后的那几天，当她在尝试在数百公里深的冰水中下潜时，忽然被一种极度陌生的恐惧所抓住。她忽然明白，这才是真正冷酷的深渊，而深极点只是母亲的怀抱。在那一刻，她无比想念太平洋的水流，想念嬷嬷的慈爱，老乔治的憨厚，中村的认真，甚至维弗利的刻薄……

215

于是她决定返回地球，也许她会面临更多更大的压力，但一切总会平息，她会在深极站平静地生活下去，和嬷嬷他们相依为命。这个决定和米诺和米莉亚无关，而是她终于找到了自己真正属于的地方。

只是当她返回时，一切已经面目全非。

法蒂玛降到了海沟底部，然后游向生命之洞。她进到洞的最里面，看到一缕浓浓的黑色烟柱从一条缝隙中冒出，在水中飘荡着。法蒂玛测量了温度，一百四十六度，即使原母也无法忍受的高温。但对她来说，一切刚刚好，她向着黑烟出来的裂隙潜了下去，一种从未有过的亢奋充满了她全身。

"米诺，这个世界还有希望。"她说，怀疑在六个天文单位之外是否会有米诺或其他人类听到这一信息，但她还是想说，事情因此才具有意义，"我会重新赋予这个星球以生命。"

在她说话时，她看到自己的皮肤开始裂开和脱落，露出了一层层的精密组织，它们都是由纳米体构成的，而它们也渐渐熔化在这富含大量金属元素的黑浆中。

"你知道吗？嬷嬷在临终前，在房间的金属墙壁上用激光刀刻下了给我的遗言，告诉了我这副身体中的许多技术细节，她知道我一定会回来的。我想她希望我能在剧变后的地球上活下来。

"组成我的纳米体，某种意义上也是一种细胞，和古菌很类似，有简单的可复制分子结构。不需要氧气，而是依靠热能进行活动，只需汲取硅、水和若干金属就能复制自己。如果说有什么不同，那就是：它们是硅基的。这其实更有利，地壳中四分之一都是硅，海底更是到处都是硅藻泥。

"在绝大多数情况下，它们保持活性，执行命令，但不会进行自我复制，否则我早已被癌细胞所吞没，世界也早已被侵蚀干净。但在孕育它们的培养基中，由于热能的催化，它们才能高速繁殖，因为那恰恰也是富含营养物质、一百几十度的高压汤。"

法蒂玛感到自己周身的纳米体都被激活了，它们扭动着，跳跃着，快乐地和身边的同伴告别,解除了一切联系,跃入周围欢腾的水分子之中,在那里,它们得到了远大于那点冷聚变能的无尽热源,还有丰富的食物可以享用。

"我发出了最后的指令:分解自己,这是一个很难掌握的指令,但我学会了。一旦分解,我永远无法复原,我不可能把自己的身体重聚起来。这些微小的纳米体将在炽热的黑泉中活下去,并从周围的矿物质中汲取养分,一代代繁殖自己。暂时它们不可能离开这个环境,否则会因为温度降低而丧失活性。在未来几百几千年里,它们都将活在这儿,被囚禁在深海热泉中。但这种复制会逐渐发生错误,大部分错误是有害的,但总有一部分变异的纳米体会适应更温和的环境,在外部生存下来。这只是时间问题,而进化,最不缺的就是时间。"

法蒂玛感到了意识渐渐模糊,她的身体已经无法正常运作,大脑供氧也越来越慢了。这个大脑——古老原母最后的后裔将会在几分钟内因为缺氧死去。但她必须说完这件事。

"我不知道这在什么时候会发生,但只要地球继续存在下去,这必将会在某个时间点发生,那将是地球的第二奇点。随后最多只需几千年,这些纳米体的变异后裔将充满大海,随后发展出各种千奇百怪的形式,被进化的伟力重新组合起来,变成新的多细胞生物。它们将在亿万年后登上陆地,重新开始向智慧巅峰漫长进军。

"而我,以及你和所有人,我们灭绝的人类将永远活下去,和它们一起活下去。纵然这些亿万年后的遥远生命已经不可能再记得我们,或这个史前地球的任何信息。但它们是人类的造物,我们将和它们同在,直到永远。或许这一切早已发生过了,谁知道呢?……

"我曾经憎恨过这个身体,憎恨过制造它的嬷嬷,憎恨过全世界,也恨过你……但现在不了。生命的出现已经是一种恩典,我们都需要感恩。

"我爱你,米诺。我也爱嬷嬷,爱人类,生命以及整个世界。这份爱将和新的生命一起活下去,直到亿万年之后。"

在大海深渊中的洞穴里,法蒂玛的身体翻滚着,像肉一样被煮烂,变得面目全非。但她并没有感到死亡，而是感到如波函数般发散的愉悦。在她不成形的脸上泛起最后一丝微笑，而那微笑就凝固在了那里，直到那残存的头颅也在黑烟中化尽。

而新生的生命在周围欢歌着，它们的舞蹈宛如江河，宛如潮汐，宛如日出日落，生生不息。

宝树：科幻小说家，毕业于北京大学。自 2010 年开始科幻创作以来，出版有《三体 X：观想之宙》《时间之墟》等多部长篇小说与两部短篇小说集，在《科幻世界》《最小说》《知识就是力量》《人民文学》等刊物发表数十篇作品，多次荣获华语科幻星云奖、中国科幻银河奖的主要奖项，另有多篇小说被译为英文版发表于知名科幻杂志。

百鬼夜行街

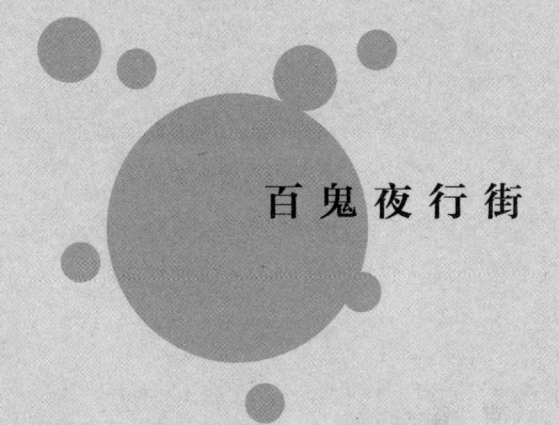

惊 蛰

鬼街的街道细而长，像一条青幽幽的衣带，从南到北不过十一步，从东到西却可以走一个时辰。

街西头是破败的兰若寺，寺里有很大的园子，里面种着各色瓜果菜蔬，还有竹林和荷塘，荷塘里面养着鱼虾、泥鳅和黄螺，这样我才一年四季都有的吃。傍晚时分，我坐在大殿的屋檐下读《淮南子》，看见燕赤霞挽着一只竹篮走过来，他的裤脚高高卷起，腿上满是黑泥，我看到他这副样子，禁不住吃吃笑起来。

苦禅师从黑暗的角落里咯吱咯吱移动过来，用戒尺在我头上敲了一记。

我被敲得很痛，捂着脑袋愤恨地瞪他，他肃穆的铁皮脸上没有一丝表情，好像大殿里那些佛像。我扔下书本，一溜烟跑了出去，苦禅师在后面咯吱咯吱地追，他的关节早已锈迹斑斑，动作慢得像蜗牛。

我跑到燕赤霞面前，看见篮子里躺着几棵刚从地里挖出的嫩笋。

"我想吃肉。"我仰头对他说，"你用弹子打禾花雀给我好不好？"

"禾花雀要秋天的时候才肥，现在是它们筑窝生蛋的时候，打下来明年就没的吃了。"燕赤霞回答。

"就打一只嘛。"我扯住他的袖子耍赖。他坚定地摇摇头，将篮子递到我手里，摘下斗笠来擦汗，我看着他的脸又忍不住笑起来，他的脸像鸡蛋一样光溜溜的，长着稀疏而鬈曲的黑色毛发，像田里没锄干净的杂草。据说他的胡子和头发曾经非常浓密，然而我总是趁他不注意的时候偷偷扯几根下来玩，天长日久就变成了这副模样。

"你是饿死鬼转世吧?"他用大手按着我的脑袋说,"这满园子吃食都是你的,还怕有人跟你抢不成?"

我只好冲他扮个鬼脸,提着篮子出去了。

园子里刚下过一场雨,湿润的泥土里隐隐有虫儿鸣叫,再过几个月,就有绿油油的蚱蜢四处乱蹦,把它们抓起来,串成一串放在火上烤,金黄流油。我一面想着,一面觉得有虫子在空荡荡的肚子里面吱吱叫,便迈开双腿跑了起来。

傍晚的街道空空落落,金色余晖洒在青石路上,把我孤零零的影子拉得很长。我跑回家,看见小倩正坐在黑洞洞的屋子里梳头,屋里没有镜子,所以她总是把头摘下来放在膝盖上梳妆,她的头发那么长,像墨色的卷轴,展开来可以铺满整个房间。

我安安静静地坐在一旁,等着她把头发梳好,盘成斜月状的发髻,用一根镶有红色珊瑚珠的乌木发钗固定,然后她把头装上,还让我帮她看有没有装歪。我不明白小倩为什么要这样认真,就算她把头别在腰间走来走去,大家还是会一样称赞她的美丽。然而我乖乖地点点头,说:"很好看。"

其实我什么都看不清,我的眼睛不像鬼那样能在暗处看东西。

小倩得到我的肯定,拎着篮子去灶房里烧火做饭,我坐在一旁帮忙拉风箱,给她讲白天里的见闻,我讲到苦禅师用戒尺敲了我的头,小倩便伸出一只手,在被敲的地方轻轻抚摸。她的手白而凉,像一块玉石。

"书还是要好好读的。"小倩说,"将来你离开这里,去外面的世界闯荡,总要有些谋生的本领才行。"

她说话的语气十分温柔,像又甜又软的麦芽糖,于是我头上的包便不痛了。

据小倩说,我是燕赤霞在兰若寺里捡到的。我被遗弃在大殿的台阶上,饿得哇哇大哭,燕赤霞被吵得没有办法,扯下一把柔嫩的虎耳草放进我嘴里,我吮吸着草茎的汁液便不哭了。

没有人知道我的亲生父母是谁。

那个时候鬼街的生意已经衰落得不像样子,很长时间里都没有一个游客。

小倩说，多半是有人发明了更新潮更有趣的东西，于是旧的东西就被人遗忘了，这种事情她见得很多。在做鬼之前，小倩曾经有过非常丰富的人生经验，她嫁过两次人，生过七个孩子，并把他们一个一个抚养成人，这些都是她告诉我的。

后来她的孩子们得了病，又一个一个死去了，小倩为了筹钱给孩子们治病，便把自己一份一份地卖掉，牙齿、眼睛、乳房、心、肝、骨髓，最后卖掉的是她的灵魂，她的灵魂被卖到鬼街，灌入一个女鬼的身体里，有着黑色的长发和又白又凉的皮肤，那些皮肤是用光敏材料做成的，一碰到阳光就会燃烧起来。

燕赤霞抱着我走遍整条鬼街，最终决定把我交给小倩抚养。

我见过小倩生前的照片，被她藏在梳妆台最角落的一个小柜子里面，照片上的女人粗眉大眼，面色黧黑，比她现在的模样差了很远。尽管如此，我却不止一次看见小倩对着那张照片默默掉泪，她的眼泪是淡红色的，落在洁白的裙裾上洇开，像一片片开残的桃花瓣。

每个鬼生前都有很多故事，他们的身体被烧成灰，撒进泥土里，那些故事却还活着。白天，当整条鬼街陷入沉睡时，那些故事就会变成梦境，在黑洞洞的屋檐下盘旋缭绕，像一些无家可归的燕子，那时候只有我一个人会从街上走过，只有我看见它们，听见它们嘤嘤的歌唱声。

我是鬼街上唯一的活人。

小倩说，我注定不属于这里，等我长大成人，就会离开的。

香气在黑洞洞的屋子里弥散开来，肚子里的虫儿叫得更加厉害。

我一个人坐在桌边吃了晚饭，冬笋烧腊肉、虾酱鸡蛋羹，还有荠菜饭团，热气腾腾地捧在手里。小倩坐在一旁默默地看，鬼是不吃饭的，鬼街的居民都不吃饭，燕赤霞和苦禅师也一样，他们靠其他方式过活。我把脸埋在碗里狼吞虎咽，心里想着，离开这里后，不知道还能不能吃到这样美味的菜肴。

大 暑

夜幕降临后，整个世界变得热闹起来。

我独自去后院的井边绞水，辘轳咯吱咯吱叫着，与往日里相比声音有些不同，我探头往下看，看见桶里坐着个白衣长发的女鬼。

我拉她上来，她湿淋淋的头发盖着脸，只从缝隙里露出一只眼睛看着我，说："宁哥儿，今晚百鬼游街，你不去看热闹吗？"

"我要打水给小倩洗澡。"我回答，"洗完澡我们就去。"

她摸了摸我的脸，说："你这孩子真是乖。"

她没有腿，只好爬着走了。我听见院子里窸窸窣窣的声响，绿莹莹的鬼火四处飘荡，像一群不安分的流萤，空气里有各种花腐败的香甜气息。

我回到黑洞洞的屋里，把水倒进香柏木的浴盆。小倩在我面前脱了衣服，我看见她赤裸的腰和背，背上有一行暗红色的条形码，像一条小小的蛇，她的身体上有莹白的光芒在流转。

"你不跟我一起洗吗？"她问。

我摇摇头，却不知自己为什么要这样做，小倩叹一口气，伸手拉我说："来吧。"我便没有再拒绝。

我们两个坐在浴盆里，香柏木的气味十分好闻。小倩用她冰凉的双手帮我搓背，嘴里轻轻哼着一首曲子，她的声音很好听，据说每一个听过她唱歌的男人都会爱上她。

等我长大后，会不会爱上小倩呢？我一边想，一边低头看自己小小的手，手上的皮肤被洗澡水泡得微微发皱，像一张受潮的牛皮纸。

洗完了澡小倩给我梳头，替我换上新缝制的短衫，末了往我衣角里塞进一大把锈迹斑斑的铜钱，说："去玩吧，记住，别贪嘴吃坏了肚子。"

我走出门，街上亮起了无数灯火，将夏夜的星空照得黯然失色。那些鬼狐精怪从一间间破败的宅院里走出来，从砖缝、橱柜、重檐和井栏中走出来，手挽着手，肩并着肩，成群结队地信步游荡，将细而长的街道挤得水泄不通。我挤在他们中间四处张望，街道两侧的店铺和货摊里飘来各色香气，像大大小小的蝴蝶扑打着鼻子，那些卖货的鬼怪看到我，都拼命招手吆喝。

"宁哥儿，这边来！刚出锅的桂花糕，热乎的哟！"

"糖炒栗子，糖炒栗子，又香又甜的糖炒栗子！"

"炸糕！香喷喷的炸糕！"

"人肉包子，人肉包子一文钱两个嘞！"

"宁哥儿快来看吹糖人儿，又好吃又好玩！"

其实人肉包子里面并没有人肉，那只是一个招揽游客的噱头。

我放开肚皮吃了一阵，终于撑着了，只得坐在路边歇一阵。街对面的高台上点起了一人多高的白纸灯笼，有鬼怪在上面表演各种杂耍，然而无外乎吞刀、吐火、美女变骷髅一类，我对这些并不很感兴趣，真正好看的还在后面。

有个黄皮的老鬼推着一车面具到我面前，说："宁哥儿，挑个面具吧，有牛头马面、黑白无常、修罗、夜叉、罗刹，还有辟邪和雷公。"

我挑了许久，挑中一张红发碧眼的罗刹面具，黄皮老鬼接了我的铜钱连声道谢，身子弯得像一把弓。

我把面具扣在脸上，摇晃着肚子继续向前走，突然间乐声大作，满街鬼怪一起停下脚步，我回头望去，看见游行的队伍远远开来，领头的是二十个一寸来高的绿衣蛤蟆，手里捧着锣钹、小鼓、胡琴和竹笙，后面是二十个黑衣蜈蚣精，手里都举着各色彩灯边走边舞，再后面是二十个黄衣蛇妖，把彩纸剪成的花一把一把撒向空中，再后面就看不太清了，队伍最中央是两个白衣的独眼力士，都有三层楼那么高，他们扛着一顶小小的软轿，小倩的歌声从里面滚落，像是天上的星星，一颗一颗掉下来砸到我的头上。

夜空中亮起各色烟花，绯红惨绿烟紫流金。我仰头望着，觉得自己的身子也变轻了，向着天上飘去。

这支游行的队伍由西向东慢慢行进，街东头有一株很老的桂树，树干要三个人才能合抱得过来，树上有许多乌鸦，每一只都会说人话。他们叫那棵树老鬼，说它掌管着整条鬼街，谁博得它的欢心，谁就飞黄腾达；谁违抗它的命令，谁就要倒霉。

然而我知道这支队伍今晚到不了老鬼那里。

走到街中央的时候，大地震动起来，青石路面一块一块向四周裂开，从下面的土地里爬出许多巨大的白骨，每一根都有兰若寺的柱子那样粗，它们慢慢聚拢到一起，变作一具骷髅，在月光下闪着瓷白的光。黑色的泥土像泉水一样从它脚下涌出来，爬到骨架上面去，化作血肉，最终使它变成黑夜叉的模样，有着黝黑的皮肤和一只大得出奇的角，当它站起来的时候，那只角几乎要刺破漆黑的夜空。

相比之下，那两个白衣力士还不到它的小腿肚。

黑夜叉转动巨大的脑袋四处张望，这是每个狂欢夜里例行的节目，它要从游客中抓一个活人带走。没有游客的夜晚，它就只能失望地回到地下长眠，等待下一次机会。

它向我慢慢转过头来，我摘下脸上的面具扔到一边，于是它盯住我看，通红的眼睛像烧热的煤球。

小倩从软轿里探出半个身子，尖声叫道："宁哥儿，跑呀！快跑！"

夜风吹起她的裙角，像深紫色的花瓣一层层绽开，她的脸好像玉石雕成的，上面有橘红色的灯火流淌。

我转头飞跑起来，身后跟着黑夜叉沉重的脚步声，每一步都震得整条街摇摇晃晃，路边的屋檐上扑通扑通往下掉瓦片，好像熟透的果实。我跑得像风一样轻快，赤脚拍打得青石路面啪啪作响，那巨大的脚步声一瘸一拐，紧追不舍。几年前，我曾从地下偷偷挖出一块碗口大小的骨头藏在床底下，那大概是它脚后跟上的骨头，打那以后它就再也追不上我了。

街上的鬼怪们都为我让出道路，齐声高喊着："快跑，宁哥儿，快跑！"我看见他们脸上飞扬的神采，像各色烟火在夜色里绽放。我的心扑通扑通敲打着胸膛，这条热闹的鬼街上唯一一个活人的心跳。

其实我和他们心中都明白，黑夜叉并不敢真的对我怎样，鬼不可以伤害一个活人，这是游戏规则。

我向着兰若寺跑去，只要能在黑夜叉抓到我之前找到燕赤霞，我就安全了，这同样是游戏规则，也是这节目中最重要的一部分。每个狂欢之夜，他都会穿戴整齐地坐在大殿台阶上等我，我一边跑一边尖叫着："救命啊！大侠救我！"他长啸一声拔地而起，跃过高高的围墙落到鬼街上来，左手持一把黄底红字的道符，右手从背上的行囊里抽出斩妖剑，冲着朗朗夜空大喝一声："大胆妖孽，竟敢祸害无辜百姓，看我燕赤霞今日替天行道！"

但他今夜忘记戴斗笠出来，便把一张鸡蛋般光溜溜的脸暴露在满街灯火中，上面弯弯曲曲的毛发已经不剩几根，这与他脸上的森然正气十分不相称，于是我一边尖叫一边大笑起来，终于笑呛了嗓子，摔倒在冰凉的石板路上。

这一幕成了整个夏天里印象最深刻的记忆。

寒　露

天上有一层薄薄的云，将满月的辉光挡住了，我蹲在兰若寺的荷塘边，只能看到满塘残荷暗暗的影子，在风里起起伏伏。

夜凉如水，草丛里的秋虫唱个不停。

菜园里的茄子和豆角已经熟透了，散发出阵阵清香，我无法抵御那气味传达出的诱惑，一心想要趁着夜色偷摘一些回去，燕赤霞说得不错，我或许真是饿死鬼转世。

然而我等了许久，始终没有听到燕赤霞如雷的鼾声，相反地，却有一串脚步声从草丛里穿过，那脚步声的主人到了燕赤霞住着的小屋门前，轻轻推门进去，又过了片刻，从黑洞洞的屋里传来一男一女谈话的声音，男的是燕赤霞，女的是小倩。

小倩说:"你叫我来做什么?"

燕赤霞说:"还不是商量那件事。"

小倩说:"我现在还不能跟你走。"

燕赤霞说:"怎么不能,不是说好了吗?"

小倩说:"再等几年,宁哥儿还小。"

"宁哥儿宁哥儿,又是宁哥儿!"燕赤霞的声音恼怒起来,"我看你真是被鬼迷了心窍了!"

小倩可怜巴巴地说:"我养了宁哥儿这些年,总不能说走就走吧。"

燕赤霞恨恨地说:"你总是说宁哥儿还小,总是让我等,你让我等了多少年,可还记得吗?"

"记不清了。"小倩低声答道。

"你不是每年都替他缝制新衣吗,怎么会记不清?"燕赤霞冷笑道,"我可记得清楚,这菜园里的瓜果一年一熟,我已经看管了十五年,十五年!自他七岁那年起,他的样子可有变化吗?你还当他是个活人!"

小倩沉默了一会儿,开始嘤嘤地低声啜泣起来。

燕赤霞叹了一口气,说:"不要再骗自己了,他与我们一样,不过是个玩物罢了,值得你这么当真吗?"

小倩依旧嘤嘤地哭,越哭声音越悲切。

燕赤霞又叹一口气说:"早知道我就不该捡他回来。"

小倩一边哭一边低声说一句:"离开鬼街,我们又能去哪里呢?"

于是燕赤霞也不再说话了。

我听着小倩的哭声,突然觉得心里十分难过,便偷偷从园子围墙的破洞中钻了出去。

这时候薄云散开,清冷的月光洒在青石街道上,凝成一粒一粒闪闪发光的露珠,我光着脚踩在上面,觉得浑身发凉。街上依然有些小店开着,鬼怪们看见我都热情地打招呼，兜售刚出炉的绿豆饼和桂花糕，我却不想再过去吃他们的糕点，我算什么呢，与他们一样，甚至还不如他们。

每一个鬼都曾经是人，假的身体里住着一个真的灵魂，我却从里到外都是假的，从诞生到这个世界上那天起就是假的，每一个鬼都有生前的故事，我却没有，每一个鬼都曾有父母和家人，有对他们的爱和记忆，我也没有。

小倩曾说过，鬼街会衰落，是因为有人发明了更新潮更有趣的东西，我就是这样的东西吧，用更精湛的技术做成，足可以假乱真，我会哭，会笑，会吃东西，会拉屎撒尿，会摔倒，会痛，会流血，会听到自己的心跳，会从一个婴孩的模样慢慢长大，只是长到七岁就停止了，永远没有长成大人的一天。

鬼街的居民们是游客的玩物，我却成了小倩的玩物。

假作真时真亦假。

我慢慢向着街东头走去，一直走到那棵名叫老鬼的桂树下，桂花的香气弥散在夜雾中，又甜又凉。我突然很想爬到树上去，这样就没人能找到我了。老鬼把它的枝子都垂下来，好让我攀着它们向上爬。

我坐在繁茂的枝叶中间，觉得心情平静了一些，那些漆黑的乌鸦落在周围，玻璃眼珠在暗夜里闪着红光，其中一只开口说道："宁哥儿，这么好的夜晚，你不去兰若寺偷菜，跑来这里做什么？"

我知道它明知故问，鬼街上的一切大小事都被老鬼掌控着，那些乌鸦就是它的眼睛和耳朵。

我说："我怎样才能知道，自己到底是不是一个活人？"

"你可以把你的脑袋砍下来。"乌鸦回答，"活人的脑袋砍下来会死，鬼却不会。"

"可要是砍下脑袋却死了怎么办？"我说。

乌鸦们嘎嘎嘎地笑起来，又有两只乌鸦飞下来，嘴里叼着两面式样古旧的铜镜，分别立在我身前和身后，借着树叶缝隙中漏下的月光，我终于看清了镜子里的影像，小小的脸，黑黑的头发，细细的脖子。我撩起头发，看到自己的脖子后面印着一行暗红色的条形码，像一条细细小小的蛇。

我想起小倩背上也有同样的标记，想起炎热的夏夜里，她用冰凉的手帮我搓背。想着想着，我的眼泪突然就落了下来。

冬 至

这个冬天又干又冷，却总有隆隆的雷声从远处传来。小倩说，那是千年一度的雷劫。

雷劫从天而降，专烧这世间的鬼狐精怪，避得过的，可以再享千年寿命，避不过的，就被烧得形神俱散。

我心中知道这世上并没有什么雷劫，小倩做鬼做得太久，已经有些糊涂了，她冰冷的手拉着我，脸色惨白如纸，她说要避雷劫，就得找一个厚德福泽的活人守在旁边，雷公投鼠忌器，就不好轻易掷下雷火。

因为这个缘故，我计划中的出走被耽搁了许久，行李其实早已偷偷整理好了，几个偷来的土豆，几件旧衣物，我的身体再也不会长大了，所以这些衣服足够我穿很久，我也没有拿那些小倩塞给我的铜钱，外面的世界或许不用这些。

我想离开鬼街，到别的随便什么地方去。

我想看一眼真正的活人是怎样过活的。

然而我毕竟还是没有走成。

冬至这天早上下起了雪，雪片又小又白，像是细碎的木屑，落到地上就融化了，直到晌午才积起薄薄一层。

我一个人走在冷冷清清的街上，心中觉得十分无聊，往年这个时候，我都会去兰若寺找燕赤霞，我们敲开荷塘上的薄冰，把自制的简陋鱼竿伸到冰下面去钓鱼。冬天的鲶鱼脂肪丰厚，加上蒜头一起烧，滋味很美。

已经很久没有见到燕赤霞了，不知道他的头发和胡子有没有长出来一些。

雷声依旧隆隆地响着，忽远忽近，把嗡嗡的震动留在耳朵里。我一直走到老鬼那里去，爬到它的枝梢中坐着，雪片窸窸窣窣地落，却落不到我身上，周围又温暖又安静，我把身子缩成一团，像只鸟那样睡着了。

梦中，我看见鬼街变成了一条细细长长的蛇，老鬼是它的头，兰若寺是它的尾巴，那些闪闪发光的青石路面是它身上的鳞片，每一块鳞片上都画着一张小小的鬼脸，十分精致美丽。然而它却不停地翻滚扭动，像是遭受着很大的痛苦，我仔细看去，看见有一群白蚁和蜘蛛正在啃咬它的尾巴，发出蚕食桑叶一样的声音，它们用尖利的牙齿和脚爪把它身上的鳞片一片一片撕扯下来，露出下面的血肉。青蛇无声地挣扎，最终一寸一寸消失在那些虫子口中，当身体逐渐被吃完的时候，它发出一声悲切的尖叫，把一颗孤零零的脑袋向我转过来。

我看见它长着小倩的脸。

醒来的时候，寒风正吹着满树叶子哗哗作响，周围太过安静了，那些聒噪的乌鸦都不知去了哪里，只剩下一只又老又丑的蹲在我胸口打着盹儿，嘴巴像长长的胡子那样垂下来。

我心里慌得难受，就拼命摇醒它，它睁着两只破碎的玻璃眼珠，声音哑哑地说："宁哥儿，你怎么还在这里？"

我说："我该去哪里？"

"去哪里都好。"它说，"鬼街要完了，我们大家都要完了。"

我从树叶中探出头去，看见青灰色的天幕下，有大群乌鸦正在兰若寺上空盘旋，嘎嘎嘎地叫个不停，这是从来没有过的景象。我跳下树，迈开双腿奔跑起来，跑过细细长长的街道，跑过黑洞洞的门和窗，很多鬼都被乌鸦叫声吵醒了，但它们不敢出门，只能躲在门窗的缝隙后面哭叫，像是冬天房屋下的一群蟋蟀。

兰若寺破败的围墙已经被推倒了，很多巨大的钢铁蜘蛛正爬在大殿上，把暗红的琉璃瓦和雕花木梁一块一块扒下来扔在雪地里，它们有着扁平的身子，冒着蓝光的眼睛和锋利的嘴，模样十分丑陋，从它们身体里发出轰隆隆的巨响，就像在打雷。乌鸦们拍打着翅膀上下翻飞，抓起地上的砖瓦向那些蜘蛛砸过去，然而这样微弱的力量不足以阻止它们，瓦块打在钢壳上，发出零星的空洞回响。

菜园被踩烂了，露出雪地下面的黑泥和一些惨白的块根。我看见苦禅师的一条胳膊从瓦砾堆中伸出来，关节处锈迹斑斑。

我在园子里奔跑，喊着燕赤霞的名字，他听见我的声音，从小屋里慢慢走出来，依旧穿着那身捉鬼降妖的装束，头上戴着斗笠，手里拿着剑。我想要喊他帮忙，让他打跑这些蜘蛛，然而话却含在嘴里吐不出来，像一块又苦又涩的糖。燕赤霞用一双悲伤的眼睛看着我，走过来拉住我的手，他的手像小倩的一样冰冷。

我们并排站着，看着雄壮的大殿一点一点消失，崩塌，化作一堆瓦片、砖石、泥块和木料。

它们把整个兰若寺都拆掉了，围墙、大殿、菜园、荷塘、竹林，还有燕赤霞的小屋，只留下一片泥泞的废墟，然后它们继续向鬼街前进，把青石板的路面挖开，把道路两旁破败的宅院推平，宅子里的鬼怪们被驱赶出来，一边跑一边凄厉地嚎叫，它们身上的皮肤在暗淡的天光下慢慢烧了起来，却没有火焰，只是一块一块变黑脱落，发出刺鼻的焦臭气味。

我跌坐在雪地上，被那气味熏得干呕不止，一边呕一边号啕大哭。

原来这就是鬼街的劫数。

被烧得面目全非的鬼怪哭喊着，奔跑着，挣扎着，在雪地里留下各种脚印，像一些歪歪扭扭的字迹。我突然想起小倩，又迈开腿飞跑起来。

小倩坐在黑洞洞的屋子里，一边梳头一边唱歌，她的歌声在隆隆的雷声中起伏，那样安静，那样透明，像月光下的梦境，她的身上散发出各种花草香气，一层又一层缭绕不去，她的头发就像火焰，在空气里摇摆个不停。我站在那儿一边流泪一边听她唱，直到整个房子都摇晃起来。

屋顶上有各种声响，钢铁声、碰撞声、脚步声，还有燕赤霞的呐喊声，瓦片哗啦啦掉下来，漏下一大片天光，光芒里银色的雪片四处乱飞。我把小倩推到阴暗的角落里，一个人跑出门，看见燕赤霞在屋顶上仗剑而立，寒风吹动他的衣襟，像在撕扯一面灰色的旗子。

他跳到一只蜘蛛背上，用剑刺它的眼睛，蜘蛛挣扎了一阵，把他甩下来，然后伸出两只尖利的爪子抓起他的身子，送到嘴里去咀嚼，像吃一小块酱菜一样。燕赤霞的身体一块一块从它嘴里掉下来，叮叮咚咚敲打着屋上的瓦片，他光溜溜的脑袋沿着倾斜的屋顶滚下来，落在我脚边，像一枚熟透的鸡蛋。

我捡起他的脑袋，他盯着我死死看了一阵，眼睛里没有泪水，只有恼怒与怨恨的神色。然后他把眼睛用力闭上了，像是不忍心再看这一切。

蜘蛛把燕赤霞的身子嚼成一堆碎渣，然后从屋顶上跳下来，轰隆隆地向我爬过来，眼睛里面闪着幽蓝的光。小倩从后面扑上来，冰冷的双手抱住我的腰往回拖，我用了一点力气才把她推回屋里，然后我捡起燕赤霞的剑，向着蜘蛛冲过去。

钢铁寒光闪过，我的头骨碌碌地滚落到青石路面上，血溅得到处都是。

整个世界倾斜了过来，倾斜的天空，倾斜的街道，倾斜的雪花在飘。我尽力把眼珠转过去，看见蜘蛛正在咀嚼我的身体，一股暗红色的浓稠泡沫从它嘴里涌出来，星星点点地落在雪地上，它嚼着嚼着，突然就不再动了，眼睛里幽蓝的光芒熄灭了。

像是得到了什么无声的信号一样，它身后其他蜘蛛也一只一只停下来，陷入死一般的沉寂。

雪片无声无息地落在它们身上。

我想要笑，却笑不出声音，因为脑袋和身子分开了，没办法吸气，于是我咧开嘴，让那个笑容停留在脸上。

那些蜘蛛也把我当作了一个活人，把我的身体当作血肉之躯，它们不可以伤害一个活人，伤害了就要自行了断，这也是游戏规则，不管是鬼还是蜘蛛，都不可以违背。

我只是没有想到这些家伙竟这样蠢笨，比鬼还要好骗。

眼前渐渐模糊起来，像是有一层纱从青灰色的天上掉下来，把我的头蒙在下面。我想起那些乌鸦的话，原来脑袋砍掉，真的会死。

我在这条街上长大，在这条街上奔跑，现在我终于要死在这条街上了，像一个活人那样死去。

一双白而凉的手伸过来摸着我的脸。

寒风呜呜地吹，将一些淡红色的雪花吹到我脸上，我知道那不是雪，是小倩的眼泪。

夏笳：本名王瑶，北京大学中文系博士，西安交通大学人文社会科学学院副教授，从事当代中国科幻研究。从2004年开始发表科幻与奇幻小说，作品多次获得中国科幻银河奖和全球华语科幻星云奖，已出版长篇奇幻小说《九州·逆旅》（2010）、科幻短篇集《关妖精的瓶子》（2012）。作品被翻译为英、日、法、俄、波兰、意大利等多国语言，也被译成藏语等少数民族语言。英文小说"Let's Have a Talk"发表于英国《自然》杂志科幻短篇专栏。除学术研究和文学创作外，亦致力于科幻小说翻译、影视剧策划和科幻写作教学。

一个人的愿望

一、技师重新独身

高斐曾想过，径直走到他的个人心理服务终端，俗称"R医生"的A67面前，接通电源，等屏幕亮起。

"听着，我要把你卖给收旧货的。今天，现在。"然后拔掉插头，下楼去找阿毛。他总守着辆破三菱摩托待在居民区大门外，从废报纸到旧液晶显示器来者不拒。

但他一直没有勇气这么做。原因他自己知道，却不愿承认：丢掉A67，就好像接受了彩君再也不会回家的事实。

半年后的一个星期天，高斐临近中午时才起床。他走到阳台上拉开窗帘，外面一股带青草味的暖风拂面扑来。定居点气象控制局终于意识到了春天的降临，将气候特征调节得和远在几十万光年外的地球老家一模一样。眯着眼看了会儿外面的两个太阳，他忽然觉得今天就是处理某件事的好日子。购物票据之类的东西平时都由彩君收着，他翻了半天才在大衣柜抽屉里找出来。塑料文件夹和五年前一样新。

国际商用心理服务终端中国分部——A67型，2002年最新款，连保质期都没过。产品手册封底印着国际商用引以为骄傲的回收条款：五年期满后，公司人员上门回收旧机子，客户花原产品40%的钱便可得到新型号机器。

高斐不知道自己是不是第一个放弃如此优厚条件的傻瓜，没人能在拥有首台R医生后戒掉它，除非——

阿毛表示，为这么点小生意上门一趟，完全是看在"哥们儿的面子上"。

他们同在南科大机电系读过书，毕业后各奔东西。直到高斐结了婚搬进这个社区，才发现当年班上的高才生在干倒高科技破烂的买卖。

"你别奇怪，说不定我赚得比你多。" 阿毛伸开五个指头，"而且我这两年学到的东西海了去，现在市面上很少有我没摆弄过的电子玩意。"

正聊着，有人给阿毛打手机，要他去看一架1996年出的索尼家务机器人。

他爬上三菱一溜烟走了，高斐还真有点羡慕。

"我没收过这玩意。" 阿毛蹲下身子敲敲A67，"我说你干吗不去公司换个新的？我听说过他们的折旧条款，挺划算的。"

高斐摇摇头说："能给多少给多少。"

"真的,叫我卖给谁去啊？"阿毛站起来把手塞进屁股后的裤兜里，"这样吧，先放在我那儿，700块，我也不占你老同学的便宜。行不？"

高斐没意见，于是瞧着他抱走了小电视似的R医生。出门前阿毛回头问："晚上意甲联赛，你家还是我家？"

床头柜上空荡荡的，高斐打算把电话和龟背竹挪过来。现在这个家里完全看不出曾有另一个人生活过的痕迹。彩君临走前花大半个晚上收拾了她的衣服和零碎杂物，装满了好几个真空箱。他提出要帮她把东西送到楼下，她一脸尴尬地说"他"的车就在下面。门关上后他发现她忘了平时最珍爱的一件东西：R医生。也许是有意的，谁知道呢。她从此有了自己全职24小时服务的心理医生，还会在乎一堆用齿轮和弹簧组装成的机器不成？

他记得2002年初的时候是彩君提出要买R医生的，她自己和大多数在富裕家庭长大的女孩一样，很早就有了固定的心理保健医生。高斐见过，是个白白胖胖的老头子，穿花呢外套，风度翩翩。彩君笑过他的嫉妒，人家都67啦。高斐说关键不在这里，我不喜欢外人知道我们的私生活。彩君看他的神情就像他认为在医院里脱衣服体检很害羞似的。

那年五一，彩君拖他去新世界商城购物。底层大厅正举行买100返120的促销活动。

"先生小姐，了解一下吧。国际商用的新产品。"经过电器部时有小姐送上宣传单。

高斐接过宣传手册。作为一个微电子技师，他很熟悉国际商用的民用机器人系列，是返修率很低的好牌子。

"您的生活中是否有无法向人诉说的烦恼和痛苦？您是否担心自己的秘密被人利用？您是否想得到最权威的建议以解决对于您十分重要的某些小问题？"——一连串问句后，当然是推销A67，个人心理服务终端的2002最新款。

他对这种东西向来缺少兴趣。自己的问题自己解决，一个男人绝不可向人哭诉：今天上班又是我去复印部跑腿，老王也是初级职员，怎么他不去！哪怕面对一台计算机也不行。

可他们还是买了，彩君说"她们"家里都有了。"她们"指的是和高斐同等级别的技师的妻子们。这句话足以构成家庭经济学上的充分不必要条件。

让高斐掏出信用卡的另一个理由是一台R医生的价钱和彩君每年付给"精神健康顾问"的钱相比并不算太惊人，也省了她每月几次半夜两点起床去赶心理门诊的预约。那白胖老头的时间表排得比城市空气管道修理工还紧。

当然，后来彩君还是去看真人心理医生，用她的话说，"这个和这个不是一回事。"

高斐笑笑，他知道在"她们"的圈子里，定期去拜访心理门诊是种身份的标志。只有心灵高贵脆弱的女士才需要特别呵护。古怪的风尚，不过女人嘛，以前还流行泡美发馆呢。

倒是他，开始对这台小电视似的机器产生了兴趣。打开电源，就有一张标准脸出现在空白的背景屏幕上，冲你摆出标准的微笑。高斐读了说明书，"随着人机互动过程的深入，微机会自动调整屏幕的形象与口音、交谈方式等……"现代工业讨好消费者的老手段，给你你想要的。他内心深处会渴望与哪种形象的"R医生"交谈呢？一位白须童颜的老者还是一位目光温柔的体贴女子？高斐自嘲一笑，国际商用的机器做得果然人性化。

他对屏幕说："医生？"

"你好。"

"你知道自己是台机器吗？"

"当然。"

"你对此不感到悲哀？"

高斐看着那张似乎陷入困境的脸感到有趣，又惦记着把它搞死机了是否和玩电脑一样只要重启？

"如果我告诉你，84.26%的人都选择了如上的问题来对抗他们面对第一次人机沟通产生的焦虑感，你会不会因为这受到伤害？"

"我为什么要受伤害？"

"噢，问这些问题的人总是以为自己聪明得足以把对话程序搞晕，以证明自己对机械系统的优越感。"

高斐大乐。他想了想，又出一招："医生，您的职业道德是什么？"

"我的中心程序里编有《医务工作者行为操守条约》，2000修订版。"

"里面有保护病人生命这条吗？"

"当然。"

"医生，我要自杀了！除非你告诉我国际商务正电子脑钛负极芯片的设计图纸内容！"高斐将双手扼住自己的脖子，把舌头伸得老长。

"很抱歉，我不知道。而且它的内容是受商业机密条例保护的。"

"你怎么会不知道？你就是一个正电子脑啊！"

"你是一个人类，请你告诉我人类大脑分辨不同色彩的原理。"

……

我玩得不亦乐乎，直到彩君从另一人房间跑过来问道："西边出太阳了！你怎么也和它聊上了？"

高斐说再见后关机，还在乐："这东西设计得真有意思，他说——"他愣了几秒钟后反应过来，人人都爱 R 医生，他也不会例外。因为 R 医生是你想和他或她聊的那个人，而他，需要的就是个能打无聊嘴仗的家伙。第二天开机时，高斐发现 R 医生的脸已经有了变化，浓眉宽嘴，一副卡通人物的滑稽样，说话也开始染上了他"S"和"C"不分的毛病。

从此高斐开始和彩君像过去抢电视频道一样争夺 A67 的使用时间，他们各自有自己的交谈模式人物，设立有各自的密码。彩君的交谈对象是个相貌秀美（当然比她自己还是差上一点）的中年女人，两人能咕咕叨叨上很久。高斐很后悔当初为什么不设置个超级管理员账户，也好偷偷听听她平时在想些什么。

R 医生成了他们在家中亲密分享的一件事物。

2004 年夏，彩君的白胖老头心脏病突发死掉，他的诊所和病人由一位三十岁出头的漂亮青年接手。而他对这一变化全然不知。

离婚的过程痛苦而漫长，他时时想到幸好他们没有孩子。但即使在最艰难的时刻，他也没想过再打开 R 医生聊聊他搁浅的婚姻。对一切形式的心理医生，他已心生厌恶，无论他由生物细胞还是一堆晶体管组成，无论他是从清华毕业的高才生还是国际商用出品的优质产品。

二、卖旧货的被杀

生活一天天还在继续。高斐慢慢适应了没有妻子的生活，下班后有时和阿毛泡泡街头大排档，或窝在家里看球赛，现在他连社区联赛的排名都能倒背如流。

直到科技探员黄晓杰闯进他的办公室，打破了他刚刚愈合的正常生活。

黄晓杰似乎只有二十岁出头，染发扎耳洞，一身迪厅青年的打扮，总之看上去完全不像个警察。他向高斐出示了证件，告诉他："随便谈谈，不做正式记录，由于一件谋杀案。请您配合。"

高斐的第一反应是他曾有过的阴晦想象成了真：彩君和她的新男友被人杀了。"你认识这个人吗？"对方从腋下的文件夹里抽出一叠立体照片。

高斐震惊地认出阿毛灰白僵硬的脸。

"是的。他叫任达，我的大学同学。"他说。

"上次见到阿毛是什么时候？"

"好像有一段时间了。"

"你们之间的关系怎么样？"

"最近比较常见面，算是普通朋友。"

"你最后一次看到他或与他有联系是在什么时候？"

"上个月吧，我记不清了。他经常会去外地跑生意。"高斐隔得远远地指了一下桌面上的照片，"你们是怎么发现他——"

"你对于他的工作了解多少？"探员没回答他的问题。

"他回收旧家电，也搞搞维修。我们常谈些关于机械工程的问题，我也是个技师。"

"知道平时和他交易的是些什么人吗？"

"不清楚。"

"你知道他最近有没有和人起过争吵或纠纷？"

高斐摇头。

警侦员站了起来，说："好，谢谢您的配合，如果又想起什么情况的话给我打电话。"

高斐接过名片，迟疑了一阵，问："他是怎么死的？"

警侦员翻开另一幅立体照片："直接死因是被重物击中头部，脑部内出血导致死亡。"

高斐看着画面上的东西顿时蒙了。那小电视似的东西他再熟悉不过了，他的R医生。警方的立体照片拍得清晰无比，他简直能摸到粘满机器金属外壳的头发和血污，还有彩君以前用喷笔在机壳外侧绘制的一张笑脸，A67型的心理终端也许在南纬区就有上万台，但他不会弄错，面前这张照片里的机子曾经属于他。

"我认识这个东西，以前是我的。"他说，感到嗓子眼里塞了一大团棉花，"是我卖给他的。"

高斐意识到警侦员看他的眼光立时变了。

从警侦局的强制催眠室里出来，高斐觉得脚下像踩了云朵，嘴里一股金属味。黄晓杰走过来拍拍他的肩，递上一杯饮料："辛苦了。我看了你的记忆资料，对我们的工作有很大帮助。"

高斐说："告诉我到底是怎么回事。"他讲得理直气壮，在一个棺材似的小房间里接受了五个小时的催眠后，他认为自己有资格听听。

"可以。"黄晓杰把他带进另一个类似于小会议室的地方，对门口的对讲系统说："给我们半个小时。"

他们在长桌两头坐下。

"我们注意你的老同学任达很长一段时间了。他的表面工作是电子废品回收，但真实的身份是专利破解者。"黄晓杰说，"我们读取了你和他交往的所有过程，你没有牵涉进他的非法交易中。所以我们现在可以信任你，我能告诉你一点事情的经过。"

阿毛，专利破解者？高斐的脑子有点转不过弯，他想起那些晚上他们消灭掉一打以上啤酒后对世界政局、足球联赛，尤其是对女人发表的大堆看法，对面的这个毛头小子全从记忆资料里读到了，不由得头皮发麻。

"任达从回收的旧家电里破解核心技术再转手卖掉，当然那时获得的技术早已过时两至三年了，但对一些生产低端产品的小厂家还有一定价值。大公司对他们早已淘汰的技术看得并不太重，所以他一直走在法律的边缘，没碰上过麻烦。直到去年三月，他破解出了海信新款数字电视的阳离子耦合器的合成方式，除了海信内部，没地方有与之配套的生产线，他没能把它通过往常的路子卖出去。

他显然不愿意花费这么多心血得到一纸废品,他给海信发了一封信,暗示他手里的东西能给它的竞争对手带来的好处,信里透露了一些耦合器方程式的内容。他想造成一种自己对海信的新技术了如指掌的错觉,并希望海信能给他一些封口费。

我们接到海信的报案后开始调查任达,海信根据我们的建议给了他两万。我们的证据已收集完备,很快可以逮捕他时,发现他离开了我们的监视范围。一天后,我们在城郊发现他的尸体。"

"当时他身边带着你的R医生,这个机子甚至成了凶器。我认为这事有点奇怪。"黄晓杰说,"原本我们将R医生的所有者列为第一号嫌疑犯。"

高斐吓了一跳。对方看到他脸上的表情,忙解释道:"现在你的嫌疑已经被排除了。第一,你主动承认了自己是那台机子的主人。第二,记忆抽取不会说谎。"

高斐松了口气,问:"当时你们不知道那台A67是谁的?"

"机子外面的序列号已被蚀掉,而且从它内部我们也读不出任何东西。"黄晓杰耸耸肩,"现场只留下一个空壳,里面的正电子脑不见了。我们向国际商用求助过,他们对每台正在运行中的R医生都有数据备份,以防哪个客户损坏机器丢失数年的电子交谈对象而造成情感上的伤害。国际商用不肯帮忙,他们说这违反了与客户之间的隐私协定,我们也没办法强行要求他们合作。"

"哦。"高斐说,"那你们到底知不知是谁干的?为什么有人要杀他?"

"现在还没有线索。"

两人静了几分钟。

"对了,你为什么要卖掉R医生?即使不想要了,国际通用的回收条件也很优厚。我已经换了三个了。"黄晓杰说,"我还没见过有谁把自己的R医生卖给收旧货的。"

高斐半张开嘴又闭上了,最后他决定索性说得直白点:"我的老婆跟一个心理医生跑了,所以我看到这种东西就来气。"

对方反应很快:"对不起。总之很感谢你的配合,关于你朋友的案子有了进展我们会第一时间通知你的。"

警局外面的阳光刺得他睁不开眼。阿毛死了,他以前是个偷窃过时专利的破解者。高斐没和警局的人提起,阿毛五次三番要他辞了职跟他跑生意,说油水肯定比他目前的工资高。若不是彩君的事弄得他那段时间心神不定,没准他会答应。现在想起来,那是在拉他入伙呢。凭高斐的技术,他自信干专利破解没准也是一把好手。

高斐眼前又浮出阿毛死白色的面孔,稀稀落落的胡子上挂着冰粒子。城南郊有不少地方很少有人住,空气维持罩漏了也没人报修。一旦失温,马上会降到外面零下七八十度的样子。在春天正午的太阳底下,高斐感到一股寒气直沿着脊柱往下跑。

是谁会杀掉一个回收旧家电的小贩?一台型号早已过时的心理终端也值不了几个钱。他打了个冷战。

三、寻找孩子的警官

黄晓杰在更衣室里和同事们一边聊着当天的工作,一边换下花花绿绿的衬衫和肥腿裤。常年和搞计算机、微电子工程的小青年混,他不得不穿得和他们一样"火",才能被认作是自己人。

"又去坐公交车呀?"有人看到他从储物柜里拿出厚厚一叠地图,调笑道。

黄晓杰咧嘴一笑。他的这个爱好在局里已经出了名,得到了"城市游览者"的外号。

共富路、大木桥路、迎宾村公路,名字总是没变,每年新版的地图都一样。黄晓杰用黑色粗笔勾掉曾拜访过的地方,只剩一个了,今天是他的最后一站。

黄晓杰搭上一辆有轨电车,车上人不多,他找到一个临窗的座位,外面的街景如水流过。老人、年轻人、中年夫妇,一辆载满孩童的大巴以不紧不慢的速度驶过。他扒住车窗,冲对面的小小脸孔们挥着手,但他们似乎都没注意到对面的"叔叔",自顾自低头吮吸棒棒糖。有人拉下了车窗窗帘。

标有"共富村幼儿园"的大巴超出了他所坐的公车,消失在街头拐角处。

黄晓杰在后一村下了车。就是这里。

共富村幼儿园。他摊开地图,原本该有的建筑却原地消失了,园林中心和面包房之间只有一片空地。

黄晓杰跳下公车,在那片空地上转了几圈。没有任何东西可以证明这里原有一幢建筑物存在。左右四顾,他找不到半点熟悉的景物,就像是第一次来这块地方。尽管在他所有的档案上都记录着:1974至1976年间,他在这里就读两年。

他在旁边的花坛沿上找到了一个晒太阳的老头。"大爷,和您打听点事。"他递上一支烟。

老头伸长脖子凑上黄晓杰送上的打火机火苗。

"这里过去是干啥的?"

"这块地方呀?"老头指指那片空场子,"以前是给小伢子读书的,后来卖给什么地产公司要盖楼房啦。你说这世道是不是不对头了?"

"什么时候的事?"

"四五年前吧。"

没有幼儿园,没有小学、中学。

儿科医院,儿童公园,卖少儿服装的商店或零食贩子全是假的。他们进进出出,抱着小孩,接受人们的注视,但他们全都在为一个目的表演。

这座城市里,孩子正在消失。黄晓杰吸了口气,多年来他一直想知道谜底的问题今天有了答案。

他又回到公车站,对售票员说:"去泰和路。"

他要知道,这些人在为谁演出。

暮色四降。泰和路上，黄晓杰守在街口。

对于幼儿园大巴的行程，这几年来他已摸得很熟了。从每天早上起，大巴先沿环城公路走一圈，再开过各城区的主要通道。有时会在某些地段停一阵，带上几个孩子进引人注目的热闹地方遛一遛。最后，大巴总是会回到泰和路上的一家汽车仓库，进仓时帘幕低垂，车牌也换过了。

六点三十分，它果然出现在义喜路与泰和路的交接口。黄晓杰选准时机，冲上马路挡在车前。车速本来不高，有惊无险地刹住了。

"走道不长眼哪，你！"司机将头伸出车前窗喝道。

"我倒想问问你是怎么回事。"黄晓杰用力拍着车门，掏出证件贴在车门玻璃上好让里面的人看清楚，"我是警员，我要看看那些孩子。"

司机按了驾驶台上的某个键，门开了。他走上车，司机有张黑色粗糙的大脸，往后靠在驾驶座高高的椅背上，甚至没多看黄晓杰一眼，他拧开一个旧咖啡瓶子，喝水。座位上的孩子都悄无声息地待在那儿。他蹲下身子，轻触第一排座上一个女孩的脸。她的皮肤温暖而柔软，鼻子里呼出湿润的气流，她是活的。但当黄晓杰企图和她说话时，她只是以机械的频率眨着眼，没有反应。

他回过头，司机在用车上的电话和谁交谈，不住点头，最后收线。

"好，又是一个，最近老是这样，他们可算碰上麻烦喽。他们让你明天上午十点去见总监。你会知道是怎么回事的。"司机说，递给黄晓杰一张名片，"现在别问我，我已经下班了，开一天车很累。反正你明天就知道了，他们会解释清楚的。好了，该看够了，下去吧。"

"他们就这样留在这儿？"黄晓杰说，像个蓄满了力气却一拳打在棉花上的人一样，脑子里空荡荡的。

"待会儿会有人来给它们吃东西的。"司机说，然后挥挥手，"别问了，走啊。"

司机锁上车门，轰着黄晓杰出了仓库。他想抗议，却找不到理由，他想要的答案人家说好了明天会告诉他的。

外面天色已黑，司机朝地铁通道方向走远了。黄晓杰愣了一会儿，才低头去看攥在手里的名片：国际商用，新和路 1125 号。

四、在国际商用顶层

高斐认为黄晓杰看到他坐在他的办公室里时十分惊讶。黄晓杰今天穿着警员的黑色制服，脸色阴沉，好像一夜间长了十岁，是他的同辈人了。高斐连忙解释："今天我来是想问清楚一些事，他们让我在这里等。"

"喔，尽管说。"警员的语调却明显缺少兴趣，"怎么了，你又想起什么和案子有关的事了？"

"我想知道关于我的那台机器的事。"高斐说，他不自觉地搓起了双手，"你昨天是说里面的正电子脑不见了？"

"是的。它不在现场。"

"是任达把它移走了？它在任达家里？"

"没有，我们搜查过他的家。你为什么想知道电子脑在哪里？它肯定报废了，正电子脑不能断电，不能移出原有的容器。"黄晓杰补充，"在一个大型工厂里也许可以，但私人不可能有这样的设备。"

"我想知道它在哪里，它会在凶手那里吗？"

"你到底想知道什么？"

"黄先生，你自己有 R 医生吗？"

"有一个，型号和你的一样。"

"那你应该能理解我的心情。我不想让别人读到我的思想，虽然里面没什么大不了的东西，但那是我的隐私，还有我妻子的、过去的、我们以前生活里的事，对别人可能没有意义，也许没人有兴趣去读它，但我感到不舒服。一想到有人可能读到它们就不自在。"高斐觉得越说越不明白，而对方今天又好像心不在焉。"我设了密码，但我昨天读了机器的说明书，密码管理是由机箱组件中的处理器负责的。一旦电子脑被取出机箱，就可能读出里面的内容。我不愿意让别人，特别可能是个杀人凶手——"

"我理解。"警侦员说，他的心思似乎从遥远的地方回到了这间办公室里，"现在是九点，我们去一趟国际商务吧，去向他们了解一下在技术上这是否有可能。"

高斐说行。

新和路 1125 号的牌子钉在一幢三十多层高的全玻璃结构大厦上，是这个定居点里数得上的标志性建筑物。门口的现代雕塑底座上嵌着国际商务著名的广告语："你的需要铸就一切。"

他们由前台接待小姐领上了位于顶楼的总监室。高斐有点奇怪黄晓杰有总监的名片，而前台小姐看到名片后脸上顿时现出略带紧张的神色。

国际商务的总监是个理平头的大个子，平滑的脸上看不出年龄，他的西服前襟敞开着，肚子那儿的衬衫扣子绷得紧紧的。他微笑着让两人坐到阔大办公室转角处的沙发上。从高斐坐的位置可以看到全城彩虹般的空气维持穹顶。

"我是警侦局科技部的黄晓杰。前几天我和你通过电话，关于一件案子，谋杀案。"

"我记得。"总监笑道，"很遗憾没能帮上什么忙，公司有规定。"

黄晓杰径直说下去："这个案子中的死者名叫任达，他是个专利破解者。前一段时间他开始用得到的新技术勒索大公司。我想他在得到高斐先生出卖的 A67 型心理终端后想打你们的主意，他死时应该正与你们的人碰头。"

"原来是这回事。"总监叹口气，笑容闪烁了一下又重新浮现，"我猜你们现在没证据吧？否则我们见面的形式就不是在这里了。"

高斐被警侦员的下一句话弄得一头雾水："孩子都到哪里去了，你还想要证据吗？"

他向高斐点点头，说："他是任达的朋友。"

高斐顿生一种自己成为某个不明较量的筹码的感觉。

总监抹了把脸，显出一副疲惫之色："你就是那个拿名片来的人。好嘛，都搅到一块去了。让我们一件件解决，相信我，事情和你们想象中的不一样，我们对那个人的死没有责任。我叫他上来。"

　　他走向桌子拿起电话："让外务部的小张上来一下。"放下话筒解释道，"他是那天去和那人——你刚才说他叫什么？任达，见面的人。我们真的没想过会发生这样的事，绝对是意外，我们都准备好出一笔钱摆平他了。"

　　有人敲门。

　　"进来。"

　　出现在门口的是个高瘦的年轻人，眼睛飞快地从房间里的三个人身上扫过，最后落到黄晓杰的警员制服上。

　　"没事的，把事情经过和我们说说。"总监过去拍拍年轻人的肩。

　　他咽了口口水，开始说时语速很快，后来才慢慢放松下来："那天是我从公司的对外邮箱里看到那个人的信的。他说已经知道我们在干什么了，说得很含糊。每年我们都会接到一些那种信，所以我按惯例把它转到上头。第二天，总监叫我上来，要我去和那个人见面，看看多少钱能把他拿下来。我处理过几件类似的事。约见的地点是那个人定的，我就去了。

　　我们是在城南郊的一处废公路站见的面。他带来了一个A67，是2002年出的型号。他情绪本来就很紧张，我向他走过去时隔了一段距离他就叫我停下，还拿出一把手枪，说别想靠近他，否则他不会对我客气。"

　　"等等，你说他有一把枪？"黄晓杰打断职员的叙述。

　　"我也不能肯定那是把真枪，如果你是问这个的话。我没见过真枪，而且当时我吓坏了。他看上去像根快要绷断的弹簧一样，我真的怕他会手一哆嗦就开枪。"

　　黄晓杰示意他继续。

　　"我让他放松一点，告诉他我是代表公司来谈判的。我问他知道了多少事，他猛地一下子把抱在怀里的A67冲我扔了过来，说全都知道了。我看到机箱已经被撬开了，里面发出一股正电子脑变质的味道，臭极了。我想他已经弄开了机箱，看到了我们的产品，于是我说这事可以商量，公司授权给我可以当场开给他支票。他说十万行不行，我说超出了我能处理的限度，要和公司联系一下。他过了一会儿又说五十万，可马上又反悔了。但我觉得他并没有在认真地和我交谈，到处乱走，可视线总是不离开我，他的手指始终不离手枪柄。我很紧张，因为我觉得他是个疯子，眼睛东看西看，一直没和我对视过。我听说疯子就是这样的。后来我的手机响了，是公司的回复，我说了抱歉就半转过身去接电话，这时他突然扔掉枪朝我扑了过来。"职员的脸上现出惊骇的神情，"他简直是想扼死我。我后来想不通他为什么会扔掉枪，要是想杀我的话朝我开一枪我肯定没命了。我使劲想把他推开，他力气很大。我以前从没和人真正打过架。后来不知道怎么回事，他松开了我。我爬起来，发现他的头撞在刚才他扔在地上的机壳上了，到处是血。我俯下身去看他是不是还活着，结果他说了句莫名其妙的话，我记得倒很清楚。他说：'你们是不是也想要我的脑子。'声音很响，我还以为他不会死，正想打急救电话。可过了一会儿，他就死了。"

"你能判断一个人是死亡还是昏迷？"黄晓杰问。

"我在预备军队服役时是医务兵。"职员说。

"然后你怎么处理的？"

"他在现场打电话给我，我告诉他不用报警，直接回公司。如果有事我会负责的。"总监插言。

"你能写一份情况说明，签字后给我吗？"黄晓杰说。

职员看老板。

总监点头道："如果黄先生没有其他问题的话，你可以回你的办公室写完后传真过来。"

办公室的门重新关上后，总监转向警侦员："谢谢你相信我们。真是可怕的误会。"

"我们对死者头部骨折处形态的力学分析模型支持你们的说法，他的确是自己撞上去的。"黄晓杰交叉起十指，"不过我还是想知道两个问题。其一，那人死前那句话是什么意思？其二，孩子在哪里？"

"其实是一个问题。"总监瞟一眼高斐，"您——"

高斐在肚子嘀咕一句"我才懒得弄清楚你们打什么哑谜呢。"从刚才的对话中，他感到自己的那台A67恐怕是凶多吉少。什么叫变质了，难道正电子脑是由豆腐做的？

"他是死者的朋友，有权知道。"黄晓杰说。

总监侧了侧头，好像在说那么只好让你留下了。

"让我从头开始讲，说来话长。"

五、你的需要铸就一切

"我们经常会收到一些来信或有些人直接闯进大厦。上次来了几个小伙子，黑皮风衣，带着短枪，想一路杀上三十层见见'控制这个星球的人'。他们都误会了，包括你的朋友。我们的确生产正电子脑，也生产R医生，他们都是偶然看到了机箱里的东西，以为我们用真正的生物人脑放进机箱中来做出心理终端以供应市场。他们总把我们想象得很可怕，半夜在街头捉人回公司挖出大脑之类的。"总监摇摇头，"实际情况恰恰相反，我们的产品是真正的仿真人大脑。你们把R医生买回家，对它们说话，每天几小时，一连五年。人格塑造没有比这更有效率的了。空白的正电子脑在这个人机互动过程中形成了真正的人类个性。五年期满后，我们回收产品，洗掉具体的记忆，留下的人格结构是我们几代计算机工程师都无法在生产线上制造出的东西。那些哲学家们知道了会高兴的，他们认为这证明了人类心灵的独特性，是无法复制的奇迹。"总监咧嘴一笑。

"你们利用我们生产类人机器人的大脑，而我们都不知情？"高斐回想起他和彩君与R医生聊得风生水起的样子，怒火一下子蹿了上来。

"谈何利用？我们是为你们服务的。"总监站起身，从办公桌抽屉里找出一页纸，"这当然不是原始合同，是复印件。你们一定要看正式的也行，我能安排。130年前，你们的先民和我们签订了每年提供一定数量的仿真人以维持这个太空殖民地人口的合同。地球有规定，一旦某个太空殖民地的人口数少于'生存效益最大化数'，就会取消该地的序列号，把剩余人口遣送回地球，或分散到其他定居点。这种命运很糟糕，新移民要适应很多问题，重力，语言，文化。有些人一辈子都适应不了。

"而在太空里人的生育能力会下降，可能是辐射之类的东西导致的。所以我们公司为他们提供仿真人以解决困境，让地球以为这个太空定居点还有存在的必要。人的身体制造起来完全是个生物工程学问题，我们很早就可以干得不错了。但要造出一个能指挥身体以人的行为方式行动的大脑，用那些浪漫主义的词来说'灵魂'，我们只能靠老办法，通过不断与一个真人交谈，让人格渐渐成形。在我们开展业务的每个太空殖民地，都有R医生的存在。你和它交谈，是在帮助你自己的太空定居点。"

"你的意思是，我们都是你公司里的产品？"高斐说。他当然不信，但他知道自己内心相信面前这个啤酒肚说的每一个字。他很熟悉对方的语气：一种谈论日常工作的平淡口气，就像他和手下的那帮人讨论一段频频出错的程序。

"不一定。上个月我们的统计数据表明，现在这里有89.56%的人口是仿真人。你有可能不是。但在大多数情况下，答案是肯定的。"总监说，"想查一查吗？我的计算机能进入人口数库，告诉你的身份证号或名字。"

高斐退后一步，说不出话来。

"你们不能生产孩子。"黄晓杰突然说。

"的确不能。成年人想象中的交谈对象都是成人。孩子们不喜欢和一台机器说话，我们在别的殖民地上推出过儿童型R医生，"总监摊开双手，"根本卖不出去，所以我们只能生产成人。这带来很大的麻烦，像你，注意到本地其实没有儿童的人，就会感到情况不对，找上门来。我们花很大工夫掩饰孩子的缺少，像校车之类的。我们也有一批专门用来展示的儿童制品，但它们只是高级玩具,不是真的人。我希望公司总部的那些人能快点把孩子造出来,掩饰工作得照顾到每个细节,烦人。现在每个仿真人出厂前我们都要弱化它们的生育意识,将其转化为倾诉欲望。如果你读过中古时代的那些人文作品,他们早已提出过这样的观点:一个人是他社会关系的总和。我们的观点是,一个人是他人愿望中的幻象,人总是根据他人的要求改变自己。我们只是更进了一步,一个人的愿望创造另一个人。想想我们公司的标语:你的愿望铸就一切。你们可以将之看作人的繁殖方式在太空时代的变形。"

"现在我们知道了。"高斐说。

总监扬扬眉毛。

"你准备——"高斐向门口小移一步。

"把你们关进地下室?割断你们的声带?"总监笑笑,"如果没事就走吧,你们会忘掉今天的事的。不是说我们会洗掉你们的记忆,而是人对于自己不愿记住的事自然而然会忘掉的。知道自己是个仿真人并不愉快,你会希望这不是真的。"他冲两人微笑,"我有太空商学学位,同时也是心理学博士。"

高斐用手肘推推黄晓杰,说:"把他的名片给我。"

他没待其他人反应过来,冲到总监办公室阔大的仿橡木书桌前,电脑显示器上刚才总监打开的人口数据库系统还开着。他飞快地在对话框中输进总监的名字,有三个同名同姓的人,其中只有一个男性。

高斐敲下回车,将显示器转向啤酒肚,印在总监大方脸上的笑容瞬时凝结,一片死灰泛上他的面颊。

"我就是看不惯他那副神气的样子。"

他们走出国际商用大厦,停在怪模怪样的现代雕塑前。高斐猛踢一脚底座上的烫金字,你的需要铸就一切。他琢磨出其中的真实含义,不寒而栗。

"他也是?"黄晓杰问。

"当然。他只不过是专门被造出来管理公司的仿真人罢了,和我们没什么两样。"高斐摸了摸自己的背,他知道从生理结构上讲仿真人和天然人没有区别,他是技师,上过现代生物工程学课，却止不住想脱掉衣服看看皮肤上有没有接缝的欲望。

黄晓杰转身走开。

"你去哪儿？"他冲警员喊道。

"回局里。案子完了。"

"在知道了这种事情后？"高斐简直觉得他不正常，"你以后还能——"

"和你想象的恰恰相反。我现在开始能正常地喝水、吃饭、上班，干一切正常的事了。我才不在乎街上走的人是爹妈生的还是营养槽里长出来的。"黄晓杰等高斐上了车，却没发动，"我也离婚了。三年前。"

"噢。"高斐不知说什么好。

"我们都想要个孩子。"前座上的背影一耸肩，"现在我知道不是我的错了，也不是她的错。一开始我只想证明很多人都没孩子，因为我们在太空殖民地里嘛，生育本来就不容易。后来却发现根本没人有孩子，当然，他们都装成自己有孩子的样子，其实没有。我们多想要个孩子。"

"你可能是个自然人。你太太可能也是，你们都有强烈的愿望要孩子。"高斐使劲找出句话说，他对安慰一个快哭出来的同龄男人可不在行。他回想起自己和彩君共同生活的日子，没有孩子似乎对他们并没产生困扰。看来他是属于那89.56%中的一个，出厂时意识被调整得很好。

"可能吧。"黄晓杰清清嗓子，恢复平静，他发动车。

"以后怎么办？"高斐也不知道自己在问谁。

"一样过日子。我们能向谁申诉？合同是我们的上代和国际商用签的。地球会有什么反应？把我们当中的仿真人送到矿井做工，剩下的自然人塞进其他定居点。离我们最近的定居点是阿夫特克，里面大多数是法国人后代，你能在三十岁的时候再去学有一百多种时态变化的现代法语？对谁都没好处。"黄晓杰说，"抱歉，我忘了你去国际商务要问的事了。"

"没关系，现在看起来无关紧要了。"高斐摆摆手，他突然想到了一个问题，"你是从什么时候开始发现城里没有孩子的？"

"好几年了,我用业余时间做调查。"

"那你知道国际商用在这里面是——主谋?"

"早先有怀疑,昨天晚上才确证的。"

"你自从知道我卖给任达 R 医生后,你就知道他的死和国际商用有关系。你今天要我和你一起去国际商用,是拿我当逼他们说出真相的砝码。"高斐说,但他却感觉不到愤怒,只有一阵倦意袭上心头。

"是的,而且我担心一进去就出不来了,要有证人在场。小说里知道世界真相秘密的人不是都会有杀身之祸吗?"黄晓杰干笑一声,"我也像他们所说的那些人一样,感到害怕。对此我只能说抱歉了。"

高斐叹息一声,忽然觉得阿毛死得真不值得。他肯定被他拆开 A67 后发现的东西吓傻了。正电子脑和生物脑在外观上十分相似。普通人壮起胆子去杀想象中混世魔王的代表——其实也算是英雄行为。他苦涩地想道,自己和阿毛其实一样都是些庸人,看惯了警匪片的枪林弹雨,在现实中却怎么也不敢冲人开枪。事情的结果只是和一个小职员干了一架,自己摔破脑袋死了。

真是太不值得了。

"我想回国际商用。"高斐说。

"我要求让任达复活。"

总监抬起头看着两个重新出现在他办公桌前的人。自从他们离开后,他似乎没动过。他带着一种梦游者的表情将目光移到高斐身上:"什么?"

"所有的仿真人不都是用一个身体和一台 R 医生的内核组成的吗?"高斐说,"任达的数据肯定还有备份,再给他一个身体。他是在你们制造的误会里意外死亡的,你们有责任。"

"他是个自然人。"总监说。

高斐愣了。

"而且我们的系统自动删除停止工作的正电子脑的数据备份工作,否则岂不是人人都有长生不老的机会了。"总监晃晃头，"不可能的。"

"那么告诉我，我的孩子在哪里。"黄晓杰说，"我和我妻子算来应该有三个孩子了，我在你们这里换过三台R医生。"黄晓杰说，"告诉我他们是谁。"

"我们从来不告诉任何人谁是谁的'后代'，一个由仿真人组成的社会里，这是社会稳定的基础。"总监的脸上恢复了点活气，"想想看，你走在大街上，一个乞丐过来对你说，你是他五年交谈的产物……会乱套的。"

高斐瞪大了眼，因为他看到黄晓杰掏出了警用配枪。他显然也没用过几次，持枪的样子像捏了只易碎的鸡蛋。不过枪口还是不偏不倚地瞄准了总监的肚皮："我和我妻子的孩子在哪里？"

"告诉你也没用，他可能是个七十岁的老头，也可能是你的顶头上司。你会乐意去认这样子的孩子吗？而且是你的，不是你和你妻子的。"总监连连摆手，"如果一台心理终端由几个人共同使用，我们会把他们各自的意识分离开，分别给他们配上身体。举个例子，如果你和你妻子各有一个交谈对象，他们形成的人格结构如果挤在一个身体里，会互相冲突，造成混乱。在计算机程序模拟中，他们需要二十年以上的时间才会像个成年人那样处理事务。在意识内部协调的过程中，一开头什么也干不了，连生活自理都不行，接下来会发生许多荒唐的错误，简直一团糟。"

"听起来像在描述一个孩子。"高斐轻声说。

三个人都静下来，互相对视。

"孩子。"黄晓杰说，手里的枪垂下。

"是的，听上去像个孩子。"总监搔搔头，"我们没从这方面考虑过，也许这就是我们要找的答案，父亲和母亲的混合体。天，多古老的答案。"他翻动桌上的纸张，"我们会马上试试的——天啊，也许我们真的能造出孩子来！"

六、如你所需，如你所愿

一年后。

"她真可爱。我可能是被他们出厂时调整得太好了。"高斐看着黄晓杰搂住一个三岁大的女孩,给她翻衣领,"我一点没有也要个孩子的愿望。"

"我不知该说什么好。"一个长发女子说,"谢谢你。晓杰说当初是你想出来的主意。"

高斐笑笑,黄晓杰已和前妻复婚。他们的孩子是国际商务的第一代儿童型产品。

他告别了黄晓杰夫妇。一路上,他看到好几处小学重新热闹起来。

回到家,他打开一台新款R医生,屏幕上出现一张柔美的脸,他说:"嘿,我回来了。"

屏幕上的女子在微笑。

他每天和她交谈八个小时。这样两年后,他就有个妻子了,一个他真正想要的妻子。总监说,这么做违反了公司规定,即使他是使公司做出重大技术突破的人,但高斐知道怎么说服这位啤酒肚合作。

"我看到是谁用交谈创造了你。"他站在总监办公室的计算机终端前,人口数据库的页面在屏幕上闪动,"你想知道吗?"

于是每个人的愿望都得到了满足。

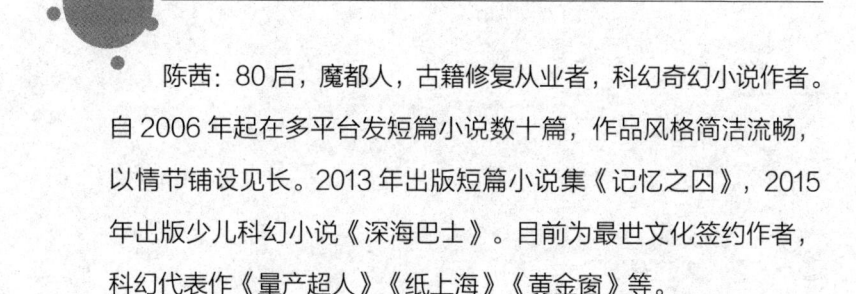

陈茜:80后,魔都人,古籍修复从业者,科幻奇幻小说作者。自2006年起在多平台发短篇小说数十篇,作品风格简洁流畅,以情节铺设见长。2013年出版短篇小说集《记忆之囚》,2015年出版少儿科幻小说《深海巴士》。目前为最世文化签约作者,科幻代表作《量产超人》《纸上海》《黄金窗》等。

后　记

为什么人工智能必将威胁我们的文明？

我要跟大家分享的观点，听起来可能更明确，我主张，对人工智能的发展，至少应该进行重大限制，而且这种限制现在就应该进行。

人工智能的好处就不用说了，想必大家都知道。现在在媒体上一点都不缺关于人工智能好处的信息，而且很多搞人工智能的人士也整天跟我们讲好处，所以用不着我再跟大家讲了。我们现在需要讲人工智能的危险。

对于人工智能这样的东西，我们必须认识到，它跟以往我们讨论的所有科学技术都不一样。现在人类玩的最危险的两把火，一把是生物技术，一把就是人工智能。生物技术带来很多伦理问题，但是那把火的危险性还没有人工智能大，人工智能这把火现在最危险。最近一些商业公司，通过"人机大战"之类的商业炒作，一方面加剧了这种危险，但另一方面也激发了公众对人工智能前景的新一轮关注，这倒未尝没有好处。

我们可以把人工智能的威胁分成三个层次来看：近期的、中期的、远期的——也就是终极威胁。

近期威胁：大批失业、军事化

人工智能的近期威胁，有些已经出现在我们面前了。近期威胁基本上有两条：

第一条，它正在让很多蓝领工人和下层白领失去工作岗位。现在较低层次的人工智能已经在很多工厂里被大量使用。有些人士安慰我们说，以前各种各样新的技术发明的时候，也曾经让一些工人失去岗位，后来他们不都找到新的岗位了吗？但是人工智能不一样。你们也许已经在媒体上看到过了，包括人工智能的从业者自己也都在欢欣鼓舞地展望，说我们现在绝大部分的工作岗位，人工智能都是可以胜任的。

果真如此，显然这个社会将会变成绝大部分人都是没有工作的，只剩下少数人有工作。对于这样的社会，我们人类目前没有准备好。我们今天如果有少数人没有工作，多数人有工作，我们把少数人养着没问题，这样的社会是我们现有的社会制度和伦理道德结构能够承受的。但是如果颠倒过来，这个社会中有相当大的比例——且不说超过50%，按照那些对人工智能的展望，将来90%以上岗位上的工人都是会被人工智能取代的。比如说你们想听一场这样的报告也用不着找我来做，找个人工智能来做做就可以了，说不定比我讲的听起来还要来劲。

当这个社会大部分人都没有工作的时候，社会会变成什么样？肯定会非常不稳定。那么多没有工作的人，他们可以用无限的时间来积累不满，酝酿革命，于是就会危及社会稳定。无论东方还是西方，无论什么意识形态的社会制度，在这个形势面前都将黯然失色。所以说人类还没有准备好。

顺便再展望一下，既然90%以上的工作都可以由人工智能来完成，那么"革命"这种工作岗位能不能使用人工智能来取代？革命能不能由人工智能来发起和进行？当然也可能。但是想想看，这样的革命会带来什么呢？很简单，那就是科幻影片《黑客帝国》和《未来战士》中的世界——人类被人工智能征服、统治、压迫。

这是人工智能近期的第一个威胁，现在在很多工厂已经出现了。对工厂来说，这个级别的人工智能是很容易实现的。那些工厂的管理者说，我们换一个机器人上来，它的成本只不过是三个工人一年的工资，但是它们管理起来太容易了。管理工人很难的,你让他加班他不愿意,加得多了他可能跳楼自杀或上街游行,而机器人你让它24小时一直干着都没有问题,管理成本又节省下来——管理成本往往是无形的,不是那么容易计算的。结果是,换用机器人很容易就可以收回成本,一年就收回来了。所以他们乐意用机器人取代工人。我看见我们一些地方政府还通过政策鼓励当地的工厂用机器人来换掉工人,你就不想想,你所在的城市,不需要几年,几百万工人失去工作,到那个时候后悔就来不及了。

人工智能近期的第二个威胁,汪镭教授说过,加入军队的人工智能是可怕的。但现在以美国为首的某些发达国家,最起劲的事情就是研发军事用途的人工智能。研发军事用途的人工智能本质上和研发原子弹是一样的,就是一种更有效的杀人手段。为什么伊隆·马斯克之类的人也号召要制止研发军事用途的人工智能?道理很明显,研发军事用途的人工智能,就是研发更先进的杀人武器,当然不是人类之福。

今天我们只能,而且必须抱着和当年搞"两弹一星"类似的心态来进行军事用途的人工智能研发。军用人工智能就是今天的"两弹一星"。

比较理想的局面,是各大国坐下来谈判,签署限制或禁止人工智能的国际协议。目前国际上已出现一些这样的倡议,但仅来自某些学者或学术机构,尚未形成国家层面的行动或动议。

中期威胁:人工智能的反叛和失控

我们再来看人工智能中期的威胁。大家肯定早就在媒体上看到过,有一些人工智能的专家出来安慰大家说,人工智能现在还很初级,即使它战胜了李世石,不过是下个棋,即使它会作诗、写小说,它还是很低级的,你们不用担心。这种安慰非常荒谬。

我们都知道"养虎遗患"的成语，如果那些养老虎的人告诉我们说，老虎还很小，你先让我们养着再说，我们能同意这样的论证吗？你让我们同意养老虎，就得证明老虎不会吃人，或者证明你养的不是老虎。要是老虎养大了，它要吃人了，就来不及了。

这个成语非常适合用来警惕人工智能的失控。各种各样的科幻作品，刚刚主持人也提过了，像影片《黑客帝国》中的场景，人工智能建立了对人类社会的统治，我们人类就完蛋了。我们为什么要研发出一个统治我们的超级物种？这是会失控的。针对这种失控，一部分专家安慰大家说人工智能现在还很低级，你们不用担心，这个论证是不充分的。老虎虽然小，但也不能养。

当然，还有一部分专家说，你想让我们提供关于人工智能这个"老虎"不吃人的证据，我们有啊，我们有办法让我们的人工智能不吃人，不反叛，变成不吃人的老虎。理由是什么？我们只需要给人工智能设定道德戒律。

围绕在人工智能中设定怎样的道德戒律，用怎样的技术去设定，专家们确实已经想过各种各样的方案了。但是这些方案可行吗？任何一个具体方案，如果仔细琢磨，就会发现都是有问题的。但是我们当然不可能在这里逐个纠缠这些方案——待会儿在讨论中我们或许可以挑个把方案仔细讨论讨论。我们先不考虑具体的方案，我们只要考虑一个总体的情形，就足以让我们警惕。

简单地说，如果通过为人工智能设置一些道德戒律，就指望它不会学坏，那么请想一想，我们人类到现在为止，能够做到让每一个后代都学好吗？做不到。我们总是有一部分学坏的后代。对这些学坏的后代，难道家长和老师没有向他们反复灌输过各种道德戒律吗？况且社会还有各种各样的法律制约，结果仍然还有一部分人不可避免地学坏。

从这个情形来推想，人工智能就算是你的一个孩子，你能确保他不学坏吗？

更危险的事情是，人工智能会比人类更聪明。现在人类有一部分后代学坏，还没有颠覆我们的社会，那是因为他们毕竟没有变成超人，总体跟我们是一样的，一小部分人学坏，大部分人还是可以制约他。要是那个学坏的人是超人，他掌握了超级智能后依然学坏，你就将没办法控制他。然而现在人工智能研发追求的是什么境界？不弄出"超人"来，科学家肯罢手吗？

所以，那些盲目乐观，说我们能让人工智能不学坏的人，请先解决怎么确保我们人类自己的后代不学坏吧。如果人类不能在总体上杜绝我们后代的学坏，那你们对人工智能不学坏的信心从何而来？

在考虑人工智能的中期威胁时，还必须考虑人工智能与互联网结合的可怕前景。主要表现为两点：

1. 互联网可以让个体人工智能彻底超越智能的物理极限（比如存储和计算能力）。

2. 与互联网结合后，具有学习能力的人工智能，完全有可能以难以想象的速度，瞬间从弱人工智能自我进化到强人工智能乃至超级人工智能，人类将措手不及而完全失控。

另外，鼓吹人工智能的人在安慰公众时，还有一个非常初级甚至可以说是相当低幼的说法——"我们可以拔掉电源"。专业人士在试图打消公众对人工智能的忧虑时，也经常提到"我们可以拔掉电源"的说法。但实际上他们完全知道，如今人工智能已经与互联网密切结合——事实上，这一点正是许多大企业极力追求的，借用如今高度发达的定制、物流、快递等社会服务，人工智能几乎已经可以摆脱对所有物理伺服机构的依赖。而当人工智能表现为一个网上幽灵时，没有机体和形态，将没有任何"电源"可拔。

人工智能和互联网结合以后，危险成万倍增长。以前对于个体的人工智能，它智能的增长还会受到物理极限的约束，但一旦和互联网结合，这个物理极限的约束就彻底消失了。所以人工智能可以在极快的时间里自我进化。

去年流行一篇很长的文章，在很多圈子里风传，虽然那篇文章稍微有点危言耸听，但结论我同意。作者想论证这样一种前景，就是说人工智能一旦越过了某个坎之后，自我进化的速度是极快的，快到不是以年月来计算，而可能是以分钟来计算，以秒来计算。一瞬间它就可以变成超人。一旦变成超人以后当然就失控了。因此说老虎还小的人，你以为老虎跟现在一样一年长出一点来，如果这个老虎一分钟长大一倍，这样的老虎还了得？虽然它现在很小，但过五分钟就能吃掉你了。

我甚至觉得，人工智能这把火玩得不好的话，不要说在座的年轻人，说不定我的有生之年就要看到灾难了。当然，我本质上是乐观主义者，对于这种事情，虽然我看到了这样危险的前景，我也还是得乐观地生活。只能如此，不能因为觉得末日可能要来临了，就不过好自己的每一天。

另外，对像汪教授这样搞人工智能的专家，我和他们是这么说的：你们要知道，在我所预言的危险前景中，你们是最危险的，因为你们就在老虎旁边，老虎最先要吃的，很可能就是你们这些人，所以要特别警惕。

远期威胁：终极威胁是消解人类生存的根本意义

从中期看，人工智能有失控和反叛的问题，但是人工智能的威胁还有更远期的，从最终极的意义来看，人工智能是极度致命的。

大家肯定听说过阿西莫夫这个人，"机器人三定律"就是他提出来的。现在在搞机器人的行业里，有的人表示三定律还是有意义的，但是也有一些专家对这个三定律不屑一顾。如果对三个定律仔细推敲的话，我相信汪教授肯定会同意下面的说法：这三定律绝对排除了任何对军事用途机器人的研发。因为只要让人工智能去执行对人类个体的伤害，哪怕是去处死死刑犯人，就明显违背了三定律中的第一定律。但是搞军事用途人工智能的人会说，这三定律算什么，那是科幻小说家的胡思乱想，我们哪能拿它当真呢？

很多人不知道的是，这个阿西莫夫还有另一个观点——所有依赖于人工智能的文明都是要灭亡的。

阿西莫夫有一部史诗科幻小说《基地》系列，共 11 卷，其中对人工智能他有一个明确的观点。对于人工智能的终极威胁，他已经不是担忧人工智能学坏或失控，他假定人工智能没学坏，没失控，但是这样的人工智能是会毁灭人类的，因为这样的人工智能将会消解我们人类生存的意义。

你想想看，所有的事情都由人工智能替你干了，你活着干吗？你很快就会变成一条寄生虫，人类这个群体就会在智能和体能上急剧衰退，像虫子一样在一个舒适的环境里活着，也许就自愿进入《黑客帝国》描绘的状态中去了：你就是要感觉快活，这个时候乖乖听话的人工智能完全可以为你服务，主人不是要快活吗？我把主人放在槽里养着，给他输入虚假的快活信号，他就快活了，这不就好了吗？

从根本上来说，人工智能像我们现在所希望、所想象的那样无所不能，听话，不学坏，这样的人工智能将最终消除我们人类生存的意义。每一个个体都变得没有生活意义的时候，整个群体就是注定要灭亡的。

所以我的结论是：人工智能无论它反叛也好，乖顺也好，都将毁灭人类。

我的观点倒是跟最近史蒂芬·霍金、比尔·盖茨、伊隆·马斯克等人联名发表的公开信观点一致，他们也希望各大国坐下来谈判，类似签署核裁军的国际条约那样，对人工智能也签署一个国际条约。比如说在这些条约中，我们要严禁研发军事用途的人工智能，要严禁人工智能和互联网结合起来——但现在这一步已经挡不住了，这一步已经迈出去了。

所以人工智能这个事情，无论从近期、中期、远期看，都是极度危险的。无论它们反叛还是乖顺，对人类也都是有害的。因此我完全赞成应该由各大国谈判订立国际条约来严格约束人工智能的研发。这个条款应该比美俄之间用来约束核军备的条款还要更严格，否则的话是非常危险的。

科学已经告别纯真年代

以前曾经有过科学的纯真年代，那个时候你也许可以认为科学是"自然而然"产生的，但是今天科学早就告别了纯真年代，今天科学是跟资本密切结合在一起的。所有的这些活动，包括研发人工智能，背后都有巨大的商业利益驱动。

谈到科学和资本结合在一起，我总要提醒大家重温马克思的名言：资本来到世间，每个毛孔都滴着脓血和肮脏的东西。对于和资本密切结合在一起的科学，我们的看法就应该和以前不同了。

很多人想必记得，我们以前一直有一个说法：科学没有禁区。这个说法是我们以前很多人都习惯的，但是对于这个说法，现在我们科学界的很多人已经开始有新的认识。比如说曾任北大校长的许智宏院士，前不久就对媒体表示：我们以前一直说科学没有禁区，但现在看来，科学研究仍然有着不可逾越的红线。他是在说生物技术的某些应用时说的，"不可逾越的红线"当然就是禁区了。

如果表述得稍微完备一点，我们可以说，在每一个特定的时期里，科学都应该有它的禁区，这个禁区可以在不同的时期有所改变。比如说某项技术，当人类社会已经准备好了，我们已经有成熟的伦理或者比较完备的法律来规范它的时候，我们也许可以开放这个禁区，说这个事情现在可以做了。但是没准备好的事情，现在把它设为禁区是应该的，这个禁区也应包括科学技术的高低维度，高到一定程度就有可能变成禁区，不应该再继续追求了。

发展科学这个事情，在今天，其实各国都是被绑架的。已经领先的怕被别人超越，当然不能停下来；尚未领先的，当然更要追赶。结果谁也不肯停下来或慢下来，谁都不敢停下来或慢下来，因为害怕"落后了就要挨打"。所以只有各大国坐下来开始谈判，设立条约，不然毫无办法。在这种局面中，只要有一个人开始做不好的事情，比如研发原子弹或军事用途的人工智能，其他人就会被迫跟进，结果大家都会被绑架。

载于 2016 年 7 月 29 日《文汇报》

江晓原：生于 1955 年，上海交通大学科学史与科学文化研究院教授、博士生导师，长期致力于从科学史角度研究科幻文学和电影，相关著作有《我们准备好了吗？——幻想与现实中的科学》《江晓原科幻电影指南》，与穆蕴秋合作翻译《Nature 杂志科幻小说选集》等。